谨以此书缅怀祖父
威廉·休·雷班克斯,

并向
家父托马斯·休·雷班克斯
致敬!

 序 言

牧羊人生

The Shepherd's Life

[英]詹姆斯·雷班克斯 ___ 著

刘仲良 ___ 译 仲泽 ___ 审订

人民东方出版传媒
People's Oriental Publishing & Media
東方出版社
The Oriental Press

版权所有©2020 James Rebanks
著作权登记号：01-2023-6033

图书在版编目（CIP）数据

牧羊人生 /（英）詹姆斯·雷班克斯著；刘仲良译. -- 北京：东方出版社, 2025.5. -- ISBN 978-7-5207-4474-4

Ⅰ. I561.45

中国国家版本馆 CIP 数据核字第 2025S0T245 号

牧羊人生
MUYANG RENSHENG

作　者：	[英] 詹姆斯·雷班克斯
译　者：	刘仲良
责任编辑：	朱　然
责任审校：	曹楠楠
出　版：	东方出版社
发　行：	人民东方出版传媒有限公司
地　址：	北京市东城区朝阳门内大街 166 号
邮　编：	100010
印　刷：	华睿林（天津）印刷有限公司
版　次：	2025 年 5 月第 1 版
印　次：	2025 年 5 月第 1 次印刷
开　本：	787 毫米 ×1092 毫米　1/32
印　张：	10.5
字　数：	200 千字
书　号：	ISBN 978-7-5207-4474-4
定　价：	69.80 元
发行电话：	（010）85924663　85924644　85924641

版权所有，违者必究
如有印装质量问题，我社负责调换，请拨打电话：（010）85924602　85924603

在遥远的英伦半岛的西北角，有个地方叫湖区，这里山清水秀，风景旖旎。湖区内有一个山地农场，农场里生活着雷班克斯一家三代，祖父祖母、父亲母亲、妻子孩子和詹姆斯·雷班克斯。詹姆斯·雷班克斯便是本书的作者。

我想单就"牧羊人生"这一书名，可能已经让无数的读者转身离去，因为在物联网、大数据的时代，读书本就非常奢侈，打开一本讲述一年四季如何放牧、晒干草的书，更是有点不合时宜，所谈之事似乎离我们太过遥远。也许大多数读者和我一样，认为此书大概写于华兹华斯的时代。

然而，也正是"牧羊人生"四个字，使翻开此书的读者，已经与它的作者、译者在某种程度上有了共同的话题。

该书于二零一五年面世，所记所述皆真人真事。

雷班克斯是一个拥有牛津大学文凭的现代农民，一位联合国教科文组织世界遗产中心的专家。对于一个从牛津大学毕业的学生回乡务农一事，无论发生在哪里，都匪夷所思，定能赚足眼球，获得流量，好比"北大才子卖猪肉""清华女博士开店卖羊肉"。按照世俗的观点，无论如何，他至少得身穿衬衫、打着领带，出入于大都市，成为名副其实的白领，远离乡村，远离土地，毕竟"人往高处走"，中外皆然，古今同理。

詹姆斯·雷班克斯的《牧羊人生》是"牧羊人的文字"，记录了他如何一步步成了一个优秀的农民。他的人生简单而真实。

一

一九七四年，雷班克斯生于英格兰西北的马特代尔。他本该在秋季出生，却早产了六周，生在"闷热的七月"，正是繁忙的晒干草时节。对于湖区的农民，"晒好干草就像上帝的律令"，关乎牲畜的生死，关乎全年的收成。作者打趣说："我选择在制备干草的时节出生，则意味着重要的事情可不止一件。"

小时候，雷班克斯是祖父祖母的心肝宝贝。"他们宠他，把他宠坏了。"祖父无论去哪里，都会带着雷班克斯，传授他各种生活技能，教他做人的道理。他小时候的愿望就是"当一个农民，像他的祖父一样"。

他从小参与农场劳动。四岁那年，他"坐在棚里一捆干草上"，祖父坐在他旁边，"一手拿着剪刀，一手拿着梳子",给参展羊"美容"。五岁的时候,他"不愿自己一个人睡,就和祖父祖母挤在一起玩,比较他俩的耳朵"。八岁跟着祖父学习砌墙。到了九岁,他就可以独当一面,靠着从容地谈判能力和对于羊群的信心,高价把羊卖给了一个女牧羊人,这个价格远远超出了父亲的预期。他说:"虽然我才九岁,但是我已经成了小大人,忙这忙那,就是没工夫写作业、看书。"长到十几岁,他便开始跟着父亲学习剪羊毛。

雷班克斯讨厌上学,只喜欢待在农场干农活儿。从小学到初中,他都是学校的"差生",或者"问题学生"。他逃学,上课捣乱,在老师开晨会的时候,竟敢当着全校师生的面,用手吹"放屁"的声音;他还找校长理论,说学校像个监狱,侵犯了他的人权;他多次想拿砖头砸校长的窗户,从而赚到"开除"的资格。最终,他熬到了可以辍学的年龄,顺利地离开了校园。

雷班克斯热爱自由,是一个特立独行的人。他说:"在离开校园的那一天我发誓,以后绝不让自己困在像学校那样的地方。我要按自己的意愿生活。"正因为如此,长大后的雷班克斯与父亲不断起冲突,关系恶劣到了极点。他说:"一连几周,我们拳脚相加,恶语相向,相互挑衅,揭彼此的短,人前头较劲。有几次,我真想把他弄死,我肯定他也想弄死我。还有几次,我们相互揪住，拳头乱飞。"

这时，他认识了自己的另一半——海伦。在十八岁的海伦的影响下，二十一岁的雷班克斯"改邪归正"，决定努力一把。他说："她激励我，让我全力以赴，过上幸福生活。她让我超越了自己。"

最后，他为了证明自己，选择离开农场。其中还有另一层原因就是受人冷落。他说："在城里的夜总会里，有些年轻的女孩子刚得知我是农场工人，就立马对我没了兴趣。"

他发愤图强，去当地成人教育中心学习高中课程。功夫不负有心人，他最终被牛津大学录取，一时轰动全村，成了"劳工阶层的小英雄"。他的朋友觉得不可思议，他"这个白痴"也能考上大学？之前看不起他的女孩也瞬间转变了态度。

在牛津大学求学期间，他对老师说他会回到湖区的农场，这让老师大惑不解。他把牛津大学的校园当成农场，把散步当成农活儿。

顺利从牛津大学毕业后，他没有选择留在伦敦这种令人神往的"大都市"，而是回到了生他养他的农场，开始逐梦田园，一边放牧，一边写作。

二

湖区是"一块盆地,四面环山,上有田地和草场,外加零零星星的几座小农庄"。湖区因华兹华斯而闻名,华兹华斯正是在"湖区"才成了"湖畔诗人"。在华兹华斯眼中,"湖区的牧民和小农场主组成的村落是一种乌托邦,具有广泛的政治意义和社会价值"。对于不熟悉英国地理地形的文学爱好者而言,"湖区"一词也许不能引起足够的共鸣,明显没有"湖畔"那么优雅,那么富有诗意,那么能激发出人的想象。

然而,湖区却是雷班克斯的家,是他的梦开始的地方,是他的一切。

湖区的美丽无须多言,只要读读华兹华斯的唯美诗篇,或者翻翻温赖特的湖区指南,就能领略一二。同样,在作者笔下,他家所在的湖区,有时候也可以很美丽:

> ……母羊和羊羔悠然自得,在山下吃草。山峰沐浴在夕阳下,闪出红色、橙色、蓝色的微光。山下的干草田像用紫色拼凑的,一大片一大片连在一起,田里的牧草花期正盛,生意盎然。你几乎可以闻到干草的甜味,闻到空气中花粉的

清香。母羊呼唤小羊的声音回荡在山谷，此起彼伏，不绝于耳。

……轻轻的暖风吹过，五彩缤纷的野草在空中乱舞，掀起一阵阵草浪。花草棕一片、绿一片、紫一片，连在一起，其间有数不清的昆虫和鸟雀，偶尔也能见到几只小獐鹿。干草地周围的牧场郁郁葱葱，野蓟遍布，产了双胞胎的母羊三三两两，饶有兴致地观望着这里的动静。蚱蜢在田野边界的绿色丝带上相互鸣叫，喜鹊在海棠树上叽叽喳喳。

有时候却"一点也不浪漫"。到了冬季，"最要命的是狂风加暴雪，不仅能夺走羊的性命，也能轻易让人丧命"。有时候，"地面像一块脏兮兮的棕色地毯，上面有泥浆、石楠丛和像骷髅一样的橡树。峡谷里的洪流在石头上翻滚，咆哮而去。群山挺立，浓云密布"。在湖区，"寒冷潮湿从十月份就已经开始，一直持续到转年五月才能回暖，整整八个月时间都像在过冬"。

一年四季，雷班克斯都在这片土地上操劳，他深爱着这片土地。他们属于湖区，他们的归属感与他们忍受的恶劣天气密不可分。对作者而言，"他乡终归不是故乡"。

三

在湖区,"农场和羊群历久弥新,寿命比任何人都要绵长"。在湖区放牧,农活儿"事无巨细,琐琐碎碎",一年到头没有几天清闲的日子。

春季生产羊羔,夏季制备干草,秋季育种,冬季照顾羊群过冬。这四件事情都不像听上去那么简单,稍有不慎,一年甚至几年的努力就会化为乌有。

到了春天,生产羊羔的前几周,人会陷入焦虑,害怕发生意外,因为"生产羊羔前的一两周,意外太多了"。在湖区,冬天根本不懂人的计划,"到了生产时节,天气依然冷得要命。雪雨交加,冰雹肆虐,狂风乱吹,淤泥遍野"。受病害和天气的影响,羊羔夭折时有发生。所以,"到了生产时节,生活节奏有点疯狂。我们完全是连轴转,每隔一两个小时,就得去看一看待产的母羊。每天一觉醒来,我就知道又要长时间不得消停"。有时候,天气恶劣到了极点:

> 等我来到待产母羊聚集的第一块草地,已经浑身湿透。我向牧场抬眼望去,发现情况不容乐观。雨水冰冷刺骨,山坡上到处都是积水。这片灾难之地!一只母羊(只剪过一次羊毛),这是

第一次生产，产下羊羔时把羊羔掉进小河里了。河水虽浅，却很致命。小羊羔挣扎着想逃出来却又跌进去了。顽强的羊羔爬不上岸，几乎就要放弃。我把它捞出来放进车斗里，让富劳斯过去把母羊赶上来。在泥泞中母羊几经滑倒，但总算让我抓住了。我要把它们带回棚里。母羊看上去不认识自己的羊羔，它们之间的联系似乎已经断了。在我的周围，一百码外还有几只新生的羊羔躺在地上，看上去不是死了，就是奄奄一息……

到了夏季，就得制备干草。"在理想状态下，晒制干草易如反掌。鲜草割下来，好好晒三四天，翻动两三次，便能在风吹日晒下里外干透。草干透以后清香扑鼻，先打成捆，然后运到草棚里，整个过程不能见一滴雨。"一九八六年的夏天，雨一直没停，他们晒的干草全毁了。

有一次，他和父亲在断水的情况下堆码了一天干草，就剩最后一车快要到达目的地的时候，车斗翻下山去，他们又得重来。事后多年，父亲经常提及此事。

到了秋季，他们到处参展，寻找好的公羊配种。"要么大成，要么大败，成败只在一念之间。"

说到底,冬季是最难熬的时节。作者坦言:"在漫长潮湿的冬季,狂风肆虐,我有时会幻想着逃离,离开满是泥泞的单调生活。"遇上狂风加暴雪,牲畜极有可能被冻死、饿死。他写道:

> 冬季就是把肿得像猪蹄一样的手指,颤颤巍巍地伸到热水龙头下面解冻,那种钻心的疼痛让我大喊大叫,乱骂一通,却没人理会。冬季就是镜子里充血的眼睛,我刚刚用手指把里面的草籽拨弄出来。冬季就是打在脸上的雪花和冰雹,我迎风驾驶四轮摩托车,雪花和雨点变成完美的速度曲线,恰似《星球大战》中的场景——你轻踩油门,星星被甩在身后。冬季就是我眼前父亲流着雨水的脖子,我们正一起抓一只生病的母羊。大风中,羊群死死地啃住干草,生怕狂风把它们的口粮吹走。死羊羔倒在地上,生命还没开始就被夺走。冬季就是干草架和树木被吹倒、被撕裂、被粉碎。

熬过冬季,又是一个循环。

四

我们都是土地的儿子，终将归入尘土。

"个人有生有死，农场、羊群和家族却生生不息。"人生在世，死亡在所难免。死亡既是终章，亦是序曲。祖父的谢世让雷班克斯第一次目睹了死亡：

他看着我的脸，一切尽在不言中，我与他之间纵有千言万语，也道不尽牧场与家庭。那一刻，我不仅仅是他的孙子，更是要继承他一生家业的人，是连接未来的线。他的生命在我身上延续。他的声音，他的价值观，他的故事，他的农场，这一切生生不息。我在农场劳作的时候，他的声音回荡在我脑中。有时候，我因此而免于干出蠢事。突然间我会停住，然后按照祖父的方式去处理。大家都知道，祖父塑造了我，我是他的延续。

一个生命的终结，必然以另一种形式继续存在。从某种意义上讲，祖父并没有离开。因此，祖父辞世后，作者显得异常平静，一个人"爬上屋后的山坡，来到一片小树林，俯瞰伊顿谷"，他感到"周围的一切仿佛一场大梦"。

如果说个人的生死是一种常态，是大自然的规律，那么羊群面临灭绝就是灾难。二零零一年口蹄疫暴发后，政府"确定的解决方案是清理掉某些区域的牲畜"，屠杀开始了。他们把怀着羊羔的母羊和一些刚生下的羊羔赶上大货车，拉去屠杀。作者说："我从没做过如此有悖良心的事，这跟我受过的教育完全背道而驰。"仁者爱人，任何人面对如此场景都会觉得过于残忍。农场上的牲畜清理完之后，作者"走进牲畜棚，坐在暗处，避开所有人，开始抱头痛哭"。这是原始生产方式的无奈，还是现代文明进步的悲哀？

五

从一开始，雷班克斯就清楚自己的归宿在湖区，放牧是他安身立命的大事。他完全是一个反派，是一个特立独行的人。他没有"远大的抱负"，他只想当一个山野村夫，经营自家的山地农场。在他眼中，个人只是"放牧长链上的一个小环"。普通人"来到人世，劳碌一生，然后死去，逝去如冬日的橡树残叶，被风吹过大地"，而"农场和羊群历久弥新，寿命比任何人都要绵长"。

时代的巨轮滚滚向前，科技发明日新月异。我们所处的这个时代，人人都在努力地离开土地，离开农村，为生活在大都市而不懈奋斗。在这个全都穿着"干净鞋子"的时代，我们似乎习惯了夸大其词，习惯了五花八门的虚饰，习惯了各种各样的"仪式感"。在这一切的背后，或多或少都有"利益"的影子。自从工业革命以来，对于"人"的基本问题似乎都简化成了"利益"的问题。人"与农牧生活和食物的关系过于幼稚——食物全裹在塑料袋里，人人假惺惺地以为，袋子里面的东西一直都是死的"。

此刻，《牧羊人生》提供了一个全新的思考人生的视角，思考我们是谁，从哪里来，要到哪里去。每个人都生活在自己的"湖区"，"无所谓始，无所谓终"，我们每个人都是生命长链上的一个"小环"，连接着过去，承载着未来。

雷班克斯活得明明白白，其作品清新质朴，恰如其人。

译完《牧羊人生》，我感到释然。我觉得只要我们理解了生活的本质，明白了生命的意义，也就清楚了自己想以什么样的方式活着，从此不再焦虑，不再心急，不再漫无目的。

此心安处，即是吾乡。

刘仲良 二零二二年盛夏于岷州

山谷尽头有一座村落，屋舍俨然，住着牧人和农民。他们自耕自食，偶尔接济一下左邻右舍。每家有两三头奶牛，供给牛奶和奶酪。村里民风淳朴，方圆一带，教堂是唯一算得上宏伟的建筑，在村里首屈一指。这里的居民生活在大英帝国的中心地带，一切规整有序，宛若世外桃源。高山是这里的天然屏障，人们靠山吃饭。这里没有家世显赫的贵族和骑士，也没有高人一等的乡绅，有的只是深山的子民。他们虽然出身低微，但是绝大多数人心里清楚，五百多年来，在脚下耕作的这片土地上，劳作的主人全是自己的先辈……

威廉·华兹华斯《湖区散记》（一八一零年）

目 录

土地情结 / 001

夏 / 013

秋 / 115

冬 / 195

春 / 247

鸣谢 / 304

后记 / 310

heft

名词：

1.（英格兰北部地区）高地牧场，牲畜习惯在此地吃草。
2. 习惯在此地吃草的动物。

动词：

及物动词，（英格兰北部及苏格兰地区）描述牲畜行为，特指羊群：习惯在某片牧场吃草。

形容词：

hefted，描绘牲畜习惯了某片草场。
（词源：出自古挪威语 hefð，意思是"传统"）

土地情结

一九八七年,一个下雨的清晨,我意识到了我们不一样,确确实实不一样。当时我正在镇综合中学参加晨会。水泥教室是六十年代的风格,做工粗糙。我那时大概十三岁,坐着听讲,周围的孩子成绩都不好。讲话的教师上了年纪,暮气沉沉,她说我们应当志存高远,不应该只想着当农民、木工、电工、泥瓦匠或者理发匠。这套训词似乎已经说了好多遍,就是浪费时间。这一点,老师自己也清楚。我们的观念根深蒂固,祖祖辈辈一个样,只想做我们自己,根本不想改变,再说我们世世代代都是这么过来的。我们大部分人脑子够用,不过我们不想在学校里显摆,显摆是件危险的事。

老师与我们之间有道不可跨越的理解鸿沟。那些把学习当回事的孩子前年就去了当地的文法学校,剩下"失败者"继续在这里沉沦,余下三年,在这个没人愿意待的地方混日子。结果可想而知,教师多半变得心灰意懒,有些孩子也厌倦了学习,变得好勇斗狠,这样一来,师生间的游击战在所难免。我们全班玩起了"游戏",目的无外乎在上课期间砸毁学校里最值钱的设备,然后以"意外事件"搪塞过去。

干那种坏事,我是一把好手。

地面一片狼藉,显微镜和生物标本被砸得粉碎,桌凳摔得缺胳膊少腿,书籍撕得到处都是。一只用福尔马林泡过很久的青蛙,四肢摊开,趴在地板上,活脱脱在蛙泳。燃气龙头冒着火,像石油钻井平台上的喷火嘴。一扇窗户也被砸裂了。管理实验室的老师见状,整个人完全崩溃了,试图恢复秩序,却只能无助地盯着我们,急得直掉眼泪。有堂数学课让我眼界大开,学生竟跟老师大打出手,拳脚相加。那家伙转身逃下楼梯,跑到了泥泞的操场上,企图溜到镇子上去,却被老师追上去打倒在地。我们欢呼雀跃,好似欣赏橄榄球比赛中的粗野擒抱。一次又一次,总有人试图放火烧掉学校,不过都是徒然。即使有小孩子带着红隼来学校,也不会有人惊讶,然而这种事也只有在肯·洛奇的电影里才会出现。

有一次,我去找校长理论,他感到很惊愕。我说学校像个监狱,"侵犯了我的人权"。他看着我,吃惊地问:"不来学校,你待在家里干什么?"说话的神气好像这个问题有多难回答。"在农场干活儿啊。"我也很吃惊,这么简单的问题他都不明白。校长绝望地耸了耸肩,说让我别逗了，快点滚回去。学生只有严重违纪，学校才会将他开除。因此，我想过拿砖头砸校长的窗户，可总是没有胆量。

一九八七年的那个晨会上，我看着窗外的雨丝发呆，思绪飞扬，想着田间地头雇工的各种场景，想着要是自己不来学校会做哪些事情。我猛然发现，学校离湖区的山谷原来不远，祖父和父亲就在湖区耕作。因此，我收起思绪，开始听讲。听了几分钟便明白过来，这个讨厌的女人认为我们太笨，也太蠢，"不会有任何出息"。她奚落我们没本事超越自己。我们太笨了，别指望离开这片土地，摆脱这毫无出路的脏活儿累活儿，也别指望摆脱狭隘落后的生活方式。这里没什么好留恋的，最好睁大眼睛认清现实。在她的眼中，只有白痴才会辍学去放羊。

在那个女老师看来，像我们和我们的父母这种人，怎么可能会成为勤劳智慧、令人钦佩的人，怎么可能会干出有价值的事，更别提让人刮目相看了。这个女人认为，良好的教育、远大的志向、非凡的胆略以及引人瞩目的事业成就，才是彰显成功的标识。对她而言，我们必定属于次品。依我看，在这所学校，从来没有人提过"大学"二字，也没有人愿意去上。我们打骨子里相信，那些远走高飞的人已经不属于这里，他们变了，永远回不来了。读书是条"出路"，但我们并不想走这条路，因为选择早已做好。后来我逐渐明白，现代工业社会过分强调"去见世面""生有所为"，这种观念意味着留在家乡干体力活儿就等于没出息。我憎恶这种想法。

我越听越愤怒，她竟敢说了解湖区，还大言不惭地说爱湖区，这怎么可能？她说的话，她的想法，我们完全不懂。她喜欢的是"原始的"自然风光，有山有水，既能悠闲度日，亦可探险寻乐，还居住着一些我从未谋面的部落人群，稀稀拉拉地分散在各处。在她近乎自言自语的演讲中，湖区俨然是一个天然乐园，供登山者、诗人、徒步旅行者和空想家消遣。总之，游玩的人们和我们及我们的父母不同，他们已经"功成名就"。她时不时以敬畏的语气说出一个人名，然后徒劳地观察我们的反应。她先说出了一个叫"阿尔弗雷德·温赖特"的人，又说了"克里斯·伯宁顿"，然后就一直在谈另一个名叫"华兹华斯"的人。

这些人，我一个都没听说过，我想除了老师，在场的其他人也都没有听说过。

在这次晨会上，我生平第一次听到了这样看待湖区的观念，它显得非常浪漫。我有点震惊，因为我突然觉得，这片土地，这片几百年来我们繁衍生息的土地，这片我深爱着、我们大家深爱着的土地，这片被赋名"湖区"的土地，所有权竟然让别人稀里糊涂地占去了，依据的规则我全然无法理解。

后来，我常常读书，并留意那个"陌生的"湖区，逐渐对此有了更深的理解。我了解到，一七五零年以前，外界没人留意过英格兰西北角的这片山区，即使有，也觉得这里原始落后、环境凶险、气候恶劣。读到外界以前居然没有注意到湖区的美，认为这里不值一游的时候，我不禁很恼火，同时也很好奇，想知道为何在之后的几十年间，一切都变了。公路、铁路先后通车，交通愈加便利。浪漫主义运动改变了人们对高山湖泊的认识，湖区这种粗犷的风景不再丑陋，很快就吸引了作家和画家的眼球，尤其是拿破仑战争阻断了前往阿尔卑斯山的去路，迫使早期的旅行者就地取材，在英国国内寻山访景。

从一开始，游客便迷上这片如梦似幻的自然风光。这里与很多现代事物形成了鲜明的对比，如发端于南边的工业革命，离此地也不到一百英里。这里似乎又成了一块圣地，可以用来阐明人们对待生活的种种态度。对很多人而言，这里从它"被发现"的那一刻起，就成了避世绝俗的宝地，粗犷的自然风光可以激活各种感官，这一点绝非其他地方可以相比。对于绝大多数人来说，这片土地的意义就在于供游人漫步攀爬，观光欣赏，或者供他们描摹歌颂，神游一番。这片土地令众人神往，或浮光掠影，随意看看，或身临其境，住下体验。

不过有一点我后来才知道，我们的这方水土改变了世界。有人认为，我们所有人，可以因某些地方或某个事物美丽，能激发人的灵感，或者仅仅很特别，就可以对它们享有直接意义上的"所有权"（产权暂且不论）。而正是在这片土地上，这一想法首次变成了文字。一八一零年，湖畔浪漫主义诗人威廉·华兹华斯提议，这片土地应该成为"国有财产，让每个有眼光、有情趣的人享有权利"。时至今日，全世界的遗产保护工作都受了这句话的影响。地球上受保护的每一处风景，国家信托基金会① 保护的每一处古迹，每一座国家公园，每一处联合国教科文组织认定的世界遗产，或多或少都有这句话的基因。

另外，我毕业、成人后才发现，我们并不是唯一热爱这片土地的人群。无论如何，这里是风景胜地，供英国人以及无数来自世界各地的游客观赏。要弄清楚这究竟意味

---

① 英国国家信托基金会，全称为英国名胜古迹和自然遗产保护信托基金会，主要任务是保护自然风景和历史古迹，是欧洲最大的自然保护慈善机构。——译者注（本书脚注若无特殊说明，均为译者注）

着什么，我只需翻越丘陵到奥斯湖①边去，看一看公路上川流不息的汽车，看一看湖边络绎不绝的人群，一切便不言自明，后果好坏参半。目前，每年会有一千六百万游人来到这里，要知道，当地居民才四万三千人。游人每年在这里消费十多亿英镑。当地一半以上的就业靠旅游支撑，许多农场经营家庭旅馆，做各种生意，依靠旅游赚钱。然而在一些山谷，六七成房子是乡村别墅或度假套房，许多当地人在自己的村子根本住不起。当地人埋怨说自己"寡不敌众"，我们清楚，在这片景区，我们在各个方面都是少数派。有些地方已然面目全非，不像是我们的土地，大有客人把客房据为己有的意味。

老师对于湖区的认识，完全是过去两百年来城市化和工业化的结果。城里的人们远离土地，湖区俨然成了令他们魂牵梦绕的地方。

世世代代在这片土地耕种的人们，才不会做那样的梦。我们本来就生活在这里。

我想跟老师说，她完全弄错了，她不懂这片土地，也不懂这里的人们。这些想法过了好多年才变得清晰起来，我想它们从一开始就藏在我心底，天真而幼稚。我同样懵

---

① 奥斯湖，英格兰湖区的第二大湖泊，位于北面，南北长约七公里，湖面清澈见底，倒映出周围连绵的群山，是湖区最幽静、最美的一个湖，号称湖区的世外桃源。

懵懵懂懂地觉得，如果书籍可以界定地方，那么书写就很重要，我们需要自己书写自己的历史。但在一九八七年的那个晨会上，十三岁的我讷于言语，只能在手上吹出放屁的声音。大家都被逗笑了。老师停止训话，离开讲台，气冲冲地走了。

要说是华兹华斯和他的朋友们"发明"或"发现"了湖区，但这在一九八七年之前，和我家没有多大干系，而在此之后，我回到家中才开始思考老师讲过的话。从一开始，这种旁人叙事听起来就有问题。讲述我们家园的故事，内容却与我们毫无瓜葛，这是怎么回事？在我看来，这无异于强盗逻辑，是典型的"文化殖民主义"，这个历史学家用的词，当然是我后来才学到的。

我没料到华兹华斯会有不同的看法。他认为，湖区的牧民和小农场主组成的村落是一种乌托邦，具有广泛的政治意义和社会价值。这里的人们完全自治，不受贵族精英阶层的统治，而精英统治在别的地方支配着人们的生活。在华兹华斯眼中，这里的自治模式为理想社会提供了参考。他认为我们是另类，这里不同于商业化、城市化、不断工业化的英格兰。即使在当时，商业化的英格兰也仅是一种幻想,但是,诗人笔下的湖区却有着自己独特的文化和历史。在他看来,随着人们对湖区的喜爱与日俱增,游客的责任感也理应增强,他们需要真正去了解当地文化,不然旅游将成为一场浩劫,抹去许多湖区的特色。华兹华斯的《迈克尔:一首牧歌》作于一八零零年,草稿上留着下面几行诗句,是未被采用的。从这几行诗来看,诗人意识到牧民眼中的这片土地与众不同,别有风趣。这一现代认识可以说非同寻常:

> 若简单而直白地向他发问,
> 问他是否喜爱这里的山峰,
> 他会笨拙地重复你的话语,
> 然后盯着你说:山峰很难看。
> 若你跟他谈起别的事,
> 有关他自己的事务,以及天地的运转,
> 那么你定会听到,
> 他心中想的,是那些微不足道的事,
> 还有各种奇思妙想,
> 宛如他的心中住着,
> 一种宗教信仰。

可惜很长一段时间,我都没有明白这一点,并责怪华兹华斯，怪他忽视我们的存在，怪他把这里变成了其他人悠闲漫步的场所。

通过文化渊源，人们对环境会产生相应的认识，并形成相应的态度。不论我们是否能意识到，这种认识和态度会直接或间接地影响我们。我对湖区的认识不是来自书本，而是从其他地方得来的。具体说来，来自一些非常古老的思想，是我从先辈那里继承来的。

下面的文字，一部分讲述我们一年四季的工作，一部分回忆我在二十世纪七十年代、八十年代、九十年代的成长经历，追忆那时在我身边的人们（比如我的祖父和父亲），一部分则从几百年来一直生活在湖区的人们的视角出发，重述湖区的历史。

这是一个家庭和一个农场的故事，同时，它从更广阔的视角谈到被现代社会遗忘的族群。这关乎如何才能擦亮眼睛，看见被遗忘的人群，他们生活在你我当中，保留着各种古风古韵，根源可以追溯到遥远的过去。假如我们想了解阿富汗山区的人们，也许应该先尝试了解英格兰山区的人们。

在这国家，我生活了大半辈子，可是我从未觉得自己属于这里……这很奇怪……我从未体验过这种氛围……就像这儿的一样……我要谈谈，因为这不可思议。这是一种力量，儿童身上的力量，抵制村外的一切人、一切事……村里的孩子……坚信他们有一些东西，外来客绝不会有，也深信他们过的生活神秘而完美，无须再浪费时间，东寻西觅。

——达芙妮·艾灵顿（教师）

引自罗纳德·布莱斯《埃肯菲尔德》（一九六九年）

夏

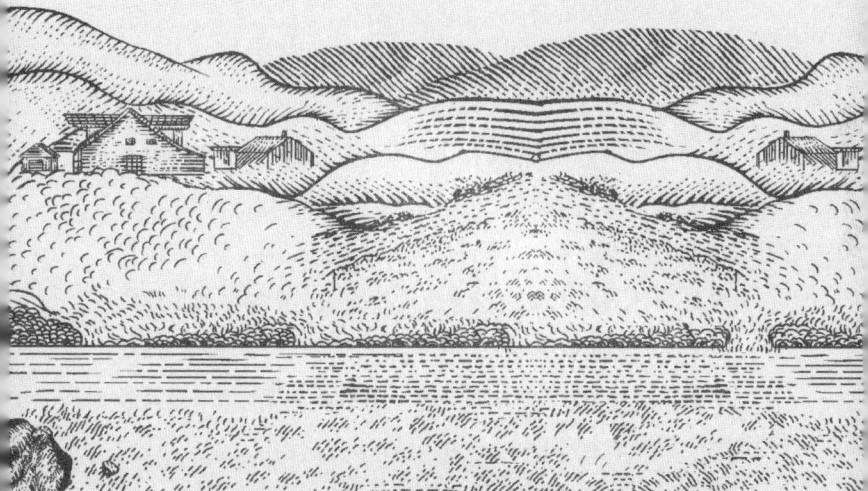

这里无所谓始,无所谓终。日出日落,四季轮回。日复一日,年复一年,时间在阳光雨露中更替,岁月在风霜雨雪里变换。树叶在秋天凋落,又在春天抽芽。地球在浩瀚的宇宙中旋转,不休不止。小草在温暖的阳光下生长,春荣秋黄。农场和羊群历久弥新,寿命比任何人都要绵长。我们来到人世,劳碌一生,然后死去,逝去如冬日的橡树残叶,被风吹过大地。有种东西经久不衰,仿佛有坚固的形体,确切而真实,每个人都是其中的一小分子。我们的农牧生活方式,根深深地扎在湖区的泥土里,已有五千多年的历史。

一九七四年七月末,我来到人间,生在一个以一位老人和两个农场为中心的家庭。老人是个农民,自尊心强,名叫威廉·休·雷班克斯,朋友都称他"休爷",我喊他"爷爷"。祖父胡子拉碴,晚上互道晚安时,亲吻他的脸颊会被戳疼。他满身牛羊味,嘴里只有一颗牙,颜色黄黄的,不过吃起肉来,他像胡狼一样,用这颗牙就能把羊排撕得干干净净。

祖父有三个孩子，两女一男，女儿出嫁了，女婿都是善良的农民，儿子就是我的父亲。父亲年龄最小，不过农场要靠他继承家业。孙子辈里，我最年幼，也是唯一继承了祖姓的人。从记事起到祖父离世，我总觉得太阳从祖父身后升起。虽然我还是个孩子，也能感受到祖父就是他自己的王，俨然《圣经》中长老式的人物。他从不向别人脱帽致敬，也没有人对他指手画脚；他虽然生活简朴，却也不卑不亢，无拘无束。他的生命历程说明，在大千世界，他的家就安在这个地方。我最初的记忆都与祖父有关，那时我想，将来长大了就要像他一样。

我家生活在英格兰西北部的湖区，经营着山间小农场。从彭里斯市向西出发，沿主路前行，在左手边，圆圆的山丘此起彼伏，在最初看到的两山之间有个峡谷，名叫马特代尔，我们就在那儿放牧。站在屋后的山顶向北望去，越过远处波光粼粼的索尔威河口就是苏格兰。初夏时节，我总会忙里偷闲，带着牧羊犬去山顶，和它们坐在那里，花半个小时打量眼前的世界。在东边，远处是英格兰的脊梁——奔宁山脉。山脚下，伊顿谷的大片良田铺展开来，美如画卷。在湖区和奔宁山脉之间，山坡下的村落和土地延伸得很远，我们家族的全部历史画卷在这里徐徐展开，到目前已有六百多年，或许比这还要久远些。想到这些，我不禁笑了。我们塑造了这片土地，反过来，这方水土也影响了我们。我们祖祖辈辈在这里生活、劳作、死去，不知过了多少代人。因为我的先辈，还有像他们一样的人们，这里才成了如今的模样。

需要注意的是，这片土地与人关系紧密。在过去的上万年间，每一寸土地都烙上了人类生活的印记。山上到处都是矿坑和采石场，就连身后看起来非常原始的森林，也曾经被大面积地砍伐修整过。几乎所有与我有关系的人，还有我关心的人，都生活在附近的山坡上，抬眼就能看见。我们说这是"我们的"土地，有两层意思，既有物质的层面，又有精神的层面，这一点无可置辩。这方水土是我们的家，我们很少走远，也忍受不了长时间身处异乡。这样一来，似乎我们缺乏想象力，没有冒险精神，不过我才不在乎这些。我爱这片土地，对我来说，这里就是一切，他乡终归不是故乡。

站在山尖，俯瞰脚下的土地，这是一片由默默无闻的劳动人民塑造出来的土地。这片土地人造痕迹明显，非常独特，有牧场、界墙、篱笆、堤坝、公路、溪流、沟渠、畜棚、采石场、森林和小路，它们将这里分割成一块又一块，并确定了各自的范围。我能看清我家的农场，能看到繁多的等着要做的活计，若不是在山顶闲逛，我应当正忙着干活儿呢。看到羊群爬上界墙，跳入晒干草的草场，我转念一想，觉得应该停止乱逛，找点事做，不能像做白日梦的诗人，或者像无所事事的游人。向西望去，湖区高耸的山峰就在眼前，它们有大半年时间都被积雪覆盖，站在最高的那座山上，可以望见爱尔兰海。向南望去，山峰阻挡了我的视线，不过我清楚，山的另一边是英格兰的其他地区。湖区相对较小，大约八百平方英里。因此，若从太空俯瞰，会看到这方土地在一簇山谷的东面边缘地带。即便与湖区相比，我们的山谷也小得可怜。一块盆地，四面环山，上有田地和草场，外加零零星星的几座小农庄。驱车只需五分钟，便可从一头跑到另一头。抬眼就能看到一英里外山谷那边的邻居，还能听清他们在山边集合羊群的吆喝声。这座山谷像一双老人捧起来的手，在我的脚下延展开去。我们在这里生活，也在这里放牧。

这片风景受人喜爱不是没有原因的。夏日，这里一派"田园风光"，"温和宜人"，对于世界上大多数人来说，这种青翠繁茂无与伦比。总而言之，夏季充沛的雨量，温和的气候，使这里成了小草生长的绝佳之地。作家早就指出，从人的角度讲，这是一片静谧舒心的田园风光。远古的公共草山下，雪白的农舍紧挨着山坡，其他屋舍建在谷底稍高一点的地方，这些地方由谷底的湿土经雨水冲刷堆积而成，祖父就住在这里。这里大约有三百家农户，我家便是其中之一，我们共同守护着这方水土，传承着古老的生活方式。

※

　　祖父于一九一八年，出生在一个普普通通的农民家庭。那时候他们主要在伊顿谷的腹地种田生活。有文字记载，且不管是否真实，祖父出身农民家庭，家境贫寒，世世代代都为生计苦苦挣扎，偶尔有相对安定的一阵子，接着又租田种地，或是受雇于农场，或者靠救济才能活着，甚至还会落入更糟糕的境地。这种记载逐渐发展，到了十六世纪，变成了有关生死婚配的手稿，字迹模糊，难以辨认，封存在教堂的记录中。教堂所在的村落附近，后辈子孙依然在生活，在劳作。祖父真是默默无闻大军中的一员，被遗忘得干干净净，他们活着、操劳、相爱、逝去，没留下太多书面材料来证明他们曾在这里生活过。在别人眼中，祖父普普通通，作为他的后代，我们依然默默无闻。但是，这一点却很重要。像我们这样的田园风光正是由无名之辈创造的，有了他们的付出才延续至今。正因为这一点，课堂上讲授"已故白人富翁"书写的湖区历史时，我非常不满。这片土地上的人民勤劳朴实，它真正的历史应该是普通人的历史。

闹钟在床头柜上振铃。我伸手按停,才凌晨四点半。半睡半醒间,我发现房间已经有点亮了,黎明即将来临。妻子正在安睡,肩膀在外,腿脚蜷缩在床单上,两岁的儿子躺在我们中间,是半夜溜进来的。我轻轻地走出卧室,手里拿着衣物。太阳很快就会升上山头。

我来到厨房,大口喝掉了一盒牛奶,机械地套上衣服,仍然觉得迷迷糊糊。半小时后,我们要在山底下集合,然后上山把羊群赶回来剪羊毛。我的脑袋开始自动检索。

工作服:√。

早餐:√。

三明治:√。

靴子:√。

我走进畜棚,牧羊犬富劳斯和塔恩已经迫不及待,蹦蹦跳跳,上下乱窜,发出嗷嗷的声音,等我解开锁链才算消停。它俩知道我们要上山。我给它们喂食,补足能量,待会干活儿时才有力气。山地放牧,若没有一只或几只得力的牧羊犬,牧民就会一筹莫展。山地羊野性未泯,能够嗅出人的软弱,没有好牧羊犬帮忙,它们会试图跑掉,到那时麻烦就大了。狗能到达许多地方,像山崖峭壁、碎石坡之类的峻险之地，它们可以去把母羊赶下来，而人却未必能。我转身要走，塔恩已经夺门而出，跳上四轮摩托车，富劳斯紧随其后。

给牧羊犬喂食并装上车：√。

四轮摩托车：√。

燃油：√。

梁上的燕子被两只狗惊起乱飞，向畜棚外逃去。这群燕子几天前才长出羽毛，现在全家掠过我的头顶，向远处的田野飞去，然后一整天在荒草和野蓟间追逐嬉闹。

山坡上逐渐显出一束束绯红、橘红的光线。太阳升起来了。

这些日子是夏天最热的时候，走在路上都能感觉到柏油路面散发出的热气。蓝蓝的天空，太阳高照，灰尘四起，苍蝇乱飞。在这种热天转移羊群真让人受不了。过去的八九个月又湿又冷，根本想不到会有这么热。中午时分，羊群开始气喘吁吁，它们为了乘凉，或躲在隐蔽处，或藏身裂缝里，大部分羊找不见了。这种高温牧羊犬也受不了，在高温潮湿的天气里干重活儿，狗会丧命。因此，我们打算早早动身，在太阳炙烤大地以前完工。

昨晚以前，我对今天的赶羊任务一无所知。沐浴的时候，电话铃响了。妻子拿电话进来给我，我假装不在浴缸里。原来是邻居阿兰打来的。他是个农民，年事已高，受人尊敬，牧羊经验比我丰富多了，有许多羊在山上。阿兰是头领，资深元老，两个称呼随你怎么叫。他把有公地使用权的人召集在一起干活儿。组织山地牧民集体干活儿实属不易，所以我一点都不羡慕他的工作。阿兰说话直来直去，从不废话。

"我们明天收山地羊。"
"好。"
"早上五点山门口见。"
"好的。"

阿兰挂断电话，打给了别的牧羊人。

我清楚这一天不远了，因为收羊的时节已到，该给母羊剪羊毛了，但这个事情得大家配合才能完成，需要合适的天气，男人们还得没有别的事情要做。这多少有点儿像等待诺曼底登陆日，你从不知道什么时候来电话，也不知道什么时候阿兰路过，在路上喊着说："就在明天。"

※

从古至今，收羊需要集体行动，每个有权利在公共草地上放牧的人都要参与。公共草场没有围栏，配合牧羊犬才能把山上的羊群赶回来。我们的草山漫无边际,既有浅滩、沼泽,也有山头,上面大约有十群羊在吃草。山上没有大型肉食动物,羊群可以自个儿吃草,无须照看,一年只赶下山几次,生产羊羔、剪羊毛,或做别的重要事情。我们的公共牧场之外,有大片的山地没围栏,还有好多山头,由别的有公地使用权的人经营。因此,从理论上讲,羊群在湖区可以自由穿行。然而,它们从来不越界,因为它们知道自己在山上的领地。羊群已经有了"土地情结",还是小羊羔的时候,它们的妈妈就教它们属地感,这种代代相传的学习链可以追溯到几千年前。因此,羊一旦被卖到山外,这种原始的关联则必然断裂。人们说,这里是西欧最好的公共牧场集聚地,上面保留的放牧方式,比当今世界上大多数地方留存的都要古老。

我们今天收羊的山地牧场不归我们所有,而归国家信托基金会所管。别的山丘归别的人所有,不过自古以来,我们享有合法的权利,可以在上面放牧一定数量的羊群。这里的大片山地让波特[1]这样的有钱人买下来,捐给了国家信托基金会,委托他们保护自然风光及这种独特的生活方式。捐赠时一般会强调,山地羊种必须是赫德维克羊[2]。

---

[1] 毕翠克丝·波特(1866—1943),英国作家、插画家、自然科学家、环保主义者,代表作《彼得兔的故事》。
[2] 赫德维克羊,山地耐寒羊种,生活在英格兰北部。

一块土地上有不同的所有权。山上的放牧权分成份,称为"定额份",即一份公共放牧权。你每拥有一份,或者租借一份,你就有了放牧一定数量羊群的权利。在我们的草山上,一份放牧权可以放牧六只羊。通过买卖租借定额份,老农民退休,他们手中的放牧权和羊群在下一代手中得以延续。有时候,草山的主人没有定额份,因此不能在自己的草山上放牧,除非放牧权有了剩余。对于每一个有公地使用权的人,放牧权没有差别。在这里,"有公地使用权的人"并无贬义,人们会为此而感到骄傲。有公地使用权,意味着你有权利干有价值的事,意味着你为草山的管理贡献了力量,还意味着你和别的农民一样,参与了这种生活。如果你放牧的是赫德维克羊或者斯瓦尔代尔羊[①],并且它们已经习惯在公共草山上吃草,那么根据定义,你就属于一个由"有公地使用权的人"成立的组织。这完全是个奇怪的领主时代的遗留问题,那时候我们向领主缴纳捐税(包括服兵役),换取在贫瘠的山地上放牧的权利。时至今日,都好长时间没缴纳过捐税了。贵族子弟要么消失殆尽,要么嫌麻烦,觉得他们与我们争夺权利得不偿失,因为我们一旦被惹恼,就会蛮不讲理,很难缠。如此一来,我们农民赢得了胜利。我们是远古时期的农耕

---

① 斯瓦尔代尔羊,一种耐寒的绵羊,体形较小,毛又粗又长。

制度和生活方式的一个缩影。无论如何,这种生活方式能在大山深处延续至今,得益于这里非常贫穷,又相对闭塞,还因为早期的保守运动让这里免遭变革。

我家的母羊和羊羔上山已将近八周了。它们就是赫德维克羊,湖区草山上的土羊。赫德维克羊被喂养了几百年才适应了这里的水土、气候和放牧方式。羊群有两件大事:一是在寒冬和其他极端气候条件下存活下来;二是在春夏两季产下健壮的羊羔,并在山上带大。这样一来,羊群中就一直有能生产羊羔的母羊,农场也有多余的羊羔可以出售。

我赶它们上山去的这八周时间,大多数羊我都再没见过。山上夏草丰茂,它们自己吃草,自己成长。在我们的牧羊文化中,羊群在一定的时期要离开监管,到山上自个儿吃草,只有带双胞胎的母羊才能留下来,留在山坡底下自家圈的草地上,叫作"川地牧场"或者"后备牧场",因为这些母羊哺乳一对羊羔需要更丰富的营养,山上的供给远远不够。我急切地希望再次见到我的羊群,想看到它们活着,长得健健壮壮。最重要的是,我迫不及待地想知道我的羊羔长高了没有。五月份我送它们上山的时候才一个月大小,现在是七月的第二个星期了。我穿过高地向山门口走去,山谷中云雾缭绕。太阳冉冉升起,雾气开始消散。

我第二个到达山门口。有个牧民总是第一个到,我怀疑他有失眠症。

准时到达山门口:√。

不一会儿,山门口就聚集了八九个男男女女。各色牧羊犬成群结队,异常兴奋,围着我们转圈圈,其中也不乏自愿上山的混血狗。有时候,所有的狗会乱作一团。我们身着短袖、脚穿靴子、头戴太阳帽,不过这种太阳帽可不是什么时尚产品。肩上挎的是破旧的背包,装有三明治、汽水和蛋糕。遇上糟糕的天气,大伙变得忐忑不安,盯着天际线和山峰周围的乌云仔细查看。有时候如果云层太低,只好打道回府,稍后再做打算。天气不好而贸然上山相当危险。要是下雪,将会致命。好在今天只需担心一件事:酷热。一个牧民迟到了,大伙有些焦躁,有些不耐烦。我们站着一边等,一边开始咒骂。

"总是迟到。"

"那个混蛋,准是起不来了。"

"走,别等了。让他追。"

"不,最好等上。"

"哦，来了。"

一辆四轮车从山边的路上冲上来，一个牧民慌慌张张，嘴里咕哝着充满歉意的话，说他这半天在下面圈几只羊羔，它们逃到了路上。

没关系。我们这就出发，加速前进。山峰与天空相接，母羊和羊羔就在山上。

最年长的牧民发挥着将军在战场上的作用。在电影《祖鲁战争》中，有个片段将土著人的作战计划描述为"水牛的角……像钳子一样围过来，将你包围"，这多多少少有点我们在山上围羊的意味。在山上收羊，需要六到八个人、十几只狗，步行好几个小时（要是在可以驾车的路上，开个四轮车会快一些）。所有人团结协作，多多少少得有个团队的样子。当你走到草山尽头时，就要尽可能地动用眼力，望穿羊群，注意它们身上的"记号"，分清楚哪些是我们公地上的羊，哪些是邻近公地上的。羊身上的记号是用颜料染的，能区分不同的农场。要是有人不知道羊群的数量，辨不清标记和地界，就会把事情搞砸，把羊赶到邻近的公地上去，为大伙徒添不必要的麻烦。虽然我们站着闲聊，但所聊之事绝非玩笑。我们必须得按照吩咐办事，不许胡闹。

有个叫肖迪的牧羊人，经验当属一流，派往山顶去清查远处的峭壁,那儿地势很高,绿草接着蓝天。最能干的人和狗往往被派去最艰难的地方。这次收羊的最远端由肖迪划定,有羊要逃离时,他充当拦截队员,从最远端把它们赶下来。

乔,一个年轻的山地牧民,他的狗也很能干,派去清查一条长长的深谷,我们称之为"涧沟",是山溪冲刷了几个世纪而形成的。深谷在左侧,是我们的公共牧区与邻近牧区的交界。狗若伶俐,就能依口哨行事,或向左,或向右,或者在狭小的空间刹住,把羊群从峭壁间小心翼翼地赶出来。要是牧羊犬尚未成熟,训练不足,则难以完成任务,更糟糕的是,它们有可能会把羊群吓到碎石坡或者岩壁上去,陷入危险的境地。

他们都是优秀的山地牧羊人,每个人都有一群得力的牧羊犬。他俩出发了,一个骑着四轮摩托车,另一个则大步慢跑,越过石楠花丛而去。

我们两三个人,按照指示上了左面的草山,跟在乔身后,去把羊群向右赶。每隔半英里左右,留一人蹲点接应,每个接应的人都有一处可参照的地标。

我们负责不让羊群折返回去。这事有一只好狗就容易,没有则很难办。正因为人和狗有这种亲密的关系,山上放牧才成为可能。

我是左边最后一个蹲点的人,要去远端和肖迪会合。

我的任务是在"石堆"处等其他人。完成。

最年长的牧民带了六七个人，顺着老路向右面走去，身后扬起一片尘土。在下一个公共牧区前，老人将别人家的羊赶走，把我们的赶回来。他负责这次收羊任务的右面区域。

有人朝自家的牧羊犬大吼，它们太过兴奋，认错了主人，正跟着其他牧羊人远去。几个小时后，我们将在远端和先行的牧羊人会合。路上有许多泥炭小丘，即草地上隆起的泥炭沼泽，像绿色或棕色的岛屿，从地面缓缓升起。大大小小的泥炭丘连成一片，数不胜数，有些直径长达二三十英尺[①]，有些面积达二三十英亩[②]。流水冲刷而成的小沟壑和溪谷将它们割裂开来，形成了黑色的泥炭崖，有一人多深，相当危险，一不小心就会掉进去。羊常在崖面上磨蹭后背，羊毛都染成了炭黑色。根据这些色彩，我们可以推断它们的活动地点。在丘陵之间的低洼地带，有些地方被遮挡，看不到羊群，四轮摩托车也容易翻车，所以巡查沼泽地时，一定要小心为妙，确保羊群全部被牧羊犬清理出来往家里走。而在远处，我们将在狼崖会合，形成合围之势，将草山围住，保证羊群朝正确的方向往回走。

---

① 英尺是英制中的长度单位，旧称"呎"，1英尺等于0.3048米。
② 英亩是英美制面积单位，1英亩等于43560平方英尺，约4046.86平方米。

山门口集合时的嘈杂声过后,很快便陷入了孤寂,一天的工作开始了。一天当中,大部分时间我们各自分开,虽然是协同干活儿,但彼此距离太远,无法交谈。这是与牧羊犬打交道的一天。山地犬是一种特殊物种,像旧靴子一样坚韧,同时又聪明伶俐,在牧羊人的指示下,能够翻山越岭完成任务。我很幸运,两只"牧场"犬都很不错,全是边境牧羊犬。它们在谷底无所不能,既能碎步徐行,也能随时冲向目标,只需一个眼神,就能震慑住羊群。它们令我骄傲,让我欢乐,可是它们算不上优秀的山地犬(至少现在还不是)。这完全是两码事。山地犬有鲜明的特征,身体强壮,聪明伶俐,眼睛看得少,听从指挥多,收不到指令时,能动用自己的智慧。

我们翻山的时候,看见几只母羊在很远的地方。它们原本应该在我们的公共牧场,现在却在一条深沟对面的山上。我担心它们走得太远,今天难以收回来。我心里暗自期待,一会儿,它们和邻近牧区的羊群一起过来,我们就能收上了。乔负责清查涧沟,这会儿他已经派狗过去收了。乔站的地方比我们远,在他那个位置,几乎看不见那么远的羊群。牧羊犬踉跄着退下来,又爬上去,越爬越高,朝天际线走去。一两声口哨再次给牧羊犬明确了信号，虽然地势险峻，目前还看不见羊的踪影，但是它应该继续朝前去寻羊。随后，牧羊犬看见了要寻来的羊，一下子明白了要做哪些事情。它绕到羊群身后，赶着它们离开峭壁。羊群扭来扭去，转身下坡，朝我们走来，然后消失在涧沟深处。我们派牧羊犬去接应，过了十分钟，羊群从我们近旁的涧沟沿上爬出来了。它们挨了打，而且清楚原因，故而顺从地碎步跑过沼泽，加入到回家的队伍中。乔的牧羊犬看到羊群已经归队，便转身下坡，向远处的主人跑去。乔远远地挥了挥手，又走开了。这样的狗就是无价之宝。看到它跑远，我很吃惊，不觉略微张开了嘴。我赶紧闭上，以免显得太傻。我的狗虽然也有不少优点，但却做不了那样的事。我们轻易不会受到震撼，但刚才看到的一切，却让我们哑口无言，有了一丝敬意。

一个老牧羊人转过身跟我说："那是真正的山地犬。"

"是的，"我回答说，"别跟乔说，他会骄傲过头。"

在草山的最远端，我按照吩咐等待。我不清楚过了多少秒，多少分，多少小时，因为压根儿没有时间的概念。

我静静地看着，身后的牧羊人赶着羊群，一小股一小股地往家里走。乔差不多将涧沟清查完毕，我走过去，跟他一起抄近路穿过草山的最远端。牧羊犬追着一只赫德维克公羊在我们眼前跑过,我们停下来欣赏。

"快看。"
"嗯。"
"你的。"
"我知道。"
"它妈妈刚过去。"
"看来,它能得奖。"
"有可能。"
"等着瞧。"

乔在我身后,赶着羊走过石楠花丛。我沿着天际线,把羊群往下朝乔赶去,并把泥炭丘里的羊群清理出来。现在,我是离家最远的一个。眼前的世界在我们脚下延展开来,三种牧地便是我们的全部世界:平地草场(或"近地草场")、川地牧场和山地牧场。一年到头,这里的农事有条不紊,羊群在这三种草地上迁来迁去。

从本质上讲,山地放牧不是什么难事。这种放牧方式几经发展,才成了如今的样子。夏季,山草丰茂,牧民利用这一优势生产羊羔,一来可以自食,维持生计,二来可以卖掉赚钱。

一件事情，不讲前因，不谈后果，说了等于没说。这简直就是鸡和蛋的问题（你也可以说是羊和羊羔的问题）。如果我简单介绍一下一年工作的基本流程，也许会有助于理解。简单来讲，我们是这样做的……

盛夏时节，有三件大事：保证羊羔健康成长，将母羊和羊羔赶下山剪羊毛，制备过冬的干草。

秋天，我们又一次将羊群赶下山，参加秋季展销会。我们把羊羔和母羊分开，几天后，母羊恢复健康。在"山地牧场丰收季"，将多余的羊羔和母羊收拾卖掉。短短几周，我们把多余的母种羊卖到低地，把少量优质公种羊高价卖给其他养羊人，这样就能赚回全年的大部分收入。

秋末，开始新一轮的育种工作。将公羊和母羊圈在一起，其中还有新近从别的羊群买来的公羊。这时候，还要把剩下的羊羔赶到低地农场过冬，它们是羊群的未来。从秋末一直到冬季结束，我们会将多余的小公羊（阉羊）喂肥，卖给屠户。我们放牧主要有两项任务，从五月到十月，利用山上充足的牧草，生产母羊羔和公羊羔。母羊羔卖给其他牧民（他们非常喜欢山地母羊羔，因为到了低地，它们既耐寒又多产），公羊羔则可以喂肥杀肉。买卖羊羔有中介，叫作"商店"，那里有中间商买进羊羔，并负责养肥。我们赚的钱就来自这两种羊羔。

冬季的任务是照顾主要的待产母羊，必要的时候喂食，让它们度过最寒冷的时节。一年当中的大部分时间，羊群一直吃野草。到了冬季，野草没了，就需要投喂干草。

冬末春初，重点要关照怀孕的母羊，并为生产羊羔做准备。

春天主要围绕母羊生产羊羔展开，让它们在我们最好的草地（近地草场）上生产羊羔，然后照顾成百只羊羔。

春末夏初，为母羊和羊羔打记号、接种疫苗、除虫。此时，夏草逐渐丰茂，羊群可以享用了。我们将它们赶上草山，或者赶它们去川地牧场，把谷底空出来，好种植过冬的干草。

接着又是一个循环，和我们的先辈之前做的一样。这种牧羊方式千百年来基本没有改变。虽然规模变了（为了生存，有些农场合并了，剩下的数量少了），但基本内容没有变化。假如你带个维京人① 来我们的草山，让他跟我站在一起，他会明白我们做的事情，也知道我们一年的基本劳作模式。根据不同的山谷和农场，每项任务的具体时间会有所变化。事随时变，不以意移，一切都那么自然

---

① 维京人，又名古挪威人，他们从八世纪到十一世纪入侵欧洲，别称北欧海盗。他们生活在斯堪的纳维亚半岛，大多数人平时是职业农夫，住在乡间荒蛮之地，没有大城镇的概念，许多维京人与其家族成员一起生活在小农场上。

而然。

有时候,你独自一人留在山上等待其他人,四周空无一人,寂静无声。云雀高飞,歌声嘹亮。有时候,看不到一只羊、一个人,只看到主路和村舍就在远处。没有人确切地知道,这种山地收羊历经了多少个春秋,也许已有五千年之久。

举目四望,脚下的草山茫茫无际,崎岖不平。从古至今,像我们这样的湖区农场有公共放牧权,在自家领地的公共牧场上,可以放牧一定数量的羊群。羊群数量往往约定俗成,共同协商,需要考虑草山及冬季低地农场的承牧能力。古往今来,这一体系都离不开规则和习俗的制约,防止滥用、欺诈和管理混乱。在没有移动电话和电子邮件的那些年月,人们协同管理这片土地的唯一办法就是靠约定俗成,明确了大家什么时候该干什么事情,也明确了做事的方式。那时候甚至有领地法庭,针对不当的行为处以罚款。在由有公地使用权的人组成的协会中,这种操作仍然存在。在十一月召开的牧羊人大会上,大家彼此间寻找走失的羊,或者其他有公地使用权的人处罚我们。沿大路从公共牧地一头走到另一头去寻羊,来回可能要走九十多英里。有些农场的羊群分布在不同的公共牧地，所以这些山地牧民大多数时间都在不同的草山上收羊。有些农场的伙计专干这一行，额外赚些营生，还为此养了许多牧羊犬。

人们对牧羊人和农民抱有一种诗意的想象，认为他们独居深山，与世隔绝。华兹华斯更是推波助澜，根据童年的印象，为世人描绘了这样一幅天人相融的图景：牧羊人带着牧羊犬独自生活在草山上。就生活本身而言，有时候真的是这样，像祖父一样的人们，有时候独自和羊群在一起，四野无人。但从文化和经济的角度讲，牧羊人并非没有伙伴。祖父有一块地，叫作"足球场"。在邻近农场干活儿的年轻小伙人数众多，可以分成两队来踢一场比赛。祖父负责调配人员，最终征服了他人，也赢得了尊重。

众所周知，贝都因人之所以能够在撒哈拉沙漠自由穿行，是因为他们对沙丘和沙岭了如指掌。即使沙丘跟沙岭随着时间缓慢移动，他们照样能数出沙岭的数量，并准确定位出自己所处的位置，清楚如何到达目的地。我们在文化中穿行，我们对自己和其他人的定位依靠的也是类似的结构基础。如果你能领会其中的要领，便能驾轻就熟。

在英格兰北部，祖父和父亲不管去哪里，都是轻车熟路。一般情况下，谁在某片土地上放牧，他们一清二楚，经常连之前谁在此地放牧，谁在邻近牧场放牧，也了如指掌。这里，整片土地就是个复杂的关系网，由农场、羊群和家庭交织而成。父亲几乎不会拼写常用单词，但却对这片土地无所不知。在我看来，这是对传统意义上一个人"聪明"与否的一种嘲讽。我认识的好多相当聪明的人都是半文盲。

无论是谁，来自英格兰北部也好，甚至是英国其他地区也一样，如果祖父弄明白了他放牧的地点、饲养的家畜品种，以及经常光顾的市场，便能很快和此人找到共同话题。一年中的各个时节，对于某人正在干什么事，祖父清清楚楚。"别忙活着去威尔逊家了……他们今天忙着呢，要收拾'骡猪'（强壮的母羊羔，每年秋季都会卖给低地农场育种）。"要是你真上山，去他刚说的那家农场，你会发现他说的没错。

早在信用等级查询出现以前，这里的人们已经能够迅速查明村里来的新人是否可靠。在拍卖会或展览会上，只需与来人的同乡简单地交流几个问题，此人的全部家世，以及他的所作所为，就会散播开来。

所以，要是有人落下偷羊的口实，那就成了惊天丑闻，流言蜚语会传遍山谷。在奔宁山脉地区，有一户牧民家庭原本备受尊敬，近些日子，邻居们却指责他家偷了羊。这个案件还没有移送到法庭审理，我无法判断最终这家人会被判有罪，还是宣判无罪，不过这件事在山地牧区掀起了轩然大波。有个老人，大伙都熟悉，他也在同一片公共牧场放牧，说起这件事时，老人家两眼含泪，似乎在说他怎么也不相信，自己信任的人竟会割掉羊耳朵上的标记，掰掉烙着标识的羊角，然后将羊偷走。

牧羊人之间有默认的道义准则。记得祖父讲过，他的朋友私底下从另一个牧民那里买了几只羊，自认为价格还算合理。几周后他去赶集，却发现自己买的羊确实便宜了，而且有点过，每只大约比市场价低了五英镑。他觉得这对卖家不公平，因为卖家信任自己。他不想占便宜，或者同样重要的是，他也不想让别人觉得自己占了便宜。因此，他给卖家寄了一张支票，补了差价，并表达了歉意。可是卖家也委婉地拒绝去兑现，理由是这桩交易做得你情我愿，他们是握过手的。事情就此陷入了僵局。

破局的唯一办法是来年再去他家买羊，并多出些钱，补上之前的差价。祖父的朋友就是这么干的。他和卖家丝毫没有想过在短期内"将利益最大化"，因此都不会使用现代都市商人惯用的手段。相比于赚快钱，他俩更看重的是自己的良好形象和诚实正直的名声。君子一言，掷地有声。

祖父和父亲费尽心思，为邻里排忧解难，毕竟善行无价。如果有人从我家买了一只羊，只要他稍不满意，我们就会收回来,并退钱给他,或者另换一只。大多数人卖羊都是这么干的。

父子之间,名字可以互换,家族姓氏可以与农场的名字相互替代。农场的名字跟姓氏一样,能让其他农民知道你的来龙去脉。我们这里有二十多个农民是同姓,就有必要用农场的名字来区分。有时候,在一般谈话中,农场的名字甚至代替了姓氏。

前几日在酒馆,我碰到一个人,他认识我祖父。"你能有你祖父的一半就很了不起了。"他一本正经地说完,给我点了一杯酒,算是一种回馈,因为在十几年前,我祖父为他做了难以言表的好事。大家都会小心提防村里或公共牧区来的新人,因为他们还没有证明自己是正派人,会遵守村规民约。都说想当"当地人",三代以后自然成(这虽是句玩笑,但说的却是实情)。

富劳斯和塔恩干活儿很卖力。它俩前堵后截,赶着羊群穿过了草地。有时候,一只跳进低洼处不见了,一会儿又赶着几只母羊出来了。母羊和羊羔四散开来,浩浩荡荡。我们赶着羊群穿过数不清的泥炭丘,走在大片大片的石楠草地上,朝狼崖走去。我看到了将要会合的人的牧羊犬。我虽然看不见狗的主人，但是能看到狗在主人的指挥下收羊。我们没费周折就会合在一起。他肯定看到了山脊上我的狗，判断出我的位置。他从山崖下过去，和我们的总负责人，那个老牧羊人会合了。我看见他俩在我脚下几百英尺远的地方交换着行动的进展情况。偶尔，有只手伸起来释放一些信号。在广阔的草山上，他俩的狗散得很开，赶着羊往家里走。在我脚下，悬崖又陡又危险。我若再往前走五步，稍不留心，就有可能摔下去丢掉性命。我站在原地，方圆二十英里尽收眼底。

第一次来这个悬崖峭壁间收羊时，我跟着一位女牧羊人，她年事已高，我正和她商量，要接过她的羊群。虽然我们是多年的朋友，不过也得考察一番，看我带上牧羊犬，在山上能否把羊管好。这样的考察，我们彼此心照不宣。在我们脚下，大约一百码①开外，绝壁间有个岩架，上面草色青青，六只母羊和羊羔黏在那里一动不动。两个巨大的岩石中间有一条小小的斜坡通向那里，坡上长满了绿草。我派牧羊犬麦克下去。麦克经验丰富，沿着草坡一路直下，到了下面，小心翼翼地把羊全部赶出来了。这长了我的脸。女牧羊人说牧羊犬干得"还行"，这可是她最

---

① 码是英国长度单位，符号是yd，与公制单位的换算关系是：1码约等于0.9144米。

高的赞誉。

等清理完各峭壁间的羊后，羊群全部集中在一起，仿佛一张毛茸茸的地毯，覆盖了下半个草山，一个个动来动去，令人眼花缭乱。人和牧羊犬形成的包围圈逐渐缩小，在我们面前，数百只母羊和羊羔一只跟着一只，往家里走去。遇到糟糕天气，有人就会掉队，我们只好耐心地等待，直到他从云雾缭绕中重新露出脸来。我们走走停停，阵形却始终如一。等所有人都到齐了，我们便赶着约莫四百只羊下山，进到山下的羊圈里。羊圈分散在山下的草坡上。一般情况下，羊圈无外乎一个用石墙围起来的大圈，外加几个用篱笆或木棒隔开的小圈，供分门别类用。

我们把母羊赶进细细长长的"赛道"（一条小路，两面有墙，羊群顺着它下山，尽头设有转动门，通过左右旋转，把羊放进不同的羊圈），在那里将它们按照各自所属的农场分开。"分流"需要眼明手快，因为在极短的时间内，既要认清标记，还要打开合适的门。我把羊群赶上赛道，碰到标记不清的，就大喊提醒。偶尔会出现"白"羊羔，也就是无标记的羊羔，它们是山上生的。先找到生它的母羊，主人也就找到了。我赶羊进赛道的时候，另一个牧羊人的狗咬了我的手。我尖叫一声，威胁要踢死它。狗的主人喊着问到底怎么了。

"你的狗把我咬死了。"

"活该,你的狗前几天也咬了我。"

我们都笑了。扯平了。

很快,羊群就分清楚了。各自的主人和牧羊犬看着,以免再次混在一起。此刻,我们身后的大山空空如也,再次陷入了寂静。

最后一群羊分流完毕后,牧羊人赶着羊回家,准备剪羊毛。

到处闹闹哄哄,一片嘈杂。

人们在喊话。

口哨声。

叫喊声。

拍手、挥手。

母羊在寻羊羔。

羊羔在回应。

狗叫声。

人们赶着羊回家了。它们飞驰而去,像云朵的影子掠过山坡。

在我们辛勤劳作的一生中，过去和现在交织在一起，相伴而生。有时候，很难画出一条界线，标志着过去的结束，现在的开始。年复一年，每一项工作都是一种回忆，回忆过去一次次干同一件事情的点点滴滴，也回忆一起干活儿的人。只要我们还在牧羊，曾经一起合作过的男男女女就生生不息，成了放牧的一部分，成了故事和回忆，也成了放牧的方式和依托。

那是六、七月份的一天，天气晴朗宜人，当时我们没去干草地晒草，祖父把羊集中在圈里。我记着的这一天已经过去了三十多年，然而却恍如昨日。在一条小路尽头，人们用分流门把羊分开，羊羔关一个圈，毛茸茸的母羊关另一个。随后大伙把母羊赶进一间房子，父亲在那里剪羊毛，母亲正把剪下的羊毛用脚踩实，装进袋子里。

父亲的短袖被汗湿透了。他偶尔舒展一下背，好像疼得厉害。他从羊圈里抓住羊，用双腿夹住脖子，让屁股着地。一手拉动启动马达的绳子，另一只手把羊腿别到自己屁股后面，顺带拿起剪刀。先剪肚皮，剪的时候用一只手护着母羊的乳头，若是公羊，护的则是生殖器。然后从后腿绕到尾部，再绕到后背。手臂不停地挥动，剪刀过后，羊毛掉落。父亲像一台机器，拉着羊跳着迷人的舞蹈，羊被他的一举一动迷住了。整个过程，包括怎样让羊转身，怎样挪动，怎样翻转，都是精心编排的，得做到有的放矢，恰到好处。剪刀每扫过一处，都会剪下一整梳齿羊毛，剪过的地方安然无恙，不会剪伤皮肤，留下伤口。母羊该剪了，羊毛全竖起来了。电推子过去，羊毛纷纷落地。梳齿将羊毛收进，刀片切割，切得干干净净，整整齐齐。母羊毫无知觉，羊毛就没了。它们还没弄明白发生了什么事，就已经回到圈里，和羊羔们在一起了。

一天时间，父亲大概可以剪二百只羊。他穿着用粗麻布袋缝的软帮鞋，脚面上的针脚很随意。这让他更好地触碰到羊，并在自己两腿间磨蹭它们，好让剪刀的梳齿梳满羊毛，而不会剪到松软的皮肤褶皱。你可以穿着靴子剪，但却会失去对羊的知觉，剪起来不能得心应手。

电机挂在梯子上，梯子架在谷仓的两根椽子间。从梯子上垂下来一根驱动轴，为剪刀提供动力。由于频繁使用，剪刀磨得雪亮光滑。有时候，母羊一挣扎就会被剪伤。这种意外每年夏天都发生一两起，若伤得深，祖父会拿缝羊毛袋的粗针缝合起来；若只是皮肉伤，他会派我去干草棚弄些蜘蛛网来，他把蛛网敷在伤口上帮助止血结痂。

过了几年，我到了十几岁，便开始从父亲那里学习剪羊毛。这项工作似乎没办法完成。我笨手笨脚，感觉羊要和我打架。我没有耐力,脚该挪动时却不会挪动。屈膝弯腰,移动脚步,转动剪刀,这三项我完全不协调,找不到需要的节奏。我努力调整,却越弄越糟糕。

他总是比我快,比我有耐力。

我想放弃,直接走开。

这活儿真不是人干的。

我累了,羊感觉到了我的疲惫,一直抵抗到底。

在我们这样的地方长大,艰苦的工作会让你开窍。它会教你变强,不强就会失败。到了中午,嘴上功夫厉害的人很快就现了形,累倒在地,自惭形秽;而上了年纪的人却还在卖力干活儿,像才开始一样。

剪完一半羊毛后,父亲抬头问我,是不是累了。这个问题令人难堪。我真想揍他一拳。好多年我都跟不上他,我讨厌这样。我努力挑战,却输得更惨。后来我不跟他比了,偶尔还能胜他几回。父亲逐年变老。在附近,我剪羊毛算不上最快,却也不差,我剪得干净。几日的训练之后,我的速度还算可以。

剪羊毛时节,母羊会受到苍蝇的滋扰。羊轻轻甩动耳朵,把苍蝇赶走。农场里有很多树和林地,因此有许多绿头苍蝇。七月里苍蝇最多,我们必须尽早给羊剪毛洗药水浴(为了驱赶苍蝇,用化学"浴羊药液"把羊浸透),这样羊就可以更好地照顾自己。每年夏天，总有一些母羊遭到苍蝇"袭击"感染蛆虫。这些饥饿的小坏蛋慢慢蠕动，先在一块脏兮兮的羊毛中安营扎寨，然后进到肉里，或者足底。中招的母羊会把腿挂起来，好像很疼痛，或者抽搐，或者使劲咬自己的身子，或者在回家的路上干脆放弃前行，躺在地上。发现这些迹象，我们就知道大事不妙。有时候，"受袭"的足上一大片蛆虫在蠕动。蛆虫若在尾巴上和羊毛上则难以察觉，很快就会传遍全身。放任不管，不出一个月蛆虫能把羊吃死，吃到只剩下一把骨头。苍蝇成群结队，在感染了蛆虫的羊身上打转，那种气味会让它们奋不顾身。剪这种羊的毛很不爽，苍蝇会咬你的胳膊。一只牛虻叮了我父亲的胳膊，留了一个伤痕，又红又肿。父亲大声咒骂，像着了魔。祖父拉着一只"受袭"的母羊到边上，在羊身上倒了一瓶战斗牌驱蛆油。蛆虫闻到难闻的气味，全蠕动着爬出来，弃宿主而逃。地上一地蛆虫，有的已经死了，有的还在垂死挣扎。另一边是毛茸茸的羊群，等待剪毛。羊羔在棚外咩咩地叫，焦急地等着妈妈，等它们重新回到阳光下。棚内羊声嘈杂，母羊叫声不断，回应着外面的羊羔。母羊剪过毛后，通过叫声召来自己的羊羔，然而小羊羔看到招呼自己的不像妈妈，而是个光溜溜的东西，通常会显得很茫然，急忙跑开，去寻一只更像妈妈的羊。

一天时间，剪羊毛快的人可以剪四百多只羊，两百只也很了不起了，大多数人办不到。有时候，父亲会搭伙帮助邻居。四个人一天可以剪一千多只羊。这需要一群人协助，要干的事情很多，包括集合羊群，分开羊羔，把母羊赶进修剪棚，打包羊毛，剪后做标记，把剪好的羊赶走，总之，要让一切都有条不紊地运转起来。剪羊毛时节，人们的脾气都少。房间里生机勃勃，剪毛机嗡嗡地响，羊儿咩咩地叫，牧羊犬汪汪地吠，人们大声地叫嚷着。有些年份对剪羊毛人就是噩梦。羊毛不能湿剪，在下雨前就要把羊赶进羊圈。可是好多羊都集中在野外临时搭建的羊圈里，要在移动修剪房里完成，一旦下雨，一天就毁了。现在都使用电动剪毛机，但剪羊毛依然是件苦差事，帮手越多越好。整个夏季，许多年轻的牧羊人，以及稍微老点的，结成剪羊毛队伍，从一个农场辗转到另一个农场剪羊毛，以此挣取营生。农民的妻子仍旧争着奉上最好的"剪羊毛茶点"，可惜没有人忍心告诉她们，肚子里填饱蛋糕和烤饼后，弯腰干一下午活儿其实并不好受。

剪羊毛时节，唯一不好的事情就是羊毛的售价太低，毕竟这是世界上最好的产品之一。曾几何时，对于我们这样的农场，羊毛是重要商品，是主要的收入来源。听人们说，在十九世纪结束以前，马队和驴队常常驮着成捆成捆的羊毛，翻山越岭去肯德尔（一个因羊毛生意而兴起的小镇）。在中世纪，修道院掌管着湖区大部分土地，他们的财富大部分来自羊毛。如今，若雇人剪羊毛，每只羊需要一英镑。剪下的羊毛大约值四十便士，连本都不够，何谈利润。

有些年份，羊毛的价格太低，我们也就不费那个周折，直接一把火烧了了事。赫德维克羊的毛又粗又硬，颜色暗淡（这是山地羊最理想的特征，这种毛适合制作花呢夹克、隔热材料、耐用地毯，不过与人造产品相比，就没了可比性）。看看很久以前赫德维克羊的照片，你会看到那时羊身上的毛比现在多很多。原因是羊毛在市场上没有利润，因此，牧民培育出的羊，毛越来越少。剪羊毛是为了羊的健康，不是为了谋生。即使这样，要是我没有撕下羊屁股上的脏毛，或者没有捡起地上的羊毛团，祖父依然会训斥我。

父亲剪完一只羊，便把羊毛扔到一边。祖父抱起羊毛，像渔夫撒网一样，撒在打包桌上。羊毛像一件里子翻出来的外套，摊开在那里放一会儿。祖父不放过任何脏东西，他会撕下粪便，挑出稻草棍和细枝条。他把羊毛从外向内卷，卷成了一个一英尺宽的小毯子。接着从尾部开始滚，一直滚到颈部，滚成一个羊毛球。然后一抽一拧，颈部的羊毛拧成了绳子。祖父用它把羊毛捆起来，将多余的绳头牢牢地塞到背面的绳子底下。羊毛就这样扎成捆扔给母亲,等她用劲填到羊毛袋里去。我小时候,还不会干活儿,常常爬进羊毛口袋里,弄得满身是羊毛脂,油腻腻的。我就那样躺在袋子里,棚里回荡着剪毛机器的电机声和羊叫声。我依稀记得躺在那里,看着梁上的燕子从巢里飞进飞出,一副若无其事的样子。燕雏偶尔探出头,从窝边窥视下面乱哄哄的景象。有时候,我会在这软绵绵的羊毛里睡着。祖母总是过分关心,会把我叫醒,不停地给我黄油甜酥饼干,或者别的吃食,不过全都是她亲手做的。她把口水吐在手帕上,给我擦脸。在剪完毛的羊身上,祖父打好我家农场的专用记号,然后把羊放出去。我家的标记是蓝红色,打在肩膀处,蓝色在前红色在后。所有人看到这个记号,就知道羊是我家的。

几天过后,我们给羊洗药水浴。母羊略微闻到药水味都会反抗。我们只好粗暴地将它们放进洗浴池里。池里是灰色的化学药水,能驱赶蚊虫。羊扔进去后,四处游动,寻找出路。有人拿一根带有金属刺头的长棍,戳着让羊浸透。我们孩子们便跑到河边去,欣赏死鱼从洗浴药水流过的地方顺流而下,白花花的肚皮翻在上面,在溪水中闪着银色的光芒。那时候没有人担心这种事情,但是事实上,我们浸泡羊用的化学药剂,正是"一战"时期研制出来杀人用的。

这些日子艰苦而漫长。清晨，人们老早就把羊赶到院子里。集合的时候，牧羊犬很卖力。记得在剪羊毛的时候，祖父就这样指挥狗干活儿。那时候，祖父要走快就很吃力，幸好他有一只优秀的牧羊犬。那只狗名叫拜恩，是一只边境牧羊犬，黑白相间，结实匀称。这只健壮的狗可以看管一大群羊。祖父甚至把拜恩训练到可以按号令叼住母羊，却不会咬伤。它咬住羊毛，不伤及皮肤，使劲扯住不动，等祖父慢慢过去，把羊抓到手里。不过拜恩有点顽皮，知道老家伙抓不到自己，便在去干活儿的路上，在祖父眼前跳来跳去，欺负祖父，祖父只好朝它大喊大叫。

狗东西！祖父吓唬说，要是抓到定叫它吃不到好果子。

拜恩仍然跳来跳去，还做个鬼脸。

然而工作一开始，拜恩就变得非常专注。他俩配合起来几乎无所不能。拜恩出色地完成任务以后，祖父把它所有的调皮捣蛋都忘得一干二净，不再提起。到了第二天，他俩又旧戏重演。后来，祖父渐渐衰老，还中了风，我们便在农舍的前厅给他支了张床。我们带着拜恩进去看他。他看到心爱的牧羊犬，高兴地哭了。

一只黑羊羔离开羊群，从我身旁溜过，向上跑去。我喊了一声塔恩，让它去追回来。塔恩迈开大步追去，一眨眼的工夫就赶超了小羊。在刚追上小羊的时候，狗和羊并驾齐驱，它们齐头往上跳跃。这时，狗用鼻尖轻轻推了一下小羊，小羊失去平衡，栽倒在草丛里，打了个滚。小羊羔从路边的毛地黄和野蓟堆中又爬起来，回到羊群里。我长舒一口气，因为羊羔一旦害怕，以为妈妈落在后面，就会低着头，不顾狗和人的阻拦冲到山上去。

我在山门口吃完三明治，天气已经转凉，晚霞映红了西边的天幕。金翅雀从一丛毛茸茸的蓟草间飞向另一丛，欢快地歌唱。眼前的大路又长又直，消失在远处。沿着一条条小道，我穿过了"后备牧场"或者"川地牧场"，它们是草山低处或沼泽地上私有或私人经营的土地。其实都是公地，曾经分给各家各户，让每个有公共土地使用权的人都有一块"后备牧场"。这些地方通常很陡，到处是石头和石楠，多半是灌木丛。川地牧场看起来跟草山差不多，只是用蜿蜒曲折的石墙隔开了，石墙一直延伸到草山边。这些土地，有很多从十七世纪开始，就圈起来放牧牲畜。这种土地跟公共牧场不一样，它只由一户牧民来经营。

我沿着一条条小路赶羊下山。在这片土地上，人们从定居伊始，就一直都这么干。这正是这些小路或者说"牲畜道"的意义所在，把农庄和山地放牧连接起来。我正踏着先辈的足迹前行，过着跟他们一样的生活。

❦

我要去的农场就在这些小路下面，是祖父在二十世纪六十年代买的。它是祖父的，而从某种程度上说，现在依然是他的。农场同样也是父亲的。父亲操持各种事情，让它持续发展，在七十年代和九十年代，他还花钱新买了田地进行扩建。农场也是我的，自打我还是孩子的时候，就跟随祖父和父亲在这里干活儿。另外，我新建了一座农舍和几间房屋，把我的家人也接来生活。我会用余生经营这座农场，让它延续下去。

我们赶着羊群正要返回去的农场，在一定程度上，现在已经是我的三个孩子的了。他们参与每日的农场生活。羊群里有他们各自的羊，他们开始操心，负责让自己的羊羔健壮成长。如此一来，他们也知道了放牧的酸甜苦辣。我希望他们跟着我干活儿，就像我小时候跟着祖父和父亲那样。

他们的羊分别叫莫斯、霍利和露比露。我还有什么好说的？这跟我小时候一样，我以前的两只羊叫贝蒂和兰提斯。这算是一种传承吧。

有些人的生活完全是自己创造的，我的不是。

我往农场赶的羊群，是我经受考验之后从邻居那里买来的。有了自己的山地羊，让我的农场成了真正意义上的山地农场。羊是我的邻居在二十世纪七十年代，从另一个有名的养羊人手里接过来的，然后又转交给我。在时间的长河中，羊群依旧，牧羊人几番更迭。有一天，我也会把它们转让给其他人。

你当然可以像我的祖父一样，养殖"改良"羊种。这种羊不像山地羊，没那么健壮。你可以在谷底自家的草地上放养，不用去山上的公共牧场。祖父养殖斯瓦尔代尔母羊，培育出北国混种羊羔，到了秋季，便带到伊顿谷的莱宗比大市场出售。他买下的农场不带山地放牧权，因此他不是真正意义上的"山地牧民"。不过他与山地羊群也就隔着一个山坡，从山地农场买来羊羔，又把公羊卖给他们。他觉得那样挺好，因为越到山底下，土地越好，羊也越好。要是你也是二十世纪中期的农民，像我祖父一样思想先进，你也会这么认为。

斯瓦尔代尔羊是荒野羊种，体格健壮，羊毛又厚又长，迎风飘转，脸部和腿部有黑白标记，异常醒目。正如名字斯瓦尔代尔所示，这种羊最早在奔宁山脉一带，后来才遍布英格兰北部的高地。这是因为，假如把斯瓦尔代尔羊与长相奇异的蓝脸莱斯特羊交配，就可以产下很不错的混种母羊，叫北国混种。北国混种羊长相喜人，脸上有斑点，棕白相间，或者黑白相间，羊毛像衬裙一样漂亮，它们下到低地，成了英国其他地区的繁殖羊种。湖区养殖的主要是斯瓦尔代尔羊。祖父养殖它们来生产羊羔，然后在九月里卖掉羊羔。因为要生产混种羊羔，祖父每年都得重新买来"退役"母羊，斯瓦尔代尔羊得以更新换代。

对于低地农场，花钱能买到的最好的母羊便是山里的母羊羔。它们既像山地母亲，健壮多产，也像低地父亲，有着"改良"后的生长速度、体形和优质羊毛。在山上度过青春岁月之后，它们几乎可以适应英国的任何地方，因为无论去哪里，条件都比原先的要好。这样的羊羔是山地牧场收获的累累硕果。在小型拍卖会期间，牧民成群结队下山，把条条巷道挤得水泄不通。拍卖商的叫卖声在羊圈和四周的田野上回荡。空气中弥漫着我们喜欢的味道，那是羊羔洗浴后的味道。依照惯常，洗浴能让羊毛卷曲，给羊涂上一种暗淡的茶棕色颜料。羊羔的脸擦洗得干干净净，脖子上挂着红色和蓝色的毛线，表明它们是选出来的"一等品"或者"二等品"。

几百年来，其他地方的牧民都来这里买多余的种羊，北方的草山似乎成了全国的育羊中心。每年秋天，祖父都有羊卖给萨默塞特郡或肯特郡等遥远地方的农场。羊买卖变成贸易经济由来已久。一千多年前，维京贸易圈向北延伸到大西洋沿岸，我们就是其中的一部分。

每年秋天，条件优越的低地牧民都上山来购买多余的羊羔，母羊羔可以繁殖羊群，公羊羔则喂肥宰杀。交易也是迫不得已，草山在夏季可以喂养许多羊，而在冬季则不行，没有那么多草。山上产出大量的种羊、羊肉和羊毛。除了因过剩而卖掉的羊羔，上千只山地小羊在低地农场过冬，羊的主人按周支付寄养费，过去跟现在都是如此。来年开春，寄养的羊群返回草山，成了羊群的未来，正好赶上草山从冬日的清灰变成夏天的草绿。

在过去的十年间，父亲和我有意让我们的养羊方式更加传统，回归旧的一套，外部少投入、少花钱，这样有助于我们避开不断增加的成本，成本增加正在蚕食像我们这样的小农场。我们也逐渐领悟到，传统的方式依然管用。

实施传统劳作措施的过程也是一种教育，把我们带入了山地公共牧区的放牧生活，引导我们了解了许多经久不衰的传统方式。相比于三十年前，我家的土地与草山的距离并没有拉近一寸，不过我们和草山之间的关系却变了。我正在深入了解这片土地。

离家还有半英里路，道路两旁围着干石墙，墙脚长满了粉色的毛地黄和蕨类植物。我正经过邻居家的地盘。在山底，没有公共土地。像我们这样的农场，在谷底都有一小块平地，或私有草场，用石墙、栅栏或荆棘篱笆隔开。它们拼凑在一起，形成一种"绿色宜人"的地面效果。这就是我们的土地，归我们所有，或为我们所租。我们在这里种植庄稼，为过冬做准备。我们也在这里照顾春季的羊羔，它们还在吃奶。这些草场对于山地农场的运转至关重要，熬过严冬就靠它们了。

为了使这片土地适合放牧，人们付出了巨大的艰辛劳动。许多工作是十二、十三世纪做的，例如：清理田野中的树木和巨石；治理河流，引流灌溉，不让洪水冲走地表的土壤；建造界墙，划定边界；随着时间的推移，从森林和灌木丛中获取新的土地，有时候还要排干山谷底的沼泽。如果这块土地上不设界墙、篱笆和栅栏，牲畜会终年吃草，自然就晒不出过冬的干草。夏季繁华，冬季萧索。饲料一旦缺乏，牛羊就会挨饿，最终人也遭殃。

我走在路上，看到一堵墙，那是我曾经跟祖父一起修的。

我依稀记得他教我砌墙时的样子，那时我大概才八岁。他的双手像鼹鼠的爪子,把坚硬的青色墙石垒起来,留下的缝隙由我用小碎石填补。夏季是修补维护的时节,把冬季损坏的地方修补好。

美国诗人罗伯特·弗罗斯特也曾是农民,写过一首名为《补墙》的佳作:

> 有一点什么,它大概是不喜欢墙,
> 它使得墙脚下的冻地胀得隆起,
> 大白天的把墙头石块弄得纷纷落;
> 使得墙裂了缝,二人并肩都走得过[①]。

"好篱笆造出好邻家",诚哉斯言。祖父深知其中的道理,也希望我能明白。我静静地注视着,他把石块拿在手里,翻来翻去,寻找适合的面,然后一块一块地砌上去。砖面不好看的一面向里,"墙面"向外。他会在墙上砌一些"通透石",防止将来胀裂崩塌。祖父督促我,让我用小石块填满缝隙,把拳头大小的石片和石块塞进夹缝,让墙变得结实牢固。

祖父特别细心,会把有些石头留下来砌墙顶。他把这些石头按照原来的样子砌上去,让石面上银色、黄色和晒

---

① 梁实秋译。

得发白的绿色苔藓和地衣再次面向天空。

有一次,有人停车拍照,祖父转身走开,轻轻地说了声"滚开"。在他眼里,游客就像蚂蚁,人小事情多,天一晴就扎堆过来,碍手碍脚,想法古怪,一旦天气稍有变化,就马上离开,留下我们继续干活儿。他觉得"悠闲"是个奇怪的现代观念,会带来麻烦。他认为任何人想爬山就爬山这一思想有问题,无异于犯傻。游人让祖父痛苦,祖父不理解游人。游人对湖区的所有权有另一种理解,就这一点,我想祖父无论如何都搞不明白。他觉得那类想法匪夷所思,就像走进伦敦城郊,难道因为喜欢某个花园,就可以宣称花园归自己所有?

农场的日常事务细细碎碎,难以计数。要维系土地和羊群,这些工作必不可少。修缮断墙,砍伐树木。为瘸羊疗伤,给羊洗药水浴,喂驱虫药,修剪羊蹄,转移羊群,赶羊洗脚,营救卡在栅栏里的小羊。栽种树篱(在合适的月份,否则水分不畅通,树篱不能成活),悬挂篱笆门。清理屋顶的水路,清理狗窝,清理母羊和小羊尾部的粪便。你开车过去的时候,并不会注意到这些。日积月累,这样的工作就多了。像我们这样的田园,就是无数看不见的小事的总和。

眼前的羊群遇到反向的行人停住了。游人紧紧张张地穿过羊群，在我身旁走过。他们跟我打招呼。我也打了招呼。他们继续前行，其中一个手里拿着一本温赖特的旅行指南。

我想知道，他们中是否有人看到了祖父砌的墙，是否有人在意这堵墙，是否有人想过这是谁修的墙？

我们快到家了。

羊的感觉很准。一些老母羊在前面徘徊。前方有条小溪，把路截成两段。它们不愿过河，停在河边散开吃草。我命令富劳斯过去，直接说了声"去"。它在羊羔和母羊中间推推搡搡地挤过去，最后跳过小溪。我让塔恩"躺倒"，这样截住后路。我走到前面，打开通往我家农场的木门。门用一根生锈的带刺铁丝绑得很紧，我解开铁丝推开门。老母羊明白到家了，便跳过小溪进了院子。五分钟时间，它们全都进到我家的草地上，然后找到各自的羊羔，带着吃草去了。

富劳斯和塔恩躺在溪流里，只把头露在外面，粉色的舌头伸得很长，喘着粗气，蜻蜓在它们头顶盘旋。

🌿

祖父小时候患有脑瘫，导致骨质疏松，差点残废。医生说他再也不能走路了。好几个月时间，他都坐在木轮椅上，让人推着活动。大家都说祖父成了"发臭的废物""没用了"，也"救不了了"。但在卡莱尔的一家疗养院待了几个星期，他服用了一些神奇药物后，慢慢康复了。记得他穿衣服的时候，我看见他一条发白的腿上有个孔，那是病魔吞噬了一块腿肉留下的。在他母亲爱丽丝宠溺呵护了他几个月之后，他从他母亲那里找到了自我，病魔让他成了一个桀骜不驯的孩子。从那以后，他绝不希望当他父亲的跟班。像这里的许多小伙一样，他也要找到属于自己的农场。快到二十岁的时候，他向他母亲借到钱，在伊顿谷的洛瑟庄园里租了一个农场。

🌿

伊顿谷是一片广袤肥沃的平原，东边以英格兰的脊梁奔宁山脉为界，向西一路延伸，直抵湖区的山地，北倚索尔威平原和卡莱尔市，南临豪吉尔山脉和约克郡山谷。这里有英国最好的农场，牛羊肥壮，因而久负盛名。在谷底的肥沃平原上，村里的房屋全用砂岩砌墙。站在那里，或许会觉得自己就在低地,就在一片适合耕种、适合养殖奶牛,与远处的高山毫无关系的土地上。事实并非如此。每年秋天,羊群都要下山,羊群的迁移让这里与高山融为一体。古老的放牧体系相互关联,高山与郁郁葱葱的宽阔河谷都是其中的要素。

⚘

湖区山地的东面,石灰岩山脊向下倾斜,祖父租的农场就在一条山脊下面,没有屏障,而且多风。若想谋生,脸会冻裂变红,像被砂纸打磨过一样。这里最高海拔可达九百英尺,站在上面俯瞰,山谷在脚下绵延数里。也就是说,我们差不多位于山地和谷底的中间。老人都说这个农场不好,太陡峭,山丘过多,"好马也会累死"。或许是祖父笨了点儿,但还算幸运,也有可能是他很聪明,没多久耕地的马匹就不见了,让位给拖拉机,长期以来的限制变得无关紧要了。

条件恶劣的农场并非致富的地方,但却给了愿意撞撞运气的人,以及为生计所迫的人机会。来这里的人,要么年轻有抱负、要么身无分文、要么自我感觉良好,或许还有一些是蠢人。假如你在低地有个大奶牛场,土地肥沃,你很可能会对这些边缘土地上的农民嗤之以鼻。条件不好的农场，生长期一般延后两个月，甚至要到五月份才能清理草地上的羊群。而到那时，十英里外的低地农场几乎可以割草了。农场位置和土地质量决定了各个活动的具体时间，从母羊生产羊羔到制备干草。

祖父辛勤劳作，扭转了局面。他在邻近的农场干活儿，挣钱补贴家用。他是一名优秀的骑手，贩卖各种牲畜，跟许多同龄人一样，是个投机分子。猪价格好就喂猪，圣诞节火鸡值钱就养火鸡，鸡蛋有利可图就养母鸡，羊毛有市场就养羊，牛奶赚钱就养奶牛，喂犍牛利钱多就贩卖犍牛。调整顺应，及时改变，该做什么就做什么。人只能靠自己，栽了跟头没人能救你。虽然农场的地理条件不可改变，但是在已有的条件下，我们始终在寻找适合发展的路子。

祖父有一匹马，让他引以为荣。马叫黑腿拳王，给祖父拉车。多年以后，祖父给人说起它来，总说马在阳光下黑得发亮，肌肉像波涛一样荡漾。不幸也是有的。马匹遭遇牧草病害，接二连三地死去。他的天塌了。即使过了四十年，他依然没能释怀，给我讲起这件事的时候，语气仍旧悲伤。他曾驾车前往马尔代尔（山谷，为给大曼彻斯特地区供水，将其淹没了，现在沉在霍斯沃特水库深蓝色的水下）贩羊，或者去湖区的安布尔赛德或特劳特贝克集市，在那里购买山地羊。

要想贩来的羊有利可图，就得精明，清楚不同市场上的行情。祖父进到院子里，受邀仔细查看羊羔。他用手摸一摸毛茸茸的后背，掂量羊羔有多少肉，判断日后有无增长的可能，然后就要出价。眼前的山地牧民，经常不出山谷，这时必须得给自己留出利润空间，但是也要尽量保证公平，不然就只能是一锤子的买卖。除此之外，还需要知道如何经管牲畜，赶在它们最值钱的时候上市场卖掉，同时也要明白，如何才能买到能在自家土地上"长壮实"的牲畜，若把羊带到条件更差的地方，就把羊糟蹋了，利润也就没了。

白色的农舍里，很快挤满了一家人。经过几年的辛苦劳动，到了二十世纪六十年代，祖父有能力借钱买一个农场。他筹集了一万四千英镑，在马特代尔买了一个破败不堪的山地农场，栅栏围得很差劲。他买的农场，即我现在的家所在的地方，在某种程度上说，这是一种倒退，甚至还不如租来的那个好。山多地少，处处是褐色的筛子眼（灯芯草）、野蓟草。小块土地四面环山，山头乌云密布。那个时代，牧业发展追求更具规模，更加高效，祖父的农场明显落伍，然而那已是他的能力上限。

这里植物的生长周期短，雨量充沛，因此需要不同的放牧方式，养育不同的羊种。无论如何，祖父都清楚，自己有个山地小农场比租一个保险。拥有自己的土地让他自由，同时也是一种不动产，可以增值。租来的农场，农场主随时可以把你"扫地出门"。于是，祖父把我们带到山里，开始碰运气。他仍旧经营租来的农场，把它和新买的山地农场合二为一。那里当时也有农舍出售，可惜祖父买不起，刚开始只能走远路经营，后来才在旧畜棚和羊圈旁修建了一座小平房。

土地之间相隔数里很正常。邻近的土地很少有人出售，因此，祖父买的农场离租借农场有十五英里远，这一点也不奇怪。

到了八十年代，祖父的农场已成气候，牲畜成群。他很骄傲成了一名优秀的"农场主"，精心料理自己的牲畜。他买卖做得很精，也是鉴别羊种的能手，只需一眼，就能看出牛羊的小毛病，如有了蛆虫，或缺乏矿物营养之类。得了某些病症，牲畜就要赔钱，而一些小毛病可以轻松治愈，然后大捞一笔。这样的人，一眼就能掂量出羊羔的轻重，几秒钟就能算出喂肥犍牛得花多大的代价。他确切地知道，羊什么时候开始"腻烦"，需要更换草场。

在农民当中，精明能干的人实在难得。你的一言一行别人看得清清楚楚，他们会对你评头论足。

有时候，我觉得我们遗世独立。看够了广阔的世界，我才发现我们的传统生活无拘无束，自由自在，是最好的生活方式。祖父曾经远赴巴黎，参加农业博览会。他清楚城市提供的机会，同时也明白，城市会让人失去家园，失去个性，让人随波逐流，何谈自由与自主。相比于家的归属感和意义，城市潜在的财富不值一提。

在苏格兰小农场，农民子女一开始往往没有全额工资，很多人会做几年别的事情来维持生计，然后才有工资生活在家庭农场。许多年长的农民也经常在外工作几十年，他们下矿井、上公路、劈石板、砌石墙、剪羊毛，或者为别人打工。成为"农民"之前，年轻人靠做各种工作维持收支平衡。这种事情很常见，教区记录里比比皆是。农场太小，无法容纳所有人。

生活不易，对于像我祖父一样的农民，借钱是家常便饭。他们靠借钱购置土地，不然买不起。（"好吧，他们只做分内之事，我们要自己努力"。）也就是说，有了利率这条纽带，他们与银行和外部世界建立了联系。因此，世界大战、工业革命、经济大萧条、十九世纪美国西部的拓荒运动等全球性事件所引发的经济波动，往往也会影响到这里的农业。虽然理由不够光彩，但是老人们都认为战争

"对农业有利"。像拿破仑战争和世界大战这样的事件阻断了廉价产品的进口,须知此类产品破坏了我们的生活方式,同时也提醒政客,食品自给自足事关重大。然而事过境迁,政客便会遗忘,事态进一步恶化。不过后来,我们也经常卷入战争,战争影响波及全球。

索姆河[①]畔有一座小公墓,埋葬的全是当地小伙。他们多数是农家子弟,一起应征入伍,于一九一六年七月一起死去。我祖母的一个叔叔患了炮弹休克症,恢复得差不多了就回到家里在农场干活儿,但没过几年,病又犯了。当时,他跟几个兄弟正在地里干活儿,突然他躺在地上,围在萝卜叶子中间开始痛哭。哥哥和弟弟把他带回农场,后来送去兰卡斯特的精神病院。他漫长的一生都笼罩在战争的阴影下。我小时候,大家会非常动情地回忆他,毕竟去医院看望的经历让人刻骨铭心。

我有一些朋友,他们的家人仍在经营伊顿谷的洛瑟庄园。一战期间,他们的曾祖父辈为"领地主"的朗斯代尔营(朗斯代尔营,边境军团的一个营)效力,因而得到了这座庄园。战争打响前,朗斯代尔勋爵是威廉皇帝的

---

① 索姆河战役是第一次世界大战中,一九一六年七至十一月间英法联军在西线法国索姆河上游地区向德军发动的一次进攻战役,目的在于减轻凡尔登地区德军对法军的压力。经过激烈的阵地争夺战,英、法从德军手中夺回近二百四十平方千米的土地。双方损失共达一百二十万人以上。

朋友。战争爆发以后，小报拿他的忠诚开起了玩笑。这样一来，为了表示自己爱国，他开始大面积征兵。他的力度过大，以至于英国司令部下令，不让他从当地山谷招募"体形过小"的农民小伙。在朗斯代尔营中，我祖父的叔叔是一名神枪手。我儿子现在就沿用了他的名字——伊萨克。

※

我刚开始学步，祖父就用他的路虎车拉上我一起去农场干活儿。母亲则留在家里干着急，担心祖父会不会把我照顾好，担心他给我吃什么。有一次，祖父急匆匆进屋，对母亲说我"真的真的要尿了"。他脱不下我的背带裤。我一直没弄明白，祖父为什么总是把我跟他说成"我们两个老家伙"。

"我们两个老家伙要去给他们弄些羊来。"

祖父的路虎车车窗大开，我坐在里面，向外张望。有一天，车门没锁好，祖父一个急刹车，就把我甩了出去。我死死地抓住车窗，悬在半空，祖父下车救了我。我模模糊糊记得在拍卖市场也发生了几件凶险事。一次野牛追我，我爬上栏杆才得以逃脱。另一次公牛踢来，我感到空气一震，差一点点就踢准我了。

我的世界夹在两个农场之间。外围社会住着和我们一样的人，他们做着跟我们一样的事情，有些甚至远在奔宁山脉，或者在湖区的山谷。除此以外，在我的大部分童年生活中，其余的世界几乎都不存在。

我曾对外界充满好奇，可是我没有去其他地方的欲望。我们不度假。我只会跟着祖父待在农场，白天跟着他转，晚上睡在他的床上。

初夏时节，也有相对悠闲的日子，这时生产羊羔的繁忙任务结束了，大伙总算舒了一口气。祖父和祖母会带上牧羊犬散步。他们去屋后的山坡，沿着小路往上爬大约一英里路。事实上，他们是想看看农场的夏日光景，看看这时的繁荣昌盛。母羊和羊羔悠然自得，在山下吃草。山峰沐浴在夕阳下，闪出红色、橙色、蓝色的微光。山下的干草田像用紫色拼凑的，一大片一大片连在一起。田里的牧草花期正盛，生意盎然。你几乎可以闻到干草的甜味，闻到空气中花粉的清香。母羊呼唤小羊的声音回荡在山谷，此起彼伏，不绝于耳。

小路走到一半，有一扇生锈的金属门，祖父跟祖母停在那儿，靠在门上，开始眺望自家的院落。落日的余晖弥漫在山谷中，金色的薄雾笼罩在田野上，将昆虫、蓟草和花期正盛的牧草全都染成了金色。他俩闲聊，我是听众。从他俩的话语中我能感受到他们深爱着这片土地，并以这片土地为荣。

有几年夏天，我们赶着牲畜去一个偏远的小山谷，谷名叫多特威特·海德。那里有个牧民叫迈森·韦尔，祖父跟他熟，我们去的地方就是他的草场。一到那里，羊群便在草地上四散开来吃草。羊群走过，蹄子底下苍蝇和尘土乱飞，尾巴在阳光下摇摆。到了秋天我们再去的时候，它们已经"肥得像黄油"。把牛羊向上迁移，就能保护好下面的沃土，留下青草好晒干草。

迈森算个"人物"。一杯威士忌下肚，你可能会在他雪白明亮的农舍里沉沦。"继续，再来一杯。"要推辞，但为时已晚，我祖父的酒杯里已经斟上了三个手指深的威士忌。我坐在旁边，津津有味地吃蛋奶冻夹心饼干或姜味饼干，听他们开玩笑，讲故事，说闲话。记得他们讲过一个有关牧羊人的故事——在一个炎热的夏日，几个牧羊人去游泳池凉快，一个潜入水中没能浮上来，结果淹死了。有几次，迈森离开房间，回来的时候，他从后面的厨房里取来了一些自制的腌肉，上面长满了毛。他切下几块，煎了下酒。

如今，三十年过去了，我成了迈森的朋友。在漫长的岁月中，像我们这样的家庭相互扶持着前行，关系历久弥坚。个人有生有死，农场、羊群和家族却生生不息。

祖父在山区买下农场后，就把我们带到一片新天地，那里的赫德维克羊与众不同。刚出生的赫德维克羊全身漆黑，只有耳朵尖是白的，长着长着颜色就变了，最后，头和腿变成灰白色，羊毛成蓝灰色。在英国，它们是最有耐力的山地羊种，能适应各种恶劣气候，比如下雪、下雨、冰雹、刮风和雨夹雪。就算阴冷潮湿的天气持续几周，也没有一点问题。即使是生下来才一天的羊羔，只要妈妈照顾得好，就能抵抗住一切，无惧天气。它们有坚韧粗糙的厚皮和像地毯一样的黑色羊毛，可以防御寒潮。遇上恶劣天气，食草短缺，母羊照样可以生存，而且在秋天离开草山的时候，还会带上大大的羊羔。这一生存能力绝非其他羊种可以相比。最近的科学研究表明，赫德维克羊的基因很特别，它们有一组原始基因，这在英国其他的羊身上并不多见。它们的近亲属分布在瑞典、芬兰、冰岛和奥克尼群岛北部。大家认为，赫德维克羊的祖先生活在瓦登海中的岛屿上，靠近弗里西亚群岛，或者更北面的斯堪的纳维亚半岛。在当地的神话故事中，它们和维京人一起乘船而来。现在的科学表明，这一点并非虚幻，而是实情。它们来到这里已有一千多年的历史，在这期间，人们一直择优育种，让羊群适应这里的自然环境。

第一次在我家农场见赫德维克羊时，我还是个孩子。怎么说呢，它们比大多数现代羊有个性。六个月大的羊羔站在那里，就会警惕地盯着我看。深褐色的羊毛、健壮的白腿，加上一身初冬的皮毛，看上去有点像泰迪熊的样子。祖父从邻近牧民那里贩来一百只赫德维克羊喂养。让他没想到的事情发生了（这些羊跟已有的羊不一样），它们把祖父非常一般的农场当成天堂，没多久就长得膘肥体壮，让祖父很快赚了钱。来我家之前，它们或许一直生活在英国条件最差、岩石最多的山区。二十世纪，许许多多的牧民热衷在自己的草地上饲养最现代的"改良"羊种，我们也不例外。在廉价的燃料、肥料和饲料，还有廉价的劳动力，一切都充足的地方，现代牧业体系可以正常运作。然而，在条件差劲的地方，饲养"改良"羊种就很困难。它们容易生病，吃得多，长得慢，到最后死亡率也高。后来，随着油价和饲料价格飙升，经营农场的成本也增加了，我们这才发现，像赫德维克羊这种本地羊才最适合生长在物资贫乏的地方。可是在那个时候，虽然赫德维克羊已经过时，但是对我们来说仍然高不可攀。

有时候，赫德维克羊被误认为是"稀有物种"，也有人认为饲养它们纯粹是出于怀旧，或者是因为毕翠克丝·波特和国家信托基金会（出于保护的目的，买一些农场饲养赫德维克羊，进而就地保护山地羊群）。赫德维克羊并非稀有物种，光育种母羊就有五万多只。时至今日，在湖区的高山上，它们依旧是唯一的买卖羊种。眼下正兴起一股复兴赫德维克羊的浪潮，一方面是因为牧民在想方设法用更少的投入经营条件比较差的土地；另一方面人们也认识到，先前自然生长的羊肉味道更美，肉质更好。

每一种羊都有各自的牧养群体，他们去不同的拍卖市场一起卖羊。我祖父熟悉整个斯瓦尔代尔地区的牧民，也常和他们打交道。斯瓦尔代尔地区西临湖区，东至达拉谟郡，南邻奔宁山脉，北接苏格兰边界。从多个方面讲，拍卖场是我们生活的中心，我们聚在那里，不单是为了做买卖，也为了与人交往。我小时候，集市的地点跟先前一样，在当地的城镇中心，人们赶着牛羊从附近的农场走着去那里。过去的三十年里，大部分集市搬到了市郊的工业园区，被冠以规模化和现代化的名义。不过我觉得，有些重要的东西在这个过程中丢失了，城镇人与我们这些山民之间的联系不见了。

羊种不同，生长周期也就不同。从生产羊羔到剪羊毛，一切都经过精心计算，安排得适逢其时，才能确保到秋季的拍卖时节，羊处在最佳状态，因为集市主要以品种为主。

秋天，祖父去这样的集市，贩一些湖区的高山羊回来，冬天在自家条件更好的农场上喂养。这类羊羔叫作"备胎"。几周过后，它们的体重增加了，体形也改善了，便把它们在"肥羊羔"集市卖掉赚钱。我依稀记得，祖父曾带我去特劳特贝克的小拍卖场贩羊，那时我只有大人的膝盖那么高。从我家农场出发，翻过一座山头就到了。大约走了一英里路，路上乌鸦乱飞。拍卖场只不过是一个八角形的小木棚，顶子是瓦楞铁皮，里面围了一个环形的卖场，羊就赶在那里出售。外围是好多个羊圈，里面有成千上万只羊。中间的环形卖场内铺满锯末，四周围着木制座椅，买家集体坐在那里，面对着拍卖师的木质讲台。外面的羊按照羊圈排着长队，每个羊圈都有木的或铁的栅栏门。赶羊人当中，有些仍然穿着木底鞋，他们全都拿着棍子，或者甩动塑料饲料袋，把羊赶到环形卖场，完了再赶走。每买走一圈，买家的名字便在羊圈之间传递，一个赶羊人喊给另一个，直到最后，有人在相应的羊圈门口，用粉笔在黑板上写下这个名字。遇到下雨天，羊身上的热气使整个拍卖场散发出湿湿的羊毛味，羊的背上也会热气蒸腾。

他们把我们小孩子从老牧民的腿缝间推到前排，或者干脆把我们托付给大一点的孩子照顾,丢下一些水果软糖或巧克力棒,让我们不要乱动。我们坐下来,大口大口地吃巧克力棒,同时观看数千只羊的买卖。我们的父亲和祖父做着各自的事情。我喜欢听老人们交谈。有个老人是我祖父的堂兄弟,听大伙说,他年轻的时候读过牛津大学。记得当时我就觉得不可思议,老牧民还上过牛津大学?

※

制备干草、剪羊毛、照顾母羊和羊羔、收羊,夏季我们就干这些事情。

若你生活在这里,就会明白,晒好干草就像上帝的律令。人们不能把牲畜喂过冬就会面临破产,甚至饥荒。即使是现在,对收成的误判也是一场代价昂贵的赌博,瞬间就能让全年的收成化为乌有。人们都说,每过十年,就有一年晒不成干草。雨会一直下,下个没完没了。这么说来,我选择在制备干草的时节出生,则意味着重要的事情可不止一件。

※

我出生在闷热的七月。当时,父亲和祖父正在农场的草地上晒干草。雨天将近，每个牧民都提心吊胆。要保证冬用饲料充足，就得抢在下雨前晒好。青草在阳光下晒干，打成捆堆放在草棚里，到了冬天，便成了绝佳的饲料。下雪天，羊需要投喂。拆开一捆捆干草，你还可以闻到夏日的味道，草地上的花儿甚至都卷在里面。但是，草淋过雨就会腐烂。下一点小雨，草黏在一起，像硬纸板一样。冬天，母羊吃这样的草也能活下来，但效果不一样。雨下得多，草就会腐烂，最终变成一堆垃圾，恶臭难闻，不能食用。

我母亲一直怀不上孩子，后来接受了生育治疗，这在当时算是一项创举。她祖母一直都说，她应当骑我祖父的马，让内脏"颠簸一下"，不孕症就好了。我家的统建公寓离村子只有半英里路，四家连成一排，灰色的房屋沿路而建，面向田野。在一九七四年的旧照片中，父亲母亲竟相当时尚。父亲留着波浪卷和连鬓胡须，穿着宽领衬衫和紧身喇叭裤。母亲长得很漂亮，看照片时总觉得她在饱含深情地看着我。在那些照片中，父亲母亲看起来像电影《大白鲨》中的群众演员，留着长发，表情梦幻。

房子里贴着二十世纪七十年代的图画，非常难看。那时，他们没多少钱，不过从照片中看，他们很年轻，也非常幸福。父亲眼中还有一丝顽皮。他们说母亲总是给我朗诵。母亲说她记得有一次，农场男工人要吃饭，把她和宝宝（我）挤到了一边。祖母天生就是个好农妇。各样好吃的，说啥她就能做啥，样样拿手，没什么困难。后来，母亲买了一个冰箱贴，上面写着："女人无才，家庭整洁。"

我出生的前一天，表哥来我家让我母亲照顾。父母住的统建公寓没装电话，当天晚上，母亲感觉有动静，便走了一里路，去村里的电话亭打电话咨询。电话那头的护士长脾气暴躁，让母亲不要惊慌，说我至少还差六周，赶紧回去睡觉，不要傻里傻气的，没有一点经验。好吧。母亲走回家，继续睡觉。第二天早上，父亲割草去了。母亲开车送表哥回家。到大姨妈家，大姨妈不放心，便带着我母亲去了当地的卫生院。在那里，她被救护车紧急送往卡莱尔市医院。大姨妈打电话给在镇上当律师的大姨父，让他去干草地把我父亲寻来。大姨父西装革履，开着车急匆匆地来到山底下，向我父亲招手，让他开着拖拉机下山，然后把车钥匙递给父亲，让他快速前往卡莱尔市医院。我要出生了。

大姨父留在原地，油光锃亮的皮鞋站在满是尘土的干草地上，方圆一英里，荒无人烟，不知如何是好。最后，他只得开着拖拉机，回到十五英里外的农场。半小时后，父亲把车开到医院的停车场，前来看望我母亲。我本该生在秋天，好在我身体健壮。我出生的第一天，农场里发生了许多事。我第一眼见父亲，他定是穿着工作服，上面满是尘土和汗水，还有一股夏日的干草味。我刚一出生，他就又去晒干草了。我有两个妹妹，大妹妹出生的时候，父亲带着母亲去了医院。他们抄近路穿过一块还没放过牧的草地，就这样也差一点迟了。

我早期的记忆，有一些与夏天有关，我跟着祖父，在干草场上转来转去。别人在打捆，或翻动干草的时候，驾驶座颤个不停，我则坐在驾驶座后面，或者干脆睡在那里。一旦我动起来，不是在跑着跨越一排排的干草，就是在干草堆里筑巢，或者去草地上的溪流边钓鱼。只要艳阳高照，便是一年中的好时节，仿佛世间的一切都安然有序，其乐融融。夏天这短短几周，牛羊可以自行吃草，我们则忙着收割一年的庄稼，冬季来临，便能饲养牲畜过冬。

一年一度的晒草时节，就像我生命中的阶段性标记，预示我日渐强大，越来越有用处，同时也暗示着祖父逐年衰老，身体一年不如一年。毫不夸张地说，我是踏着祖父的脚印长大的。遇上丰年夏季，连空气中都有快乐的气息，这也许只存在于我的记忆中。祖母定期来到田地上，带着午餐，或者下午茶。下午茶一般都是她自己烘焙的蛋糕和一大铁壶茶水。我们把草捆当成椅子，围着坐在一起。这时，年长的人会讲述以往夏季发生的事情以及所闹的笑话。我喜欢听的故事有以下三类：遛马的故事、过去英勇劳工的故事以及二战期间来到农场工作的德国和意大利战俘的故事。

祖父并不把意大利军官当回事，他们口口声声说自己有贵族血统，有不同的工作操守，但到了祖父嘴里，"他们不是这狗屁伯爵……就是那狗屁伯爵"。在火车车厢里，他们会对着女孩吹口哨。战后，有些战俘选择仍旧留在农场，不回老家，因为曾经的家现已荡然无存。在我们这一带，他们住在农家小卧室里，面目怪异，像战争留下的活鬼，而战争在我父亲出生前就已经结束了。

阵风吹过，卷起一缕缕干草，在草场上四散飞扬。燕子在头顶盘旋，伺机捕捉昆虫。我坐在装满干草的拖车顶上往家里驶去，小心翼翼地躲避着头顶的树枝和电话线。有一次，拖车进门的时候撞上了门柱，上面的草捆崩塌下来，我随之滚落在祖母的脚边。她着急地大叫起来。工人都不承认知道我在上面，或许那是真的。我也只是耸了耸肩。

小溪在干草地上纵横交错，若隐若现，岸边长满了毛地黄，遇上炎热的天气，便成了孩子们和牧羊犬的避难所。等到夏季末，人们才开始收割干草，这样花草便能把种子撒播在地上。高山草地历来都是一片美景。轻轻的暖风吹过，五彩缤纷的野草在空中乱舞，掀起一阵阵草浪。花草棕一片、绿一片、紫一片，连在一起，其间有数不清的昆虫和鸟雀，偶尔也能见到几只小獐鹿。干草地周围的牧场郁郁葱葱，野蓟遍布，产了双胞胎的母羊三三两两，饶有兴致地观望着这里的动静。蚱蜢在田野边界的绿色丝带上相互鸣叫，喜鹊在海棠树上叽叽喳喳。

在理想状态下，晒制干草易如反掌。鲜草割下来，好好晒三四天，翻动两三次，便能在风吹日晒下里外干透。草干透以后清香扑鼻，先打成捆，然后运到草棚里，整个过程不能见一滴雨。可是英国的夏日总是不尽如人意。将割草时间安排在降雨间隙，充其量只是一场有计划的赌博。糟糕的夏季会毁掉为冬季储备的干草，这样的悲剧总是在湖区上演。因此，晒干草时节，往往就是牧民和老天爷较量的时候。

割草机过后，草场上面沾满了厚厚的草籽、花粉和昆虫。有时候，一个隐秘的世界会忽然被打开，田鼠平静的生活遭到破坏，四散而逃，跑到沟渠里去了。我家的草场上有两棵大榆树，树干晒得发白，一只红隼落在树枝上，观察我们干活儿，偶尔飞起来在上空盘旋，突然俯冲到田鼠身上，抓起田鼠飞走了。

割草机刚停歇，翻晒机便派上用场，中间或许间隔一天时间。割下的草一行行晒在地上，翻晒机把它们扬起来，让各处都能受到阳光和风的作用，均匀地晒干。接下来的几天日子，我们天天翻草，惊起虫子乱飞，崖沙燕从身旁掠过。

几天过后，干草绿意褪去，水分蒸发，静等打捆机上场。打捆机终于启动了，发出砰砰砰的声响，周围灰尘飞扬。饱受虱子之苦的白嘴鸭贪婪无比，此时眼睛放光，注意着人们的一举一动。它们在田野上转来转去，在刚清理过干草的土地上寻找蠕虫和幼虫。螺钉时不时地卡住打捆机，此时你会听到疯狂捶打机器的声音，里面夹杂着几句咒骂声。

现在，制备干草已大大地机械化了。然而，在我的童年和少年时代，晒干草完全是体力活儿，人人都得参与。（二十世纪八十年代，新的机械进到我们这里，牧草可以用塑料封存起来，潮湿多雨的夏季也无所谓。此外，把牧草浸泡密封成"青贮饲料"，还可以保留其中的营养价值。）

干草打捆后，要运到草棚里，最终还要靠人力搬进去。堆码草捆一直都是孩子们梦寐以求的工作，他们盼望着自己长强壮，早日胜任此事。成长总是很漫长，年年留下失望，年年又有希望，希望下一年能够长大，和其他人一起堆码草。我们家人手不足，因此我们总是以羡慕的眼神看篱笆那边的邻居，他家总是能召集到一帮人。因为把每捆草放入谷仓，都要托举好几次，我家有数千捆草，所以力气格外重要。

每过一年，我都发现自己强壮了一点，举草捆也能举得更高一点，可惜祖父却越来越体弱。他也意识到自己一年不如一年，但看到他的孙子逐渐长大，能替他干事，那种自豪感足以给他慰藉。还是孩子的那会儿，我把草捆滚到他脚边，自认为在帮忙，也会拿着祖父的凉茶壶，跟着他从一个草堆跑到另一个草堆，憧憬着有一天能像祖父一样强壮。年复一年，力量的天平都朝我倾斜。十三岁那年，刚好平衡，我和祖父干一样的活儿，不过每次祖父说"我们两个老家伙"该歇下"抽一棒"的时候，我立马就同意了（虽然我俩都不抽烟）。第二年，我比祖父强壮了，便时不时假装自己累了，需要休息，以便祖父能歇一会儿。过了几年，他跟着我转悠，把草捆滚到我脚边让我码堆，偶尔把小一点儿的捆自己堆码上去。

🌱

在想象中，制作干草其乐无穷，充满诗意。但在现实生活中，这可能是一件很糟糕的事。我依稀记得1986年的夏日，那年夏天最糟糕，我们烧毁了所有的干草，真正是一场浩劫。制作干草，晴朗干燥的天气需要持续一周之久。第一天，你就要开上拖拉机和割草机在草地上割草。在英国最潮湿的地方，谁知道会出什么问题呢？

🌱

一九八六年，雨一直没停。天上乌云密布，地上泥泞不堪，雨滴无休无止。有时候，感觉像是夏天没有来过。但毕竟我们把草打成了捆，说明还是给了短暂的喘息时间。这之后，天空像划破了口子，雨一下就是好几天。若你懂得晒好干草至关重要，看到干草毁了，无法挽救，你会感到一丝难过，一丝惋惜，一丝悲凉。原本该是阳光晒出来的浅绿色，赏心又悦目，却慢慢变成了深灰色，逐渐发霉腐烂。原本该是我们冬用的收成，现已烂成了废物，比垃圾还没用，清理都成了麻烦。等阵风刮起，雨势稍减，我们赶紧一捆一捆地立起来，两两相靠。手磨得生疼，捆绳以下已不堪重负，难以支撑而瘫倒在地。雨更大了。大雨滴飞溅。那是我见过的最大的雨。干草全毁了。草捆上生出了嫩芽，晒干已经无望。大家都清楚，即使运进草棚，也会"发热"，甚至会自燃，烧掉草棚。在农场，这种事情不是没有发生过。再或者就一直腐烂下去。运进去已没有多大的意义。秃鼻乌鸦鬼鬼祟祟地躲在白蜡树上，等着吃草堆下的虫子。

现在，田野上绿油油的，已经长出了二茬草。（二茬草割下来可以喂养八九月间断奶的羊羔。）草捆闷在地上，留下了腐烂的痕迹。它们压着的地方，也应该长出新草，现在能割下来了。不论它们腐烂到什么程度，都得清理掉。地里这些垃圾已经湿透了，清理起来就像搬运尸体。恶臭难闻，毫无意义，真不是人干的活儿！我们把数千捆草搬到一个旧石仓的废墟里，在草堆的一角点了一把火，便后退几步观望。这东西烧都烧不干净，阴燃了好几周时间。恼人的废物烧焦以后，我依然能闻到干草燃烧的味道。我们把草全部抬到火堆上烧了。花了好几天时间，才把田地清理干净。天天汗流浃背，雨水洗面。清理完之后，好几周的辛劳，或者说草地上一年的收成，便没了踪影。草棚里没有干草。田野里的青草已有靴子那么高。放过甘草捆的地方,留下了黄色的印记,没有一点儿生机。父亲转过身,说道:"再不要跟我提起这件事,我不想记住。"灰蒙蒙的云雾停在山头,雨又下了几周。

※

我跟祖父跟了好多年。和许多慈祥的祖父祖母一样,他只看到我的优点,这总让我沾沾自喜。我是开始接受训练的"扈从",因而他教我各种事情,全都是他觉得在湖区放牧必须要学会的。他教我实用的小技巧,比如怎样砌墙,卖羊时如何做准备,怎样估价,等等。他也教我做人的道理、思考问题的方式,以及人情世故,还教我如何做生意,如何赢得声誉。从一开始,他就给我们灌输这样的思想:我们是家庭的一分子,也是村里的一分子,我们有价值信念要坚持,它们比个体自我的想法要重要得多。农场和家是第一位的。

我想:我们都是由故事塑造的。祖父讲他的外祖父霍乐迪的故事。我从他的讲述中得知,他崇拜他的外祖父,并向他学习,正如我崇拜我的祖父,并向他学习一样。虽然在我出生之前,他的外祖父已经去世多年,我没见过他,但是我们之间依然有某种联系,我算是他的延续。祖父根据霍乐迪的人生塑造了自己,我依据祖父的一言一行活成了现在的样子。

霍乐迪骄傲地坐在我的书架上。这是一张深褐色的家传照片，可以追溯到十九世纪末二十世纪初。照片中，他站在田野里，周围全是小公牛。他手里拿着榛子棒，头戴圆顶礼帽，留着羊排络腮胡，脚边卧着一只忠实的牧羊犬。他看上去陷入了沉思，心思不在拍照上。牛正在用木桶和石槽进食。在我祖父的讲述中，他是一个神话般的英雄人物。

霍乐迪在英格尔伍德庄园租地放牧。他贩的是爱尔兰牛，需要带上帮手，去锡洛斯的小港口迎接。他给马车装上食槽，在回家的途中给牛喂食。他还从这些船上买鹅，给鹅的脚涂上柏油，沾上沙砾，这样就可以赶着它们走回家。路上要花好几天时间，天黑了就睡在路边。回到家以后，他在自己的草地上把牛和鹅喂肥，等到它们处在最佳状态，也最值钱的时候，拿到当地市场卖掉。他就这样神不知鬼不觉地赚了钱。一战期间，他大量投资，悄悄地购买战争公债，过段时间，他再抛出去获了利，赚了满满两箱钱，他把箱子放在家里长达两年之久。

后来有一天，他把箱子装上马车，去了一个拍卖会，那里正在拍卖三个优质农场。出乎在场所有人的意料，他把三个农场全部买下，而且付的是现金。那天在回家的路上，他路过彭里斯市，发现一群人正和承租人一起出售一排房屋。或许是要为那天的所作所为画个圆满的句号，他用箱里的余钱买下了那排房子。在接下来的几个月,他又把房子单独卖给租户,就这样赚了一笔。

若你也租地放牧,想在小小的放牧村落书写传奇,那么无论如何,你都无法超越霍乐迪那天积累的财富。那天以后,他成了有地位的人。他把每个儿子都安置在买来的农场上,还让女儿接受教育(其中就有我的曾祖母爱丽丝),最后帮助她们成家立业。老一辈的牧民仍旧记得他,说起他来,总是满怀敬意。时至今日,几代人过去了,他的后裔有好几家,全都以他为荣。大多数牧民家庭有这样的故事,这是属于他们自己的神话,关乎家族历史的来龙去脉。

祖父很有眼光,善于发现"美",比如美妙的落日。可惜他不会用抽象的美学词汇,只能用表达功能的词加以描述。他似乎深爱着周围的风景,不过他与景物的关系,更像是一对患难夫妻,而非转瞬即逝的露水情缘。不论是严寒酷暑,还是春夏秋冬,他的工作把他限制在土地上。看到春季日落这样的景象,预示着他有权利说几句话,因为刚刚经历了六个月的风霜雨雪,终于看到了春日的烂漫。他当然觉得这种景象美不胜收,不过这种美富含着真正的功能意蕴——冬日已尽,春暖花开。

从一开始，祖父就教我"农民"的世界观。"农民"，欧洲人称为"peasant"，我们简单地称为"farmer"。我们有自己的土地。过去，我们一直生活在这里。将来，也会如此。即使挫折连连，我们依然会负重前行，赢得胜利。在北欧地区的许多田园村落，所谓的"平等主义"盛行，评判一个人，靠的是他的工作、家畜情况以及参加集体活动的积极性。一直以来，财富没有把这个山谷里的农场主和农场工人区分开来，至少在社会意义和文化意义上没有。贵族家庭在这里没有真正行使权力，或者行使不开。这里没有"阶级"观念。大多数时候，雇工、农场主和杂役一起干活儿，同桌吃饭，一起去酒馆喝酒，一起观看比赛。一般情况下，他们过着一样的生活。比起没有农场的人和工人，有地的农民或许觉得自己聪明一点，但任何形式的显摆与阶级划分都很罕见。势利小人势必会遭到报复。世界太小，别人有许多机会让你付出惨痛的代价。在很大程度上，尊重与牛羊的质量、农场的运营、工作技能和管理土地的能力相关。无论男女，也不管是不是现代人眼中的"雇员"，只要能放好牧，就能赢得最高的尊崇。牧羊人与其他人一样，都立于天地之间。

我上的小学非常有名,可惜学校和我那爱读书的母亲根本没有机会教育我。从一开始我就觉得,相比于其他重要的事情,学校不过是一种消遣娱乐。

然而,我在校的时光并没有完全虚度。我的一个老师很有魅力,名叫克雷格夫人,她给我读《我是大卫》(讲述的是一个犹太小男孩逃离集中营的故事)。她还给我读过《奥德赛》。我记得当时非常喜欢一段情节:有一只巨大的肥羊,奥德修斯和他的手下紧紧抓住羊的腹部,逃离了独眼巨人的洞穴。我现在依然喜欢这些书。老师们都对我母亲说好话,说我"聪明伶俐""高深莫测"。可惜我的根属于农场。

有一次,祖母见我在她的房间里读书,骂我游手好闲。她主要是说,农场里不可能无事可做,我没有理由在大白天看书。往好里说,她认为书就是游手好闲的标志;往坏里说,书就像炸弹,相当危险。我在学校的优异表现(岁数越大,越来越少见)也让我的祖父很担心,仿佛一阵闪电,警示说他的继承人可能要改学别的文化了。书中没啥有用的东西,但学还得照样去上,只不过是应付差事,索然无味。

🌱

记得有个上学的晚上,我在麦里克斯干草场帮忙。草场有八英亩大,上面堆满了草捆。当时已经过了门禁时间五分钟。虽然我才九岁,但是我已经成了小大人,忙这忙那,就是没工夫写作业看书。我实打实地跟着他们干活儿,脖子发痒,手脚酸痛。这时,在地平线上,一辆汽车出现在火红的夕阳下,非常眼熟,是一辆福特塞拉,在路上扬起了一道尘土。"快!"有个雇工叫道,随手指向一个堆了一半的干草堆,"到中间去。"我跳到两捆草中间,另外六七捆草围在我周围,我被埋在里面。透过捆与捆之间的缝隙,我看到汽车开到草场门前。农场的老牧人趴在"顶"上时咯咯地笑了起来。我能听到汽车碾过草茬的声音……"看见他了吗?"我趴在草堆中,心怦怦直跳,所能看到的只是那沾满飞虫的引擎盖。"没有。"然后就是一阵沉默。"哎,已经过了睡觉时间,明天还要上学。""放心,见了我跟他说。""好的。"我透过缝隙注视着汽车,它缓慢地朝家里驶去。

🌱

祖父不光干活儿卖力,他也会尽情地玩乐,尽情地喝酒。星期二是拍卖日,祖父一去就是一整天,跟其他有名头的牧民一起度过,留下农场工人和儿子在家干活儿。他们做完买卖,就去酒馆喝酒,最后喝得烂醉如泥。消息传到女人耳里,她们就会找上酒馆。一两个妻子怒气冲冲地冲进酒馆,把男人拖了出去。曾经有一次,有个醉汉碰倒了一个牧羊人的曲柄杖,我随手捡起来,那人因"我像个绅士",还给了我五英镑。祖父似乎认识所有人,并与大多数人关系不错。他总是时不时地跟他们开个玩笑。

祖父把他从他祖父那里听来的故事讲给我听。这些故事跨越了漫长的时间长河,十九世纪五十年代或一九一零年的故事听起来恍如昨日。在祖母经常擦拭的"银器"和"铜器"中,盛放着先辈从布尔战争和克里米亚战争中带回家的东西。

祖父会读会写,这里所有人都觉得他聪明,不过他的屋子里只有一本书,内容是关于马的病害。说他没读过华兹华斯、梅尔文·布莱格的书,这一点都不假。读书上学对这个男人有什么用呢?

祖父了解现代社会,也能适应现代社会,不过他对现代社会的价值观念和新鲜发明敬而远之。他从拍卖场回来,经常让"受过教育"的母亲在"计算机"上算一算确切的数字。母亲在遇见父亲并放弃学业前,曾在诺维奇上过一学期大学。所谓的"计算机",是一台小型索尼手提计算器,靠电池运转,祖父并不完全信任。简而言之,从智力水平来看,我们与欧洲人所谓的"农民"差不多,各种故事和经验智慧口口相授,思想观念传统又保守。当然,我们生活在二十世纪八十年代的英国,周围的一切早已面目全非。若从农场把拖拉机和其他机械化工具拿掉,我们所做的大部分事情,以及做事的方法跟远古时期没什么两样。

祖父有种恶作剧意味的幽默感,装着一肚子的"坏水",有点像兔子布莱尔①。他特别会逢场作戏。记得有一回,家里来了农业部的领导。他们来找祖父谈草地上"生物多样性"的问题,希望祖父在草地上可以种花养鸟,他们会给予一定的补助。谈话持续了一个半小时,他们见祖父一直点头,完全同意他们的意思,便离开了。我问祖父他们要干什么。他说:"不知道……应付这帮蠢货,他们说啥你都点头答应,之后一切照旧就好,不用理会。"

祖母属于传统意义上的农妇。在乡下,像她这样的女人曾比比皆是,她们在幕后默默地付出,给很多人做饭,

---

① 《兔子布莱尔》,美国作家乔尔·钱德勒·哈里斯的作品,布莱尔兔脸皮厚,非常狡猾。

还要耕种土地。在湖区山谷中,男人常常上矿山或其他地方挣钱,女人则在家里务农。祖母用一把老旧的青贝黄油刀除草,把庭院打理得整整齐齐,房子周围,方圆几百码看不见一根杂草。

有一次,我跟父亲走进一家院落,看到墙上长出了黄艳艳的野罂粟,他便对我说:"你奶奶可不喜欢那样的东西……她肯定觉得这地方欠打理。"

祖母可谓"尝尽了苦头"。祖父算个"人物",大家都认为他有时候真是个混蛋,不值得一起过日子。几十年前,他把某个喂马女孩的肚子搞大了。这事大家都知道,不过没有说破。事情虽然被掩盖了,但真相一看便知。

祖父跟祖母的爱情,不像好莱坞影视剧中那样浪漫,更像是两条鳄鱼的爱情。祖父喜欢追着祖母在厨房里乱跑,试图抓住她的腰,把她搂在怀里;而祖母则拿起煎锅拍他,骂他"老色鬼"。祖父还给我使眼色,好像在说,这便是征服女人的方法。

或许孙子一般都不懂这些事,不过我总觉得,祖母很喜欢这种打闹。虽然她嘴上骂祖父,但我还是有这种感觉。有时候看起来像是恨,有时候又像是爱。

他俩一起经历了许多事情,虽然饱经风霜,但依旧"过得不错"。我崇拜祖父的时候,他开始变老,并感慨岁月不饶人。即便如此,他依旧童心未泯,时常搞些恶作剧。祖父跟祖母是奉子成婚,从家谱图上第一个孩子的出生日期来看,他俩并不是家族里唯一的一对。祖母经历过多次丧子之痛,要么流产,要么死于肺结核或天花,再或者就是农场上的意外事故。

祖母用巴素擦铜水擦拭一件铜器,好像我们靠它吃饭一样。她用怡泉柠檬水瓶给羊羔喂奶,红色的奶嘴破旧不堪;她用灶台上的一个旧平底锅积攒狗食,然后用牛奶浸泡。后厨里全是冷牛肉和土豆的气味,特别难闻。我永远记得,她弯着腰,围裙牢牢地系在腰间,像一卷用绳子紧紧捆起来的棉布,生气地使劲儿从鹅卵石间凿出杂草,或者一个人在厨房里为全家做饭。

祖母做的腌肉炒鸡蛋,色香味俱佳。将腌肉在锅里煸一煸,渗出许多油,然后炒上鸡蛋,蛋黄也会炒出油斑。抹过黄油和糖浆的面包片,被她切得奇形怪状。像蛋糕一样的米糕,食材丰富,奶油味足,她还在盘子边缘用焦糖做了一道棕色的光环。她把鱼片和薯条用旧报纸包好,给我们送到草场或木棚的门口。祖母每周都烘焙食品,像石头小面包、苹果馅儿饼、酥饼等。要是客人不喝一杯茶,不吃一个蛋糕就走,简直就是对她的持家能力的最大侮辱。

祖父母的家就像我的家一样,他们宠我,把我宠坏了。我最早只记得五岁时的事情,那时不愿自己一个人睡,就和他们挤在一起玩,比较他俩的耳朵。墙上挂着一幅壁毯，上面绣的是耶稣。不知为什么，我不喜欢这幅画像。画像上有一句话："因为他先爱我们，所以我们爱他。"餐具柜上放着一件小饰物，上面有一位老奶奶正在做针线，仿佛是我的祖母。还有一件瓷猫头鹰，少了一个耳朵。那是我们不小心打碎的，祖母心疼得差点哭了。

对于电视这类新事物，祖母是外行，她也没想过要弄懂。她活在一个业已死去的世界。那个世界始于时间之始，止于二十世纪七十、八十年代的某个时候。那时候，评判女人靠的是做的饭菜、打理的屋子和种的菜园子。祖母不理解八十年代出现的新世界，有图书、纸币、计算机、银行卡和假期。她觉得这些东西离经叛道，愚不可及，只是人们一时兴起造出来的时代垃圾。祖母讲的人生道理全都已经过时。她紧闭着双眼转过身，不愿去认识我们美好的新世界。我二十岁的时候，人生发生了转折。我长大了，我和祖母之间的相互理解也随之消失，仿佛我们成了路人。我讨厌这样，也很想念祖母。

我十八九岁那年，母亲和几个阿姨举办了一次"比萨聚会"。那算是一次很隆重的活动，我们第一次品尝了"外国食品"。这不过是二十年前的事，我们从一家当地新开的意大利餐厅点了打包食品，这可把祖母吓坏了。她也来了，不过非常生气，好像我们忘了本。她坚信"比萨"是很危险的新玩意，要是我们吃了这种"垃圾"，我们会中毒。我们大饱口福的时候，她一块都不尝，皱着脸，一副不屑一顾的样子，觉得我们都疯了。后来，她偷偷地拿来了一烤盘新烘焙的黄油酥饼，这总算为她找回了一丝骄傲，为英格兰挣了面子。我们把她做的饼干全吃完了，她回去的时候很满足，觉得她的饼干永远比外国货强。

你问她往事，她总是这么说："我啥都不记得了。"你得循循善诱，把她引入话题，才能让她滔滔不绝。一九四零年，她接收了一批难民。即使过去了五十多年，她仍旧对她们的做派嗤之以鼻。有一天，一群难民来到我家门口。她们穿着皮大衣、高跟鞋，抹着口红，连扎口衬裤都没穿。不过没多久，这群"城里人"又逃回轰炸区去了。她们觉得与其看我祖母的脸，还不如回去夜夜面对纳粹空军。有个来自汉堡的年轻战俘，祖母一说起他的悲伤故事，语气就变得截然不同。这个人曾在我家农场干活儿，与他们同桌吃饭。祖母有白内障，老眼已经昏花，不过每当提起那个年轻人，她的眼中总会透出一些光亮，可惜我读不懂其中的意味。

祖母年岁渐长，自己弄了一个"祭坛"。那是一张桌子，上面摆着家族里所有人的照片。相片装在银色的相框内，我们有的穿着洗礼服，有的穿着婚服，个个绚丽多彩。壁炉台上放着几个银制的啤酒杯，还有几个雪茄盒，雪茄盒上铭刻着早被遗忘了的赛马们。祖父曾在我家农场训练它们,还给它们取了有趣的名字,比如"五项全能"和"冷酷天使"。赛马在我们的生命中疾驰而过,蹄声依旧回荡。这些小玩意和小用具来自那段光辉岁月,一切都满含深意。电视机下面有一块黑色的骏马奔腾木雕。在卡特梅尔赛马会上,祖母坐在车里,把赛马送去参加托特黄金大奖赛。回家途中,她用赢来的钱给我们买了各种鱼片和薯条。

祖母给我们讲她"妈妈"的故事,我们都不听,或者听不懂。后来,祖父去世了,她一个人住在公寓里。她在酒杯里倒入威士忌,然后诉说她男人的故事。祖父辞世后,祖母特别喜欢谈起他。在祖母嘴里,祖父发着光,俨然某个已故的伟大君王。

有一天下午放学后,眼看要下雨,我跟着父亲去查羊。我们走在一块草地上,父亲突然停住,对我说:"别出声!"接着,他趴在地上向前爬,爬了约莫二十码,取下帽子猛扑过去,活像一只狐狸,随后回过头,朝我眯着眼笑起来。他抓了一只小野兔。在草地上,小兔子静静地卧在帽子里,那是我见过的最美丽的东西之一。小家伙抬眼看着我们,眼睛晶莹透亮,嘴里发出惊惧的叫声。我们把它放了。一转眼,它就溜得不见踪影。周围乌云密布,像黑色的棉花,一层压着一层。奔宁山脉那边，雷声滚滚，一道道闪电划过长空。我们赶紧往路虎车上跑，豆大的雨点打在身上。

※

我害怕上中学。我们的村小学里全是像我一样的孩子，他们的父亲是我父亲的朋友，他们的祖父是我祖父的朋友，再往上推，也都一样。我们中间零零星星也有非农孩子，他们玩的游戏我不感兴趣，比如"龙与地下城"。他们穿着新运动鞋，有各种新玩意，显得非常时髦。可是中学在十里之外的镇上，那里可能又是另一片天地。

记得第一天上学，我问一个孩子他父亲是干什么的，他直接对我说："滚，少管闲事。"这时身处异地，玩法全变了，我行我素会惹来麻烦。在这个地方，农家子弟会受人欺负，被贴上"乡巴佬"的标签。上学路上也都是些让人头疼的事。公共汽车始发村的孩子们常常偷别人的书包，把书包里的东西扔到窗外。一连几周，他们得寸进尺，最后我忍无可忍，抓住最小的一个，把他摁在过道里狠狠地捶了几拳。这之后，他们中有人认为我还"可以"。我总算能跟着欺负别人，自己再也不受欺负了。有一天，校车被迫停车，因为有人把飞镖扔在车窗上，击碎了挡风玻璃。到了镇上，有人给了我一巴掌，原因是我加入了校车帮。整个校园内,类似《蝇王》中的残酷斗争此起彼伏。

学校的历史课并没有如我所愿,从来没有讲过我们自己的故事,也不讲这片土地的历史。"像我们这样的人也有值得研究的历史",老师要是听到这话,定会瞠目结舌。我们学习美国土著民的历史。现在我觉得这课有点意思,可惜那时我是一头雾水,失望至极。即使是现在,我也不敢保证我们的历史老师真正懂得美国土著民。我们还简单地学过第二次世界大战和冷战,可惜也讲得枯燥乏味,很快让我没了耐心。

回想起二十世纪八十年代,我脑子里全是那个该死的学校。小时候,你会听到这样的良言,"不要向恶势力低头""给老师告状"等。可是实践证明,实际并不是这么回事。遇到富人区的大块头,溜之大吉才是王道。比我们高两级的家伙全是混蛋,卑鄙无耻。都说他们有人是"民族阵线党",在警察局都备了案。他们在我们头上作威作福,甚至还欺负老师。谁如果傻到敢跟他们作对,得到的不是恐吓,就是一大帮人的围追堵截。真该死,我没的选,哪敢站错队啊!

※

一天下午,同学们都在排队坐车,他们来插队(因为他们有实力)。所有人都后退让路,只有我身旁的一个小伙没让。他叫约翰,站在原地没动,嘴里嘀咕:"滚蛋。"那帮大孩子略吃一惊,仍旧围了上去。我从没见过那么勇敢的孩子。他紧握双拳,准备迎战,看上去比那帮大孩子足足矮了六英寸。那会儿,我多么希望自己就是那个男孩,或者我也不畏强暴,上前帮他。可惜我的腿早就不自觉地后退了。个头最高的一个朝约翰走过去,约翰对他说:"我不怕你,你是混蛋。你能站这里,我也能。"这种场面,我只在电影里见过。弱者顽强抵抗,恶棍得到了教训,灰溜溜地离去。有那么一瞬间,我觉得可能会成这个样子。那群家伙迟疑片刻。接着那个大个子一把抓住约翰的书包带,把他扯过去,跟跟跄跄地来到路边。他摔倒在地,转身打算逃跑,可是哪有机会。高个头狠狠地打了几拳,其他人围上来,用脚踢他。过了几分钟,约翰的校服袖子从肩膀处开了个大口子,嘴里鲜血直流。那群家伙得意扬扬地走了,小约翰竭尽所能,试图挽回自己的尊严。他看上去依然很神气,不过更显单薄,似乎全身都在发抖。

北国的回忆,并非都是这样地令人不快。每年八月,二姨妈一家会来农场度假。她跟公婆、丈夫和三个孩子，开一辆或两辆房车过来。我们不度假。我常常盼望他们的到来，因为他们一来，我也觉得自己在度假。显然，他们比我们时尚多了。二姨父是一家核电厂的计算机专家。一家人劳碌一年，然后来湖区度一次假。爬山、游泳、划船、跑步，有时候去小酒馆吃饭，或者去风景秀丽的地方野餐。这多少有点《燕子号与亚马逊号》①里的情趣。他们将温赖特的《指南》丢在一边，用自己的小艇在湖面航行，用风帆冲浪。晚上也有活动，烤烧烤、喝啤酒、玩棋牌。他们每天都会出行，要么去山上探险，要么寻找历史遗迹，总之不会闲着。他们喜气洋洋，和蔼可亲，与我们略有不同。他们的玩法我们不会，有时候，他们也会带上我玩。如果牧场无事可做，我很愿意跟着去，可惜我常常忙得脱不开身。他们也经常帮忙干些季节性的活儿。我生在农场，自然要向表兄弟们炫耀一番，领上他们看墙缝里的青蛙，看我发现的鸟窝，教他们干活儿，比如怎样砌墙。父亲和祖父比较冷漠，他们没时间"闲逛"。

---

① 《燕子号与亚马逊号》是英国作家亚瑟·兰塞姆创作的系列儿童小说中的第一部，描述了罗杰一家在湖区的冒险故事，他们在一个叫霍利豪威的农场度假。

夏季，我们或许登一两次山。我连像样的登山装备都没有（通常穿一件T恤，配运动鞋或农用靴子）。路上有人全副武装，像是在攀登珠穆朗玛峰。我一直都不清楚我们攀登的是哪座山，因为出了山谷，我们便一无所知。因为温赖特的《指南》，我南方的表兄弟知道得比我还多。

记得有一次，我们坐在奥斯湖上方的一个悬崖上，我手中捧着温赖特的《指南》，描绘的是东面的山峰。脚下的湖水蜿蜒曲折，像一条银色的丝带，在阳光下微波粼粼。

如果说在一九八七年老师的训词中，我祖父完全被忽视，或者被视为白人垃圾，然而另一位老人，阿尔弗雷德·温赖特，却是老师信仰体系中最高的权威。此刻，我正手捧他的书。以前，我从没读过这类书，因为在我们看来，湖区这种地方不会被写进书里，更不会成为休闲之所。说起消遣，我跟着父母只爬过一次山。我们去野餐，忽然狂风大作，把母亲买的尖鼻怪①图案的纸碟子吹走了。父亲本来就不想去，因此跟母亲吵了几句，我们只好返回农场。山地徒步旅行者，我们不配。

---

① 尖鼻怪，英文名为Wombles，是英国著名儿童文学作家伊丽莎白·贝雷斯福德创作的人物形象，最早出现在一九六八年创作的一系列儿童小说中，二十世纪七十年代BBC将该系列小说改编成了动画片。

温赖特为徒步旅行者创作了一系列手绘和手写的指南,详细介绍了湖区的每一座山峰。最初,他写作《指南》并自费出版纯属爱好使然。后来,在英国乃至全世界,此书受到热捧,被奉为经典,销量达数百万册。每册都包含景观概述,一系列插图和旅行建议,即在山顶可以看到的风景,以及对"自然风貌"、"攀登"、"山顶"和"景观"的描述。每年,成千上万的人跟随温赖特的脚步,前来湖区登山。

《指南》小巧玲珑,也有深度,深深影响了别人看待这片土地的视角。它们像有魔法,让像我的老师这样的人们心醉神迷。我的老师们对湖区的认识,全部源自此书以及其他同类书。

我俯瞰父辈们经营耕作的土地,参照《指南》逐一核对。令我震撼的是,在温赖特的书中,我们认为重要的东西居然丝毫没有提及。除了地图上标注农场和墙壁的小点之外,书中找不到我们这个世界的东西。我想知道山上的人是否看到了这里的劳动场景,也想知道劳动在他们心中是否有意义。我觉得这很重要,而且我的这一认识深入骨髓。只有看见当地人,理解他们,尊重他们,他们的文化与生活方式才会得到珍视与保留。眼所不及,心不能惜。

真是件怪事,自家的土地好端端地竟被别人惦记上了。你逐渐发现，在外人赋予这片土地的历史与意义中，竟然没有本地人的一席之地，这难免更让人觉得诧异，甚至还有一丝不安。遇上大雨倾盆，或大雪纷飞的天气，这一带连一个游客都不会有。因此，他们的这种爱很容易被当作是爱天气。我们与这片土地的关系则是，无论风霜雨雪，都要守望相助。我觉得，这之间的区别很大，前者好比年少时的你看到漂亮女孩的感觉，后者就像结婚多年后的你对你妻子的爱。最让我不安的是，我发现如此看待这方水土的人远比我们当地人多，比例达到几百比一。我意识到，这对我们的生存构成了威胁。在这个时代，我们逐渐变得被动，要按照政客和公众的要求行事，但似乎没有人真正在乎我们。我曾对父亲说，书中这些人，没有一个在乎我们在干什么，这也太奇怪了吧。他回答说："别跟他们讲，他们只会毁掉我们的生活。"

我们站在柏油路上，等待学校开门。因为无聊至极，只好互相踢打，或者互相踢书包。突然，有个女孩对着一个男孩吼叫。原来那个男孩喝了喷泉里的水，女孩的意思是喝了那水会死人，她说水里有放射性物质。我们齐刷刷地把目光转向女孩，好像她疯了。她是聪明的孩子，将来要去当地的文法学校读书。我们特别喜欢惹聪明的孩子生气。听女孩说，一两天前，切尔诺贝利核电站爆炸了，云团中的放射性废物正朝我们飘来。

喷泉跟前的男孩略吃一惊，不怀好意地笑了笑，又喝了几口。女孩朝他大喊，骂他是傻子，又说云团正在释放放射性物质。话音刚落，我们就张开双臂，像西克莫树的种子一样，在喷泉喷出的雨滴中乱窜，张着嘴往里面灌雨。她气得两眼通红，骂我们是白痴。

接下来的几周，我们真的听到云团里的放射性物质降在这里了，政府巡视员也来到雨势最大的山地农场检测羊群。在受灾严重的地方，此后多年羊群不准迁移。没有人希望看到身穿白大褂的人，手拿盖革计数器[①]出现在自家农场。童年时期，我一直觉得外面的世界实在是糟糕，这件事更是刷新了我的认知。

我人在学校，心在农场。从那时到现在，我始终觉得，家对我来说更有意思，更能激发出我的创造性。在我看来，无论是谁，逼着让他跟着三十个无聊的孩子一起做自己不想做的事，绝对没有意义。我往窗外张望，看到雨燕从镇子上飞起来，镰刀一样的翅膀在阳光下闪闪发光。

一天清晨，祖父用套子套了一只活獾。他本想捉水

---

① 盖革计数器，一种专门探测电离辐射强度的记数仪器。

貂，因为水貂是"入侵物种"。祖父想放掉，让父亲顺路接上我，一起去帮他放獾。父亲觉得这样不妥，怎么能随随便便进校，带上孩子去干那样的事情呢。因此，他没来接我。那天晚上，祖父给我把整件事全讲了，他们如何释放獾，而那獾也并无大碍（不过比不上它挣扎着想逃脱的那会儿了）。我听得血脉偾张。相反，整个上午我坐在教室里，老师非常卖力地教给我世界语，而我却无精打采。

似乎现代社会想夺走我希望过上的那种生活。

※

逃离湖区，我觉得不可思议。不过对于年轻的阿尔弗雷德·温赖特，北方确实"艰苦"。他受够了这里的苦，想要走出去。他在学校刻苦学习，最终脱颖而出，成了大有希望的年轻人。这样一来，在十二岁那年，他没有步姐姐的后尘，逃脱了成为磨坊工人的命运。他接受了更多的教育，然后在布莱克本市政厅供职。他是工人阶级自我提升的典范。他知道自己想要摆脱原有的困境，也想出了办法，然后脚踏实地，朝着目标埋头奋进。后来，他又通过学习，在市政厅当了会计。在那里，除了别的工作外，他还负责发放符合"济贫法"要求的补助。

成功走出"农村"后，阿尔弗雷德疏远了自己儿时的伙伴，摆脱了磨坊和工厂，丢开了他们蹩脚的英语。加入离乡创业的大军后，他跻身受过教育的英国中产阶级，并理直气壮地觉得，老友们都认为他是"势利小人"。他结交了新的朋友，都是中产阶级，读过书，做中产阶级喜欢的事，比如登山、徒步旅行、幻想去异国他乡探险。不过他总觉得，他与新的圈子有点格格不入，总是不能完全融入。他有点孤独，聪明才智就像一块压在脖子上的磨石。他的有些朋友去过湖区，也读过有关阿尔卑斯山和喜马拉雅山的书。他们是真正的浪漫主义者，幻想逃离布莱克本，到山区生活。

一九三零年，二十三岁的温赖特乘坐汽车，行走了约六十英里来到湖区。在英国全境，所有的年轻中产阶级投入了一场运动，最终的结果是，英国的所有人都有可支配的收入和闲暇时间，可以去世界各地，在别人的地盘探险猎奇。温赖特喜欢上自己发现的地方。湖区成了他的避难所，他也从不掩饰。这里让他逃离了糟糕的城市工人阶级生活，之后，又逃离了可怕的家庭生活，要知道他的第一段婚姻可怕得吓人。

后来，他做了一番谋划，搬到肯德尔，为镇议会管理账目。他喜欢湖区，如此一来，稍有闲暇，便上山漫游，并绘制他的大作——《湖区山地图文指南》。该书的写作与出版是最不同寻常的一次尝试，足以载入当代英国文学史。《指南》售出成百万册,温赖特也成了电视名流——山野老人。他"牵引"了数百万人沿着山间小路登山。同时,他造就了一种全新的体验湖区的方式,名曰"体验温赖特"。现在,游人把他写进书里的山峰逐一打钩,以示游过。

在我的整个童年时期,姑妈和姑父就在离公路一英里远的地方放牧。我们和他们一起做季节性的工作,比如一起种庄稼。他们家的羊很棒。在我的记忆中,他们家的羊总是比我家的强。祖父很不甘心,因为俗话说得好,"自家的鸭子就是鹅"。到了秋天,我爱跟着姑妈一家干活儿,一起去拍卖场。我觉得他们有些事情做得比我们好,所以我想跟着他们学,将来把他们比下去。

八月的一个星期六,我们正往棚底下的马厩里装干草,以便安全过冬。这时,姑妈和姑父来了。父母招呼他俩进了厨房,留下我给升降机加汽油。我当时很纳闷。过了十分钟,他们出来了。气氛有点不对劲,我有种不祥的预感,却无法言明。我疑惑地看着父亲,他的表情似乎在说:"现在别问。"我只好作罢。我们继续干活儿。

姑妈把草捆拖到升降机上,升降机嘎吱作响,把草捆送到谷仓的屋檐下,再送到干草不断堆高的"马厩"中。姑妈身边油烟缭绕,尘土飞扬。我站在房椽上,从升降机上卸下草捆扔给父亲。瓦楞状的屋顶凹凸不平,光线透过缝隙渗进屋内。大家汗流浃背,瘙痒难耐,蛛网缠身。大肥蛾在头顶盘旋。空气中草味芬芳,又尘烟障目,让人喷嚏不断。那天,父亲的话异常多。姑妈跟我对视了几次,总是微微一笑。干完活儿之后,父亲谢了姑妈。她莞尔一笑,上车走了。他们这才给我说了实情。

姑妈来告知我们,她将不久于人世。她不希望别人看到自己病入膏肓的样子,也不希望别人为她难过,她不需要任何人的同情。他们不许我去看望她。在那以后,我再也没见到姑妈。有一回,我只瞥见了一个模糊的影子。那天,我在路边砌墙,有辆车疾驰而过,里面是一个病恹恹的女人。

人人都说校园时光最美,这简直是胡说八道。我迫不及待地想离开校园。我对学校没啥指望。到了十五岁,老师们卸掉我这个包袱,也不会心存愧疚,寝食难安,毕竟烂泥扶不上墙。过了圣诞节,熬到十六岁生日的那天,就可以离开学校了,不过还得老师签字批准。我们所有人都想逃离这该死的地方,所以我们羡慕那些幸运的混蛋。他们过了生日,手里拿着一张白纸,昂首阔步地从操场走过。从此以后,这群家伙中的多数我再也没有见过。如今,大家可能要互留电话号码,或者用脸书与推特保持联系,可是这些东西在那时还没有出现,再说,我们很少有人愿意经常联系。

到了那个时候,母亲对我的学业已不抱希望,听天由命。十五岁那年的圣诞节过后,我开始逃学。即使这样,我比父亲和祖父还多上了一年。不上学待在家里时,我帮着干活儿,是农场急需的额外人手。我干活儿卖力,因此没有人过问逃学的事。(我也撒过谎,他们不知道真相。)从十二岁左右起,我就没认真上过课,整天混日子。我选了普通中等教育证书考试的科目,这样就可以和喜欢的女孩分在同一组。辍学前的一两年,在上学前后和周末,我在家已经算半个工人。父亲大喊一声,我就知道该起床干活儿了。喂牛、清理牛粪,或者去山上喂羊。到了上校车时间,母亲来寻我,父亲则说他不知道我在什么地方,最后校车走了,我也不用去上学。有一回,我看见母亲走回家时边走边抹泪,父亲却冲我得意地笑了。

为了不让母亲难过，我返回学校参加了部分考试，不过有些还是没考。我对要考的试没有兴趣，不过我清楚地记得，在宁静的考试大厅里，我曾想入非非。我知道考不及格就是笨蛋，但我宁愿考得一塌糊涂，也不愿让别人觉得C是我能拿到的最好成绩。可惜尽管我敷衍了事，宗教研究和木工两门课还是得了C，这惹得祖父哈哈大笑。"你可以当个教区牧师……先做殡葬仪式，然后钉好棺木。"我确信，祖父也同样认为上学纯粹是浪费时间。

学校要买电脑，便举办了一场大型的募捐活动。我前脚刚出校门，后脚电脑就到了。在此之前，计算机，我只在表哥的卧室和学校职业测试办公室见过。我们在职业规划老师的办公室外排队，等待他给我们一些有关未来职业生涯的宝贵建议。他对自己使用的职业软件包非常自信，热切地问了一大堆需要勾选的问题。他单指打字。你想在室内还是户外工作？户外。你想和人一起工作，还是动物？等等。回答了十五分钟的问题，电脑开始震动，然后弹出了一张纸，上面说我该成为一名"动物园管理员"。我把这事告诉父亲，他说："我的天哪！真是蠢货！"然后笑得前仰后合，停不下来。

❧

这所乌烟瘴气的破学校荒废了我五年光阴。我本该疯掉，好在学校教我认清了自己，就这一点而言，我做过的任何事情都难以与之相提并论。它也让我觉得，对于很多人，现代生活没有意义，它给人们的选择少之又少。现代生活在人们面前摆了一个未来，却让大多数人感到厌倦，迫不及待地等到周末便一醉方休，忘记一切。大多数人得不到信任。多数人为了极少的回报，却要做出巨大的牺牲。

如此一来，离开学校是我经历过的最好的事情。那年春天和夏天，我精神焕发，快乐无比。当时我十五岁，在离开校园的那一天我发誓，以后绝不让自己困在像学校一样的地方。我要按自己的意愿生活。

至少，我自己是这么想的。

❧

祖父七十二岁那年中风了。过了一阵儿，父母把他送到养老院。他连正常说话都很困难。对于一个在湖区最美丽的地方生存劳作过的人，这个结局着实有点残忍。他似乎完全被困住了。前几年，祖母还担心祖父会被抛尸荒野,无迹可寻。为此,她很生气,诅咒说:"乌鸦会挖了你的眼睛。"祖父莞尔一笑,穿上夹克去了野外。

可惜现在,他再也回不到野外了。

✿

我穿着蓝色绒面靴子。不要问原因,我十七岁了,又傻又想装酷。那时,我看上去就像模糊乐队[①]一九九四年前后拍摄的MV中的临时演员。祖父中风后,我去医院看他。口水从他的嘴角流出来,他看上去就像头受困的动物。他控制不了嘴,也说不清楚话,更糟糕的是,他自己还很恼火。我走进房门,快速扫了一眼祖父,我知道他已经不行了。即使在那时,他看见我后,依然面露喜色,也被我的蓝色绒面靴子逗乐了。他不能说话,便把胳膊垂下来指着我的脚。一个将死之人,甚至连话都不能正常说,还在拿时尚跟我开玩笑。父亲进来后,祖父紧紧抓住他的手,断断续续地说了一个字——农场的名字。然后,祖父坐下来,认真听着他的土地上发生的每一件细细碎碎的事情,目光盯着他的儿子和我,看我们有没有给一个将死之人编造好听的故事。父亲跟祖父曾常年吵嘴,现在却像一

[①] 模糊乐队,英国摇滚乐队,一九八九年成立于英国科尔切斯特。

对要好的朋友。祖父甚至流露出一种我从未见过的平和。他看上去有一丝担心，不断地看着我，好像在确认一件事，看我认不认同他为之奋斗的一切。不过，他也无须担忧，过去我认同，现在也依然认同。

他看着我的脸，一切尽在不言中，我与他之间纵有千言万语，也道不尽那牧场与家庭。那一刻，我不仅仅是他的孙子，更是要继承他一生家业的人，是连接未来的线。他的生命在我身上延续。他的声音，他的价值观，他的故事，他的农场，这一切生生不息。我在农场劳作的时候，他的声音回荡在我脑中。有时候，我因此而免于干出蠢事。突然间我会停住，然后按照祖父的方式去处理。大家都知道，祖父塑造了我，我是他的延续。

永远都是如此。

祖父辞世后的那年夏天，我爬上屋后的山坡，来到一片小树林，俯瞰伊顿谷。下面的草地一望无际，一捆捆干草堆在一起，牛羊成群，在草地上吃草。我靠在一棵树上，静静地坐着，任凭时光在眼前流逝。一只灰色的狡兔跳上坡沿，在我沾满泥土的靴子前停住，缓缓地看了我一眼，然后跑得不知去向。傍晚时分，金色的晚霞笼罩着周围的一切，夏季发狂的牛群从树林里跑过，惊得虫子乱飞，完全无视我的存在。我靠在一棵老山毛榉树上，树干光滑，周围的一切仿佛一场大梦。离我不远处，在另一棵山毛榉的树枝上，红隼雏儿索要食物，叽叽喳喳叫个不停，它们的妈妈在树林上空盘旋，完全不予理会。八月的晚霞一片绯红，温煦怡人，将整片大地沐浴其中。斑尾鸽扑棱着翅膀，从长长的草丛中飞起。阳光把绿草晒得发白，母羊和羊羔在那里吃草。采石场附近，一对野鹿从昏暗的林中晃晃悠悠地走出来，沐浴在阳光下，吃着青草，好不自在。

一只健硕的沙狐沿着树林的影子前行，走过一个木门，沿着篱笆远去，最后消失在茫茫的草丛中，不见了踪影。过了片刻，它再次出现，就在我刚才看到斑尾鸽觅食的草地附近。鸽子在青草和野蓟间奋力挥动翅膀，四散而逃。沙狐扑击再三，终究一无所获。它从长长的草丛中小跑出来，在草皮上欢快地打起滚来。远处，村子里的第一缕灯光开始闪烁，晚归的燕子相互竞逐，飞过山坡。我知道老人走了，永远回不来了，一切都将不复从前。夏日将尽。

天造草昧，人功未施。在托马斯·韦斯特写出他的指南以前，湖区鲜为人知，也无人钟爱。既没有诗人光顾，也没有游客参观，而林地仙女和牧羊人则习以为常，没看出有什么地方值得多看一眼。

——托马斯·韦斯特著
杰拉德·M.F.希尔编现代版《湖区指南》（二零零八年）

一般来说，山区是一个远离文明的社会，所谓的文明则是城市和低地地区取得的成就。山区社会没有文字记载，一直徘徊在文明浪潮的边缘，哪怕是最旷日持久的文明……

——费尔南·布罗代尔
《菲利普二世时代的地中海和地中海世界》（一九九五年）

秋

祖父辞世后的那年秋天，祖母将一个银杯赠给拍卖市场，让颁给头号公羊，以此来缅怀祖父。我的羊羔得了奖杯。在祖父临终前，我跟他聊过这只羊羔。那是我家这么多年来最棒的一只羊羔。在拍卖会上，它鹤立鸡群，身高远高于同龄羊羔。我做足了准备，好让它在关键时刻处于最佳状态。在评选过程中，我在圆形卖场中间给我的羊占了个优越位置。我要让它完美无瑕，成为睥睨众生的"国王"，这种卖弄的把戏古已有之。羊也清楚自己是最棒的，我们只是提醒所有人，免得他们注意不到。父亲看在眼里，朝我眨了眨眼睛，会心地笑了。

我的羊是那次拍卖会的冠军，卖出了顶价。一位备受尊敬的牧羊人买下它，想让五十多只母羊与它交配，把它的优秀基因传递下去。

所有人都不记得我没有通过普通中等教育证书考试。我觉得我是学校的另类产品，没有什么可以阻挡我。我是我祖父的孙子。

接着,一切开始土崩瓦解。

※

这天清晨,天色昏暗,秋雨蒙蒙,四周一片沉寂。父亲穿着灰色的制服,从房里走出来。律师正在宣读祖父的遗嘱。父亲辛辛苦苦三十多年,自己的命运马上就要揭晓。此刻,他脸上写满了担忧。他把我留给约翰。约翰偶尔来我家农场干活儿,很会讲段子,一早上在羊圈里絮絮叨叨,说个没完没了。"别担心,孩子。你祖父喜欢这个地方,他认为阳光是从你屁股里照出来的!"我反复琢磨,试着相信这话是真的。以前只要一吵架,祖父就威胁说要修改遗嘱。多年来,农场透支日益严重,耗尽了我们的资本,让每个人都很担忧,不知道出路在哪里。有时候,我们的策略似乎只有更加努力,苦干到底,等待局面好转。然而,局面并没有好转。

父亲回来,一副若无其事的样子,显然已经接受了祖父的安排。他为农场倾其所有,终了还是无法万全,有些东西不得不卖掉。继承家庭农场,涉及的事情往往杂七杂八,难以圆满。像我父亲,一生都在建设农场,哪有多余的现钱。无论谁得了农场,卖地或者借钱都是常有的事,不然无法支付兄弟姐妹的遗产钱。你若得了农场,或许一直都觉得糟糕透顶。

接下来的数月，父亲将平房卖掉，给祖母在城里买了楼房。有人提议，把祖父的农场全部卖掉，只把当时我们居住的那个租借农场留着经营。结果父亲既留了伊顿谷租来的农场，也留了祖父农场上的土地，只把祖父和祖母住过的平房和几块土地卖了。祖父的土地继续由我们经营，只是距离变远了，在十五英里之外。有个非常现实的问题——将来，那里没有房子，我跟父母不能搬去住。接下来的几年，我们谁都没了躲避的地方。对此，我有点伤心。

在那个灰色的秋日，父亲听完祖父的遗嘱后，不想跟我直接照面，便把所有的事情都对约翰全盘托出。我在一旁也听着。父亲说完后，转过头看着我的眼睛说："对不起，儿子。"我装出一副男子汉的样子笑了，笑得虽不真实，却也坚强。

✿

接下来的数月，或许父亲需要我埋头苦干，默默地支持他，帮助他渡过难关。可惜他的儿子不是那样的人。也许根本没有人有那样的儿子。祖父去世后，我们的身份都有所提高。

最近，我听一些老人在谈论一个年轻人，他们说："小伙子都这样，还没长大就自以为长大了。"我就是那种人。十八岁以前，我在农场当了十年的临时工，离开学校又干了三年的全职。我满脑子都是自己的想法，觉得自己无所不知，无所不能。我以为自己已经长大了。在我看来，同龄孩子上大学就是年幼无知，毫无意义。

祖父、父亲和我，上演了古往今来，农民家庭中最古老的剧情。祖父是族长，是我们的领导，他开启了我们这一支血脉，创建了我家的农牧产业。我家的农场就是他的农场。他很像许多老式农民，上了年纪以后，将农场死死地攥在胸前。在剧中，父亲的角色或许是最难受的，既要看领导父亲的脸，又要受篡位儿子的气。他干的活儿最多，理应掌控农场，实则不然。我扮演的是宠儿的角色，是祖父的掌上明珠，完美无瑕，是将来继承农场的最佳人选。

父亲、儿子、孙子，爷孙三代。

我们认识的有些父子，一起相安无事，宛如朋友。我家却不是这样。在我家，父子相互撕咬，就像围着斑马残骸的鬣狗。我十八九岁那阵子，不论大事小事，都要和父亲吵一架。

我从父亲身上吸取的教训是，如果任由父亲摆布，辛辛苦苦二十年，能挣点小钱，可最终连保全农场的钱也捞不到。我不想常年屈居人下，重蹈他的覆辙。过去十几年，他不断地促使我这么想。而今，时移世易，他成了领导，我成了儿子。

要是农场一直盈利，或许事情会简单些，可惜农场没有盈利。我能预料到，即使我倾其所有，最终也会一无所获，所以我更加桀骜不驯。父亲囊中羞涩，即使他想大方，也大方不起来。如此一来，我们的关系逐渐恶化，最终破裂了。其中至少有一半是我的错。那时候，我跟父亲就像针尖对麦芒，结果无外乎以下两种：要么妥协，接受他的领导；要么离开，另作打算。父亲年少的时候也曾短暂地离开过。他跟祖父吵架以后，去当地的采石场干过一阵子活儿。

作为孩子，我不懂身不由己是怎么回事。我觉得自己很出众，是父亲错了。他接手农场时出问题了，该他负责。祖父值得尊敬，是唯一要学习的榜样。他造就了我们的一切。现在回想起来才发现自己错得离谱。我想这就是所谓的成长——逐渐认识到自己知道得其实很少,看错的事情其实很多。

若干年后回首往昔,我不禁哑然失笑。我们曾互相折磨,也曾一起铸下大错。我们曾把最糟糕的一面留给对方,也曾冲彼此疾言厉色。即使我能做出改变,我也不去改变,因为我对父亲和祖父的了解超过了大多数人。他们的辉煌时刻,我是见证者,也是参与者。我是他们那个世界的一部分,我理解他们的所作所为,明白他们的所思所想。有时候,我令他们失望,当然,他们也让我失望。有时候,我让他们骄傲,他们也令我骄傲。有时候,我们针锋相对。可是谁又不呢?我们的生活交织在农场周围,我们都关心农场,把它看得比什么都重要。

那年我四岁,坐在棚里一捆干草上。祖父坐在我旁边,一手拿着剪刀,一手拿着梳子。我们眼前站着一只萨福克公羊,脖子上拴着绳子,绑在干草架上。祖父刚给它拴绳子的时候,它还挣扎了一会儿,现在已经站得安安稳稳,享受着祖父的悉心护理。它时不时打个嗝,闻起来有青草的味道。在我和祖父的边上,各拴着一只羊,我爸妈正在打理它们。他们给羊清理腿脚，擦洗脸部，然后用剪刀收拾羊背和肚皮，给羊剪出流畅的线条来。

在村子里，亲戚邻居全在打理羊。我们之间的竞争意识很强烈。通过对比羊的优劣，牧羊人的好坏也高下立判。好多年来，我一直向老一辈人模仿学习，渐渐地，我也可以做许多活计。在拍卖会上，我们所做的点点滴滴都有作用。人们聊起过去他们卖得最好的羊，把它和眼下的羊对比，是不相上下呢，还是更胜一筹呢。我对他们说，我最喜欢我们正在打理的那一只。听到祖父给别人说，我眼力不错，我不免得意扬扬。现在，公羊共有六十多只，全是两只纯种母羊的后代。那两只母羊是祖父在二十世纪四十年代花了很多钱买的。每年秋天，我们卖掉三十只公羊。

秋季，我们赖以生存的一切事物都达到顶峰。羊场，特别是山地羊场，每年的绝大多数收入靠九月至十一月这段时间。届时，英格兰北部的乡野，会有大大小小的数百场拍卖会和展销会。低地的人们冬草富足，高地的人们夏季生产的羊羔过剩，他们在拍卖会和展销会上碰头，达成交易，各取所需。除了这一现实意义外，这个时节，羊群还可以一较高下。不论哪个品种的公羊羔，生产、打理、销售，这三样才是秋季卖场最负盛名的事。

从理论上讲，改良羊种实属易事，只需买一只公羊，把优良基因带到羊群即可。公羊选得好,羊群的质量就好,外貌也好,终归也能卖个好价钱。母羊是你的核心资产,固定在农场,不断发展壮大。每年秋季买来的公羊为羊群提供了另一半基因,每只公羊配一百多只母羊。年复一年,优秀的牧羊人对找公羊乐此不疲,因为公羊可以改良羊群。

干这活儿也是一门学问。在成百上千只公羊中,要选出最适合自己羊群的那一只来,这事非同小可。每一次选择都关乎羊群的价值和声誉,选得好则蒸蒸日上,选不好则每况愈下。优良的羊群往往特色鲜明,是背后成百上千次的判断塑造的结果。有时候,这些选择可以追溯到几十年,甚至几百年以前。一代又一代传递下来的不仅仅是羊,还有育羊的理念——哪些特点要特别关注,才能保留羊群的特色。潮流瞬息万变,羊群难免会落伍。这时候,牧羊人要么改变育羊方法,要么死守到底,等待他们中意的特征重新入流,除此之外,没有别的选择。整个努力过程令人赞叹,从中我体会到了什么叫献身,什么叫真正的思考。

我第一次卖公羊,卖给一位叫简·威尔逊的女士。那时，我只有九岁。她是我祖父的朋友。家人给我说，她要来买公羊，父亲要去远处干活儿，我得带上牧羊犬，把要出售的羊赶到院子里，让她看看，然后跟她商量价钱。

"她可不傻，"家里有人说，"她不会骗你，但很会砍价。你可要当心了。"父亲告诉我，最好的羊他想卖二百五十英镑，其余的可以少点。

简是地地道道的牧羊女，忘掉的事比我现在知道的都多，不过我也帮着卖了几年羊，知道是怎么回事。晚餐过后，她来到院子里，问我是否"管卖羊的事"。我说"是"。她得意地笑了，然后跟着我来到羊圈里。

她在公羊身上抓来抓去，很快就指出了各种毛病，还问我哪一只最好。

我对她说，她想要"那只肥实健壮的。那是最好的，买去肯定有好处"。

她笑了。我跟这些羊一起长大，对它们的品性一清二楚。她很满意，说道："嗯，我也是这么想的……那我得掏多少钱？"

"三百英镑。"

我们都清楚，要价虚高了一点儿。

"太高了。我觉得一百八十英镑都多。"

"这个价可以买那只小的，但买不下这只厉害的。"

她没怎么考虑我的提议。我知道她不要小的,而是铁了心要买那只好羊。所以,我摆出一副卖不卖无所谓的样子,不卖可以留着。接下来的一个小时,我们围着其他羊又转了一圈,聊我上哪所学校,天气如何,也探讨了其他羊的价钱,并一一否决,最终又回到她看中的那一只上。我跟她说,还有一个人也想要,而且对价格没有异议。

最后,她二百五十英镑要了,不过讨了十英镑"吉利钱""保佑羊健康"。父亲回来听了交易,说道:"天哪,我本以为她会砍到二百英镑……"说罢,他大笑起来。

刚离开学校的几年,生活平平淡淡。除了工作、吃饭、睡觉,还是工作、吃饭、睡觉。大多数时候,晚上无事可做,偶尔陪家人看看电视。我们家的电视,开的总是父亲喜欢的频道,我们跟着看。有时候可以说服他,让他换个台,不过大多数时间不会更换,哪怕他睡着了。有时候播的是克林特·伊斯特伍德的电影。(父亲喜欢看有大猩猩的那一部[1],克林特说"右转,克莱德",猩猩开始打人。)父亲要是醒着,遇到精彩片段总会摩拳擦掌,兴奋不已。若

---

[1] 指一九七八年的电影《永不低头》。

你看他睡着了，要换频道，他准会突然坐起身来。

"嗨，干啥……我看着呢。"
"你睡着了……"
"没，调回来。"

另一间房里，母亲像个外星人，不是在烫熨衣物，就是在写东西。她喜欢俄罗斯作曲家拉赫玛尼诺夫的作品，常常播放《帕格尼尼主题狂想曲》的唱片，有时候也用家里的旧钢琴自己弹奏。这听起来似乎是另一个人，一个我觉得我不太了解的母亲。

有一次，我们争论电视节目，父亲突然丢下餐具，冲母亲嚷道："我跟你说过，我早跟你说过……你教他们要有自己的想法，这就是样子……这个屋里，人人自以为是……连狗都一样。"

从那时候开始，我觉得家里人太多了，农场上也是众说纷纭，莫衷一是。我在长大，可惜并不清楚是否有足够的空间供我成长。于是，我逃到了书本里。

我或许从未见过外祖父，但他同样改变了我的人生，塑造了我的世界观。二战期间,他曾去缅甸作战。我从他那里得到了一把九英寸长的刀,是他从一个日本兵的尸体上取下的。我把它放在装袜子和内裤的抽屉柜里,显得不伦不类,不相适宜。母亲得到了几十本书,全搁在她的书架上,好多都没翻过。那些企鹅出版社的平装书,橙白相间的封面上已经沾满了污渍,久久未动的内页已然泛黄,几本绿色或棕色的精装本夹杂其间,也都晒褪了色。有些是二十世纪四十到六十年代的名著,作者名字我都没有听过,比如海明威、加缪、塞林格、A.J.P.泰勒和奥威尔。显然,外祖父的读书品位无可挑剔。我很走运,它们的出现正当其时,那会儿我正如饥似渴,渴望有这样的东西。

每天夜里,我躺在床上不睡觉,读书读得如痴如狂,享受着远离他人的独立空间。刚离开学校的那阵子,我很少读书,不过很快却成了书痴。

我时常打开窗户,以便知晓外面是阴是晴,听听掠过的雁阵,抑或是听听电话线上燕子的喃喃细语。有时候,大家都以为我睡了,不料我却往兜里装一本书,偷偷溜到窗外,去田野上散散步,听听杓鹬的叫声。那鸟叫声清晰响亮,像早夭孩子的哭号。

日落西山,我每每以目相送。

在田野的尽头,可以看到农场上闪烁的橘色电灯。黑暗中，我寻着光线跋涉回家，然后翻过窗户回到房里。第二天醒来，书还在手里。此时，在下面的谷仓里，寒鸦正从食槽里偷吃羊食，发出刺耳的叫声。

❧

一天，我从书架上取下一本破旧不堪的书，名为《牧羊人生》，作者是威廉·亨利·哈德生[①]。我原本以为，这也是本破书，没啥价值，还很会吹嘘，像学校里硬压给我们的书本一样，我不会喜欢看。结果却出人意料，我错了，我非但不讨厌，而且还喜欢上了。

扉页上有外祖父曾在百里文法学校任教时题写的字，他认为这本书很经典。外祖父居然也读牧羊人的书，这不免让我发笑。我翻到第四章——丘陵间的牧羊人，开头几段读得不知所云，读了几段便迷上了。我喜欢两个地方：一是书中客观描述的朴实动人的故事；二是它颠覆了我的认知，原来牧羊人也可以写进书里，而且还是经典之作。

读这本书之前，我觉得所有的书都在讲其他人、其他地方，以及其他生活，而这本书完完全全写我们（至少写

---

① 威廉·亨利·哈德生（1841—1922），英国博物学家及作家，著有《鸟与人》等。

的是昔日威尔特郡的牧羊人）。这本书讲述了卡勒布·鲍库姆的一生。二十世纪初期，这位高龄牧羊人把自己的一生说给哈德生听，哈德生便记录成书。我了解书里的人，他们好比我的祖父、我的父亲，以及所有我认识并尊敬的人。我觉得我能和卡勒布一起干活儿，一起聊牧羊犬，聊跛脚羊，或是随便谈天说地。书中有很多地方，老牧羊人呼之欲出，让我忘记了我和他之间隔着哈德生的叙述。大约到了午夜时分，我读完了，然后去找母亲，她还在熨衣物。"这书你读过吗？哎呀，太好了，嗯……写的是我们这种人。我家还有这个哈德生写的书吗？"

没有。不过她的眼中满是欣慰。后来，我逐渐了解到卡勒布熟知的放牧生活已经荡然无存。放眼全球，效率和规模已将古老的农业方式淘汰出局。偶有残存，也是在山区，因为那里的古老农业方式无法替换。二十世纪中叶，人们卖掉本土品种，换来新的改良品种。为了扩大土地面积，承载大型机械，他们把篱笆和界墙全部推倒了。威尔特郡现在的农牧方式，卡勒布估计都认不出来。

有人问海明威，如果想成为作家，应该读些什么书。他的回答是，要读"大人物"写的好东西，这样才能知道自己想要超越的高度。他列举的标杆当中就有哈德生。而今，大多数人不知道哈德生是谁。若论起我开始相信文字并成了书痴这件事，哈德生对我的影响比奥威尔和海明威大。在我的房间里,书猛地开始多起来,而且一多就是十几本。根据木匠乔治给我装新书架的速度,你可以算出我读了多少本。

※

到了十八岁,干起多数体力活儿,我生平第一次可以和父亲一较高下。每天,我们去祖父的农场干活儿。现在,农场是我们的,但没了房子。在谷底的草地上,我们把草捆装上车斗,然后运到饲料棚。活儿虽不难,却也吃力。草堆高低不一,矮的有十七捆,高的有二十二捆。父亲将拖拉机停在草堆旁,我们便一捆一捆地往车上扔。我跟父亲轮流在车厢里操作,把草放正,确保路上颠簸时不会掉下来。这个工作就像砌石墙,要一层压着一层,把接口错开,让草捆相互牵制。最吃力的是把草捆扔上车,车堆得越高,就越费劲。那些日子湿热难耐,又不透风,不到半小时,我们就已经汗流浃背了。随着晨光推移,草捆越来越沉。好在每装完一车,我们都可以喘一口气。我们驾驶拖拉机,沿着蜿蜒曲折的山路,一直开到"野房子"(一座石仓,我们在此储存冬草)。

到了饲料棚,父亲匆匆跑上升降机,到装干草的"马厩"里去了。我拉动引擎绳子,升降机浓烟滚滚,轰鸣而上，黑烟与汗水和灰尘混为一体。我一捆一捆地把草从车厢里卸下来，装上升降机，然后把它们送进黑黑的饲料棚，就这样往复循环。到了中午，我们都惊呼自己快要断气了。我们清楚，吃完便餐，喝完那几瓶橙汁，我们就要断水。不过，我们躺在阴凉处休息了半个小时，体力恢复了，便又回到草场，装运剩下的干草。汗淌得更猛，人也更觉得精疲力竭。午餐后，过了大约一个小时，我们就已经没水喝了。我心里开始犯嘀咕，没有水，接下来的几个小时怎么办？

往常，我们喝溪水，或者从水槽里弄点水喝，不幸的是，那里全都干涸了，上面覆着一层尘土和蚊虫，极其恶心。邻居全不在家，最近的商店也要开半个小时车才能到达，差不多有回家路程的一半远。再说了，就是去买，我俩谁也掏不出钱来。当然，我们完全可以收拾东西，回家歇着。但是家在十五英里之外，这时，西边的天空逐渐变暗，似乎很快就要打雷。我们没了选择，只好坚持到底，把草装完才能回家。

终于剩下最后一车。这时，每一捆都沉如铅块，有几捆一次没扔上去，滚下车来，我们返了工，哪像早些时候，轻轻松松就扔上去了。装完最后一捆，我们觉得自己脱水了。不幸还在后头，眼看饲料棚就要到了，工作即将完成，车斗轮却撞上石头，一车草全翻下山坡，有些直接滚到了坡底。我俩大惊失色,面面相觑,苦笑一声,这不是雪上加霜吗?滚下去的还得拖上来,重新装车。后来,总算到了饲料棚,卸完草,拴好了大木门。干草算是稳妥了。走出饲料棚,我俩便大口大口地呼吸,好像刚断过气似的。路过一个朋友家时,我们停下来喝水,直接从水龙头上就喝,结果喝了一肚子冷水,很快就觉得不对劲。中暑了。第二天,我们头疼不已,感觉很糟。

父亲总跟我提起这精疲力竭的一天,毕竟这是他和我一起做的事情。若是另一类父子,父亲对儿子说起的或许是一家人在海边游玩的事情。

后来,也是那一年,有个愣头愣脑的城里少年,骂我父亲是"放羊鬼",让他"滚一边去"。我想父亲会狠狠地揍他,可是他没有。

他对那孩子说,这是我家的农场,可由不得他随随便便走来走去,还把圈门打开让羊乱跑。

那孩子撒下笑声,扬长而去。父亲转过身,对着我直摇头。

我原本以为,在自家农场辛勤耕作是件值得尊敬的事,人们会看得起我,就像我敬畏我的祖父那样。没过多久,我发现并不是这么回事。在自己家里,去农场干活儿天经地义,不是什么大事。出了家门,旁人才不在乎你去不去农场。结果呢,对于世界上其他人而言,我没有存在的意义,好像被农场吞没了。一方面,这对我有利(逃出学校,令我欣慰)。另一方面就很恼人,因为这分明就是说,你如果上了大学,就是个人物,反之,你若固守传统,辛勤耕作,就啥也不是,不足挂齿。另外还有个我不愿看到的事实,在镇上的夜总会里,有些年轻的女孩子刚得知我是农场工人,就立马对我没了兴趣。

有个老人,弓着背,爬在一扇银色的铝制大门上,他眼前是正方形的羊圈,里面挤满了灰色的羊背。他嘴里嘀咕,听众除了羊,还有我,因为我碰巧路过。

"妈呀,这全是好品种……这些臭小子该打屁股,把这么好的羊白白送人啦。"

他很生气,因为在拍卖会上,这些羊被便宜处理了,每只才二十二英镑。登记的时候，本应该写成"储备羊"，却写成了"退役羊"。在老人看来，这两个字的意义有着天壤之别。"退役羊"是指多余的羊，品质较差，或者羊群中的老羊；"储备羊"是指核心羊群，能传宗接代。老人觉得，在成群结队的灰白色羊群中，这些羊没有受到重视，完全被忽视，被遗忘了。（为了防止不公平，拍卖顺序从帽子中抽签决定。）给这群羊抽的签顺序太早，像样的买家还没到场，就已经被处理掉了。它们被人遗忘在角落里，视而不见。那年秋季行情不好，我们眼睁睁看着母羊被白白送走，别的羊也只能卖到一点小钱。

老人的私语飘过羊圈，消失在风中。风儿吹过草地、公路和城镇，越过了山冈。卖掉羊的那天，拍卖场有一半空着。在 A66 公路上，小汽车和货车川流不息，却没见"农场"来的半个人影。他们从上一代起已不再是牧民，全都在城里"上班"了。

往日的生活日渐式微，走向灭亡。一切都随风而逝，留下上了年纪的人失望而归。

那天晚上回到家里，我怅然若失。到底有没有人真正在乎我们所做的事情？我会不会终究也变成一个伤心失望的老人，自言自语，说些与羊有关的事，而别人才不在乎？在十九世纪末二十世纪初，人们普遍认为，边缘地区的小户牧民已成过往，这片土地的未来要靠旅游业和野生动植物。每年秋季，老牧羊人退居二线，越来越多的羊群被卖掉，或者缩减了规模。同时，在各种各样的环境保护工程的作用下，为了减少羊群数量，成千上万的山地羊被售出。他们美其名曰"缩减储量"。在我们的有些地方，缩减就很有必要，可以纠正二十世纪的过度养殖行为。和其他地方的牧民一样，我们也犯了这个错误。不过对于在这片土地上劳作的许多人而言，缩减储量更像是一种极大的伤害，因为失去一群羊，或者缩减一群羊，都会削弱整个山地的放牧系统，令我们的生活岌岌可危。官员说起我们的家园时，让人感到他们珍视这里的一切，唯独不关心我们认为重要的东西。在他们眼中，生产食物好像不值一提。这不是我想象出来的放牧童话，我也不是童话中的蓝眼王子。

当然，我心里一直明白，靠养羊发家致富并非易事。现在，我更认识到事情到底有多难。在世界各地，小农家庭的境遇一模一样。现在的羊跟二十年前的羊一个价。羊虽越养越多，钱却越赚越少，成本一直在飙升。农场工人逐年变老，没有人来接替。我们的房屋全是三四十年前建的，年久失修，逐渐倒塌，也没钱重建。拖拉机跟其他机械逐年老化。农牧业在蜕变，有一系列的新规要遵守。像我们这样的老式农场，不花一大笔钱，就达不到新规的要求。父母和我累得像狗，竭尽全力，以求维持现状，换来的却是每况愈下。我们这群人无可奈何，只能埋头苦干，期盼能有转机。"养羊完蛋了"成了父亲的口头禅。

曾几何时，牧民是"村里的顶梁柱"。不过到了我的青年时期，湖区的居民明显和之前不同了。农舍和小农庄陆续被卖掉，大多都是外乡人买走的。祖父在六十年代买我家的农场时，山谷里大约有二十五座小农庄。虽然许多居民干其他营生，不靠放牧，但是他们依然是乡下人。新户与我们的生活方式几乎没有关联，也与我们看待这片土地的眼光不同。我们称他们"外来户"或"外来人"。有些老人会称呼他们为"外地人"，尽管好多人最远不过是镇里来的。"我们"和"他们"之间的差别主要体现在文化上，他们几乎全是英国中产阶级，有专门的职业。

✿

从客观上讲，村里迁来新户无疑会有好处。他们往往会带来全新的思想和新鲜的血液，能为村子注入资金，创造出生意，激发出村子发展的动能。即便是像祖母的姜饼这样的土特产，有些原料都得益于大西洋上的奴隶贸易经济。当然了，我们所有人都由许多"原料"构成。但是二十岁的我，却只能眼睁睁看着有些东西正在消失。

对于"外来户"，羊仅仅是挡住他们的去路的东西，或者是跑到他们的花园里吃草的东西。最糟糕的是，在他们当中，有些人"所有权"意识很强，认为我们的土地是公共产品，这里的未来理应由他们说了算。要是有人胆敢修建新的建筑，他们将大声疾呼，组织上书请愿活动，把规划师吓得魂不附体。我们有个邻居，在这里生活了五十多年，他要修建一个破旧的农房，却遭到了这些人的阻拦，他大为不解，对我说："这些讨厌鬼一直这么拦着，我不知道湖区怎样才能得到发展。"

外来人想要买下房前的公共绿地，得知买不了时显得怒不可遏。几百年来，赶着牛羊在村子里穿行是再正常不过的事，但是如今你若这么干，很有可能会激起矛盾，因为牛羊会啃食花草，也会在不断修剪过的草坪上留下蹄印。有些新邻居还会报警，因为他们听见有人带着狗，在山上大喊大叫。其实，我们只是在收羊而已。两个互不理解的世界正在碰撞。这好像我们错过了一次会议，而在我们缺席期间，有人修改了规则，结果我们的一举一动变得不再重要。

牧羊人不喜欢别人家的狗靠近自家的羊群。大家都把自家的牧羊犬视为忠仆，引以为傲，喜欢得不得了，而别人家的狗却一无是处，还会带来麻烦。一只未经训练的狗，如果不套狗绳就靠近羊群，会异常兴奋，完全进入狩猎状态。狗主人显然很难理解潜在的威胁。狗会追着大羊或羊羔乱跑，等到你发觉时，羊已经被扑倒在地，或因精疲力竭而躺在地上。在我成年以后，这种事件每两年都会发生一起。狗没有经过训练，在这种情况下会失去控制，撕咬羊毛或羊皮，最后，羊的耳朵被扯破，喉咙被撕烂。大约每隔一个月，我们都会遭遇一起狗祸，事态随时可能会升级。

坦白讲，每次我看到不拴绳索的狗都会极度不安，害怕发生祸事。等它被重新绑好，装进主人的车里后，我才会放心。虽然十有八九都是有惊无险，我却备受煎熬。这或许是我多心了，但操心我家羊群的安危是我分内的事。有责任心的游客知道这种隐患，会相应地约束自己的行为。一个人的自由恰是另一个人的痛苦。

这里，处理狗和羊的规矩很简单，而且一向如此。不要让狗靠近别人家的羊，就与我们无干。若放松警惕，狗就会追羊，甚至发生祸事，这样一来，狗就会挨枪子。无论何时，牧羊人都有保护羊群的合法权利。遇上无赖狗，我们有权利，也有义务射击。若让警察处理，他们也会让你开枪。

两年前，我正在放牧一群怀孕的母羊，忽见在云雾缭绕的山头，几只羊在羊群里打转转，情况不妙。风里传来了一两声汪汪的叫声。我赶紧跑上山坡，发现附近无人照看。天灰蒙蒙的，下着雨，还刮着风。我穿着塑料雨衣往上跑，雨衣下摆拖在地上。我刚跑到山坡下面的树林里，一只羊就冲出灌木丛，朝我跑来，趴在我的脚边，它身后几码之外，追来两只杰克罗素梗犬。狗虽小，但是已经热血沸腾。它们没有注意到我，直接扑到母羊身上，撕扯耳朵，弄得鲜血淋漓。我一把抓住它们的脖子，将它们拽下来。它们还在龇牙咧嘴。我很愤怒。天知道山上发生了怎样的屠杀，屠杀又持续了多久。虽然狗大约只有母羊十分之一大，但大小无所谓。即便是一只强壮的羊，若承受的压力超过限度，最终也会累倒在地。

我拉着狗要离开，它们狂吠不已。这时，一个男子从树林里匆匆忙忙跑下来，嘴里满是歉意和愧疚。他以为山是空山，所以将狗放开了。狗开始捕猎羊群，无视他的召唤。我有点犯难，是难上加难。在我看来，那人明摆着不能保证自己的狗不伤害我们的牲畜。若把狗交给他，有可能会再次失控。我想杀掉这两只狗。那人揽了全责，承认是他的错,而非狗之过。我告诉他没什么好说的了。他开始哭着求情,求我放过它们的性命,还抓住我的胳膊,这让我更加愤怒了。我手上沾了血,不知道是我的,还是羊的。说实话,我真想把它们的脑袋磕在石头上。我气到了极点,差点就这么干了。

不过母羊不是我的,所以我对他说,我要把狗带去交给母羊的主人。那个牧羊人是我们的好朋友,他将决定如何处置。我对狗的主人说,我会报警,让他承担后果。

后来,我的火消了,心中起了一丝愧疚,感觉对那人凶了点。听说牧羊人先是一通警告,然后将狗还给了狗的主人。警察则说明了事态的严重性,说他该庆幸,因为狗活着回来了。

我小时候,总觉得父亲和他的同伴处理这种事件的方式过于粗暴。若有人在不该放狗的地方放了狗,他们便破口大骂,以古老的方式训斥。我原本以为,温和地解释一下也就够了。吃一堑,长一智。我尝试过温和友好的方式,结果把自己气得脸色发紫,别人却不管不顾,继续我行我素。所以,现在我也会大喊大叫,让人觉得我这个农民不好惹,只要狗没拴好绳子,我会立马开枪的。

这样管用多了。

回想刚离开学校的那几年时光，四季轮回，大多数日子我跟着父亲干活儿。

一条鳗鱼从泥里滑行而过，回到水中。父亲每从河道中挖出一斗淤泥，都会有大量的鳗鱼跟着出来。他坐在一辆老旧的黄色挖掘机上，是福特牌的。我握着一把铁锹，跳来跳去，四处抓鳗鱼。大多数鳗鱼也就鞋带那么长，最多也就铅笔大小。它们漂洋过海（书上说是马尾藻海，可惜我不知道是哪儿），从上游一路游来，游到这儿，把自己深深地埋在小溪底部的淤泥里。不过现在看来，埋得还是不够深。

有时候，一条较大的鳗鱼会从挖出来的淤泥里翻滚出来。这时父亲叫道："看看这条黑黑的大家伙。抓住它。"

这条鳗鱼足足有三英尺长。它那灰色的眼珠冷漠无情，身体动作像蛇一样强劲有力，我心中一颤，不觉往后缩了两步。它又翻滚到浑浊的水中去了。这里的小溪多得数不清，还有无数条像这样的排水沟。我跟父亲正在清理的这条小溪，从我们家的地里流过，我家草场上的水靠它排走。我们降低地下水位，让草地始终绿草如茵，而不会逐渐变得千疮百孔，到处是水坑。可惜过不了几年，溪流就会淤塞，石子堆入里面。若要保护土地，就得清理。不清理，怎么能成现在这个样子呢？老一辈牧羊人清楚排水沟藏在哪里，并因此而扬扬得意。小溪清理干净后，赤褐色的排水沟也现出原形，开始淌水。有时候，我们把长长的空树干拖来，从中间劈开，放在水中充当排水沟。也有时候，挖出的排水沟是石头砌的，已有好几百年的历史。附近山谷里还有考古遗迹，好几座三千多年前的小农场散布在山谷周围。

※

我跟朋友常常去几英里外的酒馆里鬼混。干傻事挨揍是常有的事。有一次，有人来到酒馆，说十五英里外的山上有雪。我们便驾车前去，装了满满一后备箱的雪回来。等到夜总会关门的时候，我们拿雪球朝人群乱打。一瞬间，大伙都蒙了，天气暖和，城里哪来的雪？接着，态势突变，我们撒腿就跑，一群大个子追来，打定主意要暴揍我们，追着我们满大街跑，跑着逃命。我在房舍中间的小路上往下跑，脑中回想起《猜火车》里伊基·波普的歌声。有个大个儿追着我，双脚在柏油路上啪啪直响。他们没能抓住我。

人们总是会招惹不该招惹的人。我的一个好伙伴常常喝得酩酊大醉，脚都站不稳，我们只好送他去急诊室。护士见他那个样子,不免抱怨起来。大约每个月总有一次,他不是撞上墙,就是撞到其他东西,总之会把脸整得稀巴烂。

记得有一天晚上,我们和一伙人打架。第二天,警察来了,说有个家伙死了。他跟我们打完后又跟另一伙人打,结果送了性命。警察知道不是我们干的,但我们也得做口供。北方的城镇就是这个样子。

某个周六晚上,我从一家炸鱼薯条店出来,和朋友站在巷子里吃东西,看见我认识的一个家伙正在打人,挨打的人似乎已经不省人事了。我们几个把他拉开,挨打的人站起身,踉踉跄跄地回家了。记得当时我感觉很不好,觉得稍有不慎就会出问题。一旦出了问题,我们有人就会被抓,然后关进监狱,一下子全完了。打架斗殴我不擅长。

喝酒打架,到处瞎搞。我能预见我的未来,对它也不抱任何幻想。问题是我不知道该干什么,就连离校后曾有过的乐观精神也不知哪里去了。

有天晚上,我们在开派对。我遇见一位姑娘,名叫海伦。她长着红色的头发,看起来很美。她是我妹妹的朋友。那时我二十一岁,她十八岁。她学习用功,读的书多,知道所有我不了解的事物。她穿戴整洁,很有自信,看到我邋里邋遢的样子,非常不解。在她身边的时候,我才能做回自己,并开始厌倦干别的事情。她相信,只要是我认定的事情,我就一定能做好。这让一切事情都变得可能。

从二十年前我们在一起的那刻起,她激励我,让我全力以赴,过上幸福的生活。她让我超越了自己。

我的突然转变令朋友们大吃一惊。一个优秀的傻瓜就这样走了。若海伦也来镇上的酒馆,我会找个角落跟她聊天,谁也叫不走我。胡闹到此为止。我已改邪归正,不再以搞恶作剧为乐了。

※

在附近的酒馆里,壁炉两边装有书架,上面摆满了书,可惜没人看,权当是墙纸。我若看到感兴趣的,偶尔取下一本,悄悄地问老板能否借给我,并趁大伙不注意,把它塞到夹克里。迷上看书可不算很酷。

一名参加过朝鲜战争的老兵是这里的常客。他是机枪扫射队的一员,他们在屠杀现场度过了黑暗的几个小时。他讲述这些故事的时候,手还在微微地颤抖。

有一天,我从酒馆的书架上取下一本二战回忆录,作者是一名德国战斗机飞行员。奇怪的是,这人曾为"元首"而战,现在竟没有丝毫的悔意。朝鲜战争的老兵看到了，问是什么。他看了看，接着直言，说我们年轻人一无所知，甚至连封面上的飞机叫什么都不知道。我的同伴一脸茫然。老兵打算教教我们。

"梅塞施密特109。"我说。
"什么？"
"梅塞施密特109……我想是一架G2或R2。"

一阵沉默。所有人都惊奇地看着我，怀疑我是瞎编的。然后，他们看着老兵。老兵点了点头，咧开嘴笑了。

过了几周，酒馆里举行了一场智力竞赛。一般情况下，我们不会组队与老师和专业人士组成的队伍抗衡，他们似乎无所不知。我们也就坐着喝喝酒，相互取笑一番，或者打打桌球。当时，一个朋友发现我们能够赢下有关二战的竞猜。大约过了两个小时，我们连连获胜，而基本上只有我一个人在回答问题。我的同伴咧着嘴大笑，抨击酒馆老师，说出的题太过简单。其他队的人以异样的眼光看着我们，搞不明白这些"乡巴佬"何以能赢得酒馆竞猜游戏。最终，在最后一轮常识赛环节，我们以一分之差惜败，答错的那道题我从未听说过，是关于二十世纪六十年代的一个电视节目。

当晚，有个朋友跟我说："你在这里瞎混啥呢……

和我们这群白痴在一起?你该去上大学,干点有智商的事!你比这些老师厉害。你该滚蛋,干一点名堂去!"

我心里很慌,因为我不想与众不同,哪怕仅是一点点。我当然不觉得我比那些人优秀,比他们聪明。这都是小把戏,是一种卖弄,无非是读过几本关于战争的书罢了。可是有时候,当别人对你有了新的认识以后,你就很难再回到过去的自己。

※

事情糟得一塌糊涂。父亲买来一只公羊,我们因它吵翻了天。我讨厌那只羊。事后想来,它并非不好,但在当时,我认为并不是我家需要的品种。它脖子上有一撮黑毛,很不协调。父亲认为那是胎记,不会传给羊羔。我不赞同,我认为未来几年,它会给我家的羊留下很难看的印记。本来可以简简单单地拿几只母羊做个试验,不料它却点燃了我和父亲之间的火药桶。一连几周,我们拳脚相加,恶语相向,相互挑衅,揭彼此的短,在人前较劲。有几次,我真想把他弄死,我肯定他也想弄死我。还有几次,我们相互揪住,拳头乱飞。

我扬言要走,要离开农场。我可以委曲求全,做出让步,但这样解决不了根本问题,我也会看不起我自己。我亲眼看到过一些人，他们本该离开农场，另寻出路，可惜却一直窝在农场。你能看到他们脾气变得暴躁，整日苦不堪言。我恰恰有种预感，自己正在朝那个方向发展。可是我不知道出路在哪里。我连简历是什么都不知道。即使有一份，内容也无非是：普通中等教育证书考试——没努力，不通过；工作经历——在农场。再说了，我身无分文。我连车也没有，住处离最近的镇子也要十五分钟的车程。我想：我最大的优势就是一无所有。

✤

两个妹妹比我聪明得多，都是成绩年年优秀的学生。每次考完试，她俩都会手拿成绩单，登上当地的报纸头条。有时候，我会帮大妹妹做作业。她觉得不可思议，哥哥上学的那会儿考试都不及格，怎么会读过这么多书，知道这么多事情呢。有天晚上，她求我帮她做历史作业。我以为她要去约会，或者有什么急事，才让我代劳。看到我的表现，就像我和她开了个玩笑。我单指在打字机上打字，熬到很晚，才敲完论文。过了几天，论文得到了老师的好评，这可把妹妹给气炸了。老师还对她说，这篇文章比她平时做的高水准作业都强。我笑着对她说，学校就是"一泡尿"。她回应说，事情到此为止，不要再碰她的作业。她明确表示，即便我很聪明，但起码是她还在上学，还能拿到优秀，而我却不能。从那时起，我隐隐约约地觉得，只要我愿意，我也能拿到优秀。

※

两个妹妹并不像我，没有受过"农场教育"。她们虽身在农场，但却没有因此而丧失判断力。她们一直都很时尚，而且"入流"。在一定程度上，这是因为我们周围的观念正在急速变化。我与两个妹妹年龄分别相差四岁和八岁，我们之间的差别也由此而来。还有一点，她们是女孩。在许多农牧民家庭里，女孩子不像男孩子，特立独行一点，也不会觉得不好意思。她们清楚，自己迟早要离开家庭，要么做些别的事情，赢得他人尊重，要么和亲人们一样，嫁给农民，承担家业。农民会因儿子学习不好，返回农场干活儿而骄傲，同样，他们也会因女儿勤奋好学，去更广阔的天地发展而自豪。现在，人们对教育的态度也转变了。如果孩子想继续求学，过别样的生活，许多农民会感到骄傲，或许还有点如释重负。不过在我小时候，可不是这么回事。也就是说，母亲培养我的两个妹妹更多一点，她们也以优异的成绩回报了母亲的付出，她俩的成绩足以让任何父母感到骄傲。她俩考取当地的文法学校，教育经历与我截然不同。我曾是个小混蛋,她们却是出类拔萃的好料。人们很难相信我们生在同一个家庭。

❧

二十一岁那年,我向当地成人教育中心递交申请,打算在晚上学习两年的高中课程①。老师给我打电话说,我连普通中等教育证书都没有,怕跟不上课程。我应该先取得普通中等教育证书,再重新申请。我问他班额满员了没有,他说没有。我求他让我尝试三周,三周后,如果我的能力确实不及,成了累赘,我自愿一走了之,他们也无须退还一年的学费。他闪烁其词,说这不合规矩,但最终还是同意了。于是,干完一天的农活儿后,我跳上父母的车,花费半个小时开去卡莱尔上课,每晚七点上到九点。

第一周,我非常紧张。我告诉自己,一切都在掌控之中,如果不喜欢,可以随时离开。除了家人,我没跟任何人提及这事,同时我让家人保密。我这么做,不为别人,只为自己,只是想向我自己证明:我能行。我讨厌人们说我不行。这一次,老师正好给了我一个挑战。我们班

---

① 高中课程,英文简称 A-Level,全称 General Certificate of Education Advanced Level(英国普通中等教育证书考试高级水平课程),是英国全民课程体系,也是英国学生的大学入学考试课程。

有二十个人，两个老年人因兴趣而来学习，两个小伙为了给简历增色而来，另外还有十五个单身妈妈。当时，有项政策很古怪，说你要么努力找份工作，要么接受教育，获取领救济金的资格。所以，对于靠救济金生活的单身妈妈，一周结伴去大学上一次晚课是惯常做法。她们年轻活泼，爱说爱笑，只要愿意努力或许也很优秀。可惜大多数时候，她们对上课毫无兴趣。我跟她们坐在一起听课，享受着她们带来的欢乐。

辍学以来，我变了。这次坐在教室里，我有了使命感，因为我是自愿来的。这一点就很关键。老师提问，没人反应。后排的女士根本不理。个别认真的学生试着回答，却总是答错。最后，我答出正确答案。只要认真读过书，问题其实不难。说实话，几堂课后，对于有些科目，我觉得自己知道的东西比老师还多。就不同的议题，我知道如何展开学术讨论。老师好就好在他总是鼓励我这么干。三周后，我询问老师我是否能跟上课程，他让我别装傻了，我的课程全是 A 等。每周下课后，他开始问我问题。为什么我没拿到普通中等教育证书？我读什么书？我目前在干什么？我想不想上大学？我有没有想过申请去牛津大学或剑桥大学？我对最后一个问题一笑置之，"绝不可能，我讨厌当学生"。确实如此。

我从没想过我能上大学。我认识的几个上过大学的人，回来以后也没见变得有多聪明。他们回来后，反倒显得一无是处，而且与家庭格格不入。这个问题让我有些犯难，尽管我真的不想去任何地方，但是如果老师都认为我是读书的料，那么这就等于说我还有选择的余地。我也需要这种选择。读书并获得好成绩成了一种逃避现实的手段，在这件事情上，我可以掌控一切。我正在打开一个更加广阔的世界。在那里，我可以在更大程度上塑造自己的命运，这种程度我从没领略过。只要我多读书，肯下功夫，能迅速悟透事情，或者比别人写得好，比别人说得有理。有段时间，我觉得这种新认识带来的自由令人心潮澎湃，通体舒畅。我觉得，有一技之长，而且与家庭和农场无关，也与除我之外的任何人无关，真是美事一件。

我还有个小难题，不会写字。

上学的那阵子，我的字一直写得不好。离开学校后的九年时光，我也不需要写字。唯一需要书写的地方，无外乎是记录羊数，写一些简短的便条，而且我全用大写字母。因此，我在夜校学习高中课程期间，每周的作业全用打字机处理。我单指敲上去，最后上交整洁干净的A4纸给老师。接着就是当头一棒！离考试不到一个月时间，我突然意识到答案要用手写到试卷上,还不能用大写字母。海伦给我做了一次考前测试,看我能否手写文章。

半个小时后,我扔下试卷冲出房间。我的字几乎难以辨认。更糟糕的是我很难握住笔,所有的注意力都集中于书写上,便忘了思考要写什么。最可怕的是,我越想写好,笔握得越紧,情况就越糟糕,最后,手都痉挛了,全身冒汗,大脑一片空白。我惊慌失措,羞愧难当。答案全知道,可就是写不下来,你说这到底算哪号白痴?

海伦给我买了学写字的童书。当时我倔着脾气,不想领情,但是后来还是照着练习,最终能写出别人可以辨认的字来。然而即使到了今天,若别人让我手写六个以上的单词,我都会冒一身冷汗。

刚不上学的那几年,我观察过来我们村买房子的职业人士。这些人一周挣的钱比我几个月挣的还多,而且似乎只有受过教育,才能进入他们的圈子。于是我暗下决心,要进入他们的圈子。我要把自己卖到一个我并不喜欢的世界去。我想明白了,若要做牛马,也得当个高级别的。我决定要做些自己真心不想做的事。我要申请上大学,看看能不能进入牛津。如果能,我会考虑去上学;如果不能,从此便断了念想。我努力了几个月,一门课已经通过,其他的考了一半,有位老师还准备写一份热情洋溢的推荐信,说我是一名有缺陷的天才,值得再给一次机会。

✿

我没去过牛津,也没去过其他类似的地方。光想想我或许能进这个学校,就觉得十分好笑。

不过,面试就像做了个梦。我坐在一群无精打采的教授面前,他们例行公事,联合起来"审问"我。若我才十八岁,肯定已经吓蔫了。不过我已经二十岁出头,对于不大在乎的事,便能轻松应对。于是,我与其中一位教授争辩了起来,逗乐了另外几个教授。我喜欢辩论,也深谙此道。他扯得太远,说了些蠢话,我便取笑他,说他偏题太远。面试时间到了,我走出房间时朝他们笑了笑,似乎想说:"哼,我可以辩一整天呢。"

他们都回以微笑。我知道自己被录取了。

✿

我们在羊圈里干活儿,为拍卖会选羊羔。我们把大拇指和食指伸进羊毛里,捏羊的后背,试探背部膘肉的厚度。挑选膘肥体壮的羊是一门艺术。我们把肉多的羊拉到另一个圈里。

我问父亲该不该去上学。他说我必须去,没有我,家里也会好好的。"也许还能更好。"他笑着又补了一句。他还说我随时可以回家。

这件事似乎消除了我们之间的怨气。一切都复归平静。一周前，我们还曾斗得你死我活，现在，他又成了我的父亲。我不再是他的威胁，他也似乎明白了，我即将要驶入未知的水域。我想他也很内疚。他能感觉到，我不是有多想去上大学，只是因为我们不能和平相处，所以才要离家出走。那天晚上，他卖完羊回到家里，兴致似乎很高。我上大学的事，外面已经传得沸沸扬扬，他的朋友戏谑他，说我遗传了我母亲的智商。

一时之间，在镇上各个酒馆里，我成了"劳工阶层的小英雄"。我有个朋友叫大卫，他家在我家头顶的一个村里放牧。我把这事说给他后，他看着我，好像我是个疯子，然后非常诚挚地回应说，他们一定是写错了，因为我跟他一样是个白痴。那些能记起我的同学完全无法相信这是真的。中产阶级的女孩一反常态，之前认为我一文不值，现在突然对我有了兴趣。这把我跟我的朋友都逗笑了，有个朋友说我应当照单全收，来者不拒。我笑了。事实上，我已经找到了我愿厮守终生的女孩。

※

来到牛津大学大约过了十天，我才知道人们如何交流。传达室里放着信箱，上面有名字，所有的便条都留在那里。我的箱子里塞满了纸条，是历史老师写的，他越来越失望，问我为什么不来参加启动会。天哪！该死！我以为这里悠游自在，没人管束。最后一张纸条大致是说，如果我还不尽快出现，他们将认定我缺课，并采取相应的措施。显然，我已经缺席了社交酒会、迎新会、图书馆系统介绍会，以及其他有助于学习生活的活动。于是，我去见教授，跟他说了实情。还有人居然能蠢到那个地步？他虽然有点恼火，但还是让我去图书馆，准备在两三天内完成一篇论文。我急忙赶往博德利图书馆，结果呢，我需要的书已经被别的同学借走了。

一般情况下，每周都有一两次单独辅导，可以与教授面对面交流。你得提前两天提交上周布置的论文。老师给你一张书单，书名能占满半边A4纸，有二十多本。你的任务便是阅读指定的书目，以及其他相关书籍，消化吸收以后开始写文章，把你的独到见解和清晰的论证展示出来。第一次拿到书单的时候，我有点茫然，便问教授，一周读二十本书，还要写论文，这怎么可能？他给我使了个眼色，似乎在说："只管去做！"不久后，习惯成自然，我要么老老实实做完所有作业，要么做一部分，只要下周不至于一问三不知便可。前三周，我只拿到二级一等成绩，在我看来，这个成绩就等于是 B 等。我问教授，为什么我不是一等成绩。他给我说成绩已经很好了，不过我应当保持自我，不要模仿别人。之前，我从未意识到"保持自我"会是我潜在的优势。此刻，我恍然大悟。牛津大学的老师见多了名校来的优等生，都厌倦了。带点北方气质，与众不同，便是我最大的优势，让我引人注目。我会做优等生不会做的事，就凭这一点，我比他们强多了。

我坐在一位教授身旁。他问我在家时的基本情况，我如实地告诉了他。我常讲他们爱听的事，把自己说得神乎其神。在申请表上，我填的是"湖区山里的石墙匠人"。因此，在接下来的三年时间里，每次谈话都会扯上一个主题——从每天在山里劳动到升入牛津大学是多大的改变啊！那晚，我跟教授谈得很愉快，最后他说："哦，我想你会怀念的。"我对他说，我的思念从未停止，我会回去的。他似乎被我搞糊涂了。

教授问我对其他同学的看法，我也如实回答。他们都挺优秀，唯独有一点就是千人一面。他们从来没有失败过,也从没当过无名小辈,所以他们总是争先恐后地表达观点,而且总认为自己是对的。然而,大多数人体验到的生活并非如此。他问我,这该怎么办。我告诉他,答案就是派他们全部出去工作一年,让他们干一些毫无出路的工作,比如去鸡肉加工场,或者去开拖拉机拉粪便。这比间隔年①去秘鲁更有效。教授笑了,他觉得我的答案太幽默了。其实,我这么说并非想搞笑。

※

起初,我在牛津大学不太适应。以前,哪有这么多的闲日子,每天醒来也从不迷茫。现在早上醒来,生物钟告诉我该干活儿了,可是没有人,也没有牛羊需要我。在茫茫人海中,我就像一座孤岛。我真的不喜欢这种自由,感觉空虚无聊,毫无意义。最后,我成了笼中的老虎,不停地从笼子的一头走到另一头。每天早上,我匆匆穿好衣服,"假装去牧羊",其实是在牛津的公园周围散几英里步。我穿过草坪,也会途经小马嬉戏的围场,在校园里溜达一两个来回,好像我的身心都需要把这里当成我的农

---

① 间隔年,指西方国家的青年在升学或毕业后工作之前,休的一年假期,用于实习或旅游。

场，把散步当成我的农活儿。早上八点左右，我走回来时，校园里依然不见人影。我给家里打去电话，他们都很恼火，因为大家都在忙里忙外，没工夫瞎扯。

家人虽然不说，但我清楚，我不在家，他们定会更加劳累，尤其是母亲。这让我羞愧难当。我下定决心，毕业的时候要拿最好的成绩，不然我会让所有人失望。于是，我每天一大早就去图书馆，一直学习到晚上图书馆闭馆。我努力搞懂所学的科目，有朝一日，若父亲和朋友问起我学的是啥，也好给他们做一番解释。

偶尔，透过图书馆窗户的阳光会让我陷入沉思。我知道自己本该在外面的阳光里。我觉得我好像已经把自己与所有喜欢的事物剥离了。

过了第一学年，海伦也来到牛津。她烤好面包，拿到一家咖啡店和一家农家小店出售，以此维持我俩的生活。她让我当副手。早上，咖啡店和农家小店一开门，蛋糕就需要第一时间送到。因此，所有的东西都要在前一天晚上准备好。还有一个难题，我们的厨房太小。我俩在校园里租的小公寓，厨房仅有六英尺长，四英尺宽。如此一来，整个公寓全被占了，到处都是盘子，里面放着柠檬汁、巧克力方块蛋糕、燕麦甜饼和维多利亚海绵蛋糕。海伦厨艺精湛，但我就不行，只会洗洗涮涮，按她的指示搅拌食材，或者把做好的蛋糕搬到车上。刚开始，卖蛋糕也只是小打小闹。过了几周，订单越来越大，我们不得不加班到深夜。桌子和沙发上全放着纸箱子，里面装着烤盘烤出的大蛋糕，一些小点心则塞在空书架上，甚至连床上都放着几盒。

我们吵架吵得很凶，不是因为我没能按吩咐行事，就是因为可怜的小烤炉把蛋糕烤煳了，再就是因为我往车上搬东西时，把蛋糕掉在地上。好在我们当时是一起努力的。如今，已经过去好多年了，每当谈起过去为了赚钱谋生而干的各种傻事的时候，我们总会相视而笑。我觉得那是一段美妙的时光。那时候，我们一起筑牢了我们的生活基础，没有过多其他人事的干扰。后来，我们结婚了，回到农场，也有了孩子。当然了，这时的干扰就多了，生活不再仅仅是我们的，而是跟周围的人和事纠缠在一起。不过我们的生活根基相当牢固。

离开农场，开启了新的生活。然而，最不可思议的却是从离开的那一刻起，我一直在往回走。我很快意识到，新的生活留给我大把的自由时间——周末、假期和晚上。你无须一直待在学校或办公室里。在牛津大学，一个学期是八周，三个学期总共二十四周。我猛地反应过来，自己至少能在家待半年。有时候，甚至在学期中途，我也可以回家待半周。长此以往，我便没能在牛津大学结交到太多朋友。同时，我也与大多数同学关系疏远。不过，我并没有为此而伤脑筋。

我穿着靴子，锯末淹过脚面。我和其他牧羊人挤在一起站在羊圈里。母羊暂时被关在里面，随时准备送往拍卖台。在羊圈里，我们还可以用最后一点时间查看羊群。往拍卖台上每赶去一批羊，我若想买，目光便一直跟着，不然就把目光转到过道里，等待下一批羊走过来。前一天深夜，我刚从牛津回到家。在那里待了一月有余，回家后感觉有点别扭，似乎在这片热土上，我现在成了过客，不再是其中的一分子。我第一次认识到，我们的归属感无外乎置身事内。我们之所以属于这片土地，是因为我们从事这里的工作。因此，我老早就起身去放羊。半个小时的劳作，又让我重新获得了那种归属感，仿佛褪去了伪装。草上的露水很重，或者说是"霜"很厚，羊的后背染得晶莹透亮。等我回家吃早餐时，靴子全湿透了。我们驱车前往伊顿谷，一路秋色正好，寒气逼人。阳光如烟似雾，停在山谷中歇息，等过了午后，才会缓缓爬上长长的山坡。淡淡的晨光中，长满青苔的石头闪着银光。血红色的蔷薇果，东一个，西一个，挂得满树篱都是。清晨的第一缕炊烟，又从农舍的烟囱中飘起。

想到在新的生活中，自己将再也体会不到日月交替，四季流转，我便心痛起来。离开的这一个月，农场变化很大。各种小变化我已经习以为常，与此相比，这次感受到的变化的确不小。这里的秋天来得快。树叶和小草渐渐褪去生命，一天比一天枯萎。绿色的土地变成了褐色。山上的石楠最后也变成了赤褐色，宛若红隼的翅膀。

一群群母羊从过道走来，走向乱哄哄的拍卖台。越往里走，吸引的目光越多。我们站在过道的最里头，对它们逐一查看。在这次拍卖会上，我们要买一些山地农场的"退役羊"回去，然后配出"混种"羊羔出售。和祖父一样，父亲经常去逛小拍卖场的拍卖会，比如蒂斯河谷米德尔顿和柯克比·斯蒂芬。我们要买的是母羊，原先生活在奔宁山脉一带，现在要卖到海拔更低、条件略有改善的地区生活。拍卖场周围的田野和街道上，路虎和货车横七竖八，停得到处都是。在你眼前，更有一家三代走上街头的景象，他们一起去参加拍卖会。身材矮小的山区老人弯腰弓背，两腿外翻，高大健硕的孙子走在两侧，比祖父高出两英寸多。依照惯例，这天要盛装出行。祖父常常会上下打量我一番，确保我穿戴得体。他穿粗花呢西服，打好领带，并把皮鞋擦亮。若我在套头衫下穿了衬衫，打了领结，则可以配一条牛仔裤出发。

我摸摸羊背，就能掂量出羊的状况，瞅一眼毛色、毛量、腿和头，羊的好坏便了然于胸。要查看牙口，得抓一只来，把下嘴唇扒开看。羊的牙只长在下颚上。牙齿能说明很多东西。羊羔长的是乳牙，又小又尖，像针一样，满一岁时，中央的两颗乳牙将换成大白牙。一年以后，紧挨着中央的两颗换成恒牙。再过一年，满嘴的牙就都换了，像一排白色的波特兰石墓碑，紧密地排在一起。随着年龄增大，牙齿逐渐变长，并开始老化，中间现出缝隙，慢慢变得松动，最后掉落。羊即使没了牙齿，也可以吃草，只是终有一天，等牙口完全"坏了"，就只有遭罪的份，身体也不复往日。母羊"坏了牙口"，便不能自力更生，不能生产，只能当作肉羊卖掉。

像今天这样的拍卖日，我负责查看母羊的牙口。父亲教我看牙口教了好多年，后来，他总算觉得我可以出师了。现在，我说什么，他就信什么。他坐在拍卖台对面，那里可以看见羊群，想买的时候随时出个价。因为年龄，母羊的牙齿一般都长齐了。在很大程度上，我们对羊的价值判断就是根据牙齿对年龄和寿命做出评估。"牙口好"，母羊还能养三年，"牙口不好"，撑死只能养一年。就那一天，我要看好几百只羊。父亲在拍卖台对面看着我，点头示意，问台上的羊牙口好不好，要不要买。我微微一笑，或者眨个眼，他将明白台上的羊还很壮实，如果价格合理，他会买一些。我略微摇摇头，或者转个身，就是告诉他不要买。单只羊的差价可以高达二十英镑,大型农场每年秋季要卖出几百只羊,因此,牙口这种小事不可小觑。

在拍卖会场,许多放牧的朋友看到我了。他们并不知道我在读大学。我没跟他们提这事。有些知道的人则注视着我,看我是不是已经不适应这里了。一两个家伙不确定我是否变了,便说道:"我以为你……",然后发现我还是我,便跟我谈论起羊来。

羊群若久负盛名,退下来的母羊也是抢手货。它们虽不复盛年,但仍有可能孕育出优秀的后代。它们或许只能活两三年,有的可能会超过五六年,在这段时间,它们产下的羊羔可能比你原有的母羊产下的优秀。因此,任何真心开始培育山地羊种的人,获得最佳血统的机会着实有限。在一群好羊中,把盛年"储备羊"卖出的情况极其少见。

所以,通常而言,这种拍卖会上出售的都是普通羊,实际上是当作商品卖出的。好多羊被买去繁殖肉羊,但也有一些品质较高的羊,引发了激烈的竞争,带给主人莫大的荣耀。出售的实际上都是山地羊群中年龄最大的母羊,或者不生育的。山地羊群就像一条传送带,每年秋季,把最老的(五到六岁)从最顶端送走,把自家新培育的年轻母羊(两岁)推到底部,代替老羊的位置。每年,牧民卖掉老羊,换来新羊,羊群得以更新换代。

山地农场有一点很奇特,除了主人和邻近的牧民以外，很少有人目睹过农场里最好的母羊。

在秋季拍卖会上，牧民拿这些退下来的母羊较劲，以期获得最高的售价，享受这种荣誉。虽然它们算不上最好的羊，但销售价值却不可低估，它们是我们年收入的一大部分来源，同时也是羊群品质的代言人。如果牙口不好，又老又弱，那么整个羊群的品质就会遭到质疑。如果它们依然健壮，牙口也好，"一直很皮实"，那么整个羊群就会令其他牧民羡慕。有些老牧民说，要真正断定一只公羊的价值，得等到六七年以后，等到它生的母羊可以当"退役羊"出售。

男男女女把拍卖台围得严严实实，眼睛都盯着台上的羊。如果上台的羊值得关注，众人的目光都会投过去。我们的朋友莱特福特一家正赶着十几只最好的母羊走来，在羊毛的映衬下，黑白相间的头部和腿部光彩照人。莱特福特家是牧羊世家，他家的羊，培育历史之久尽人皆知。人们念出这群优质羊的名字时，总是满怀敬意。遇上这样的羊，无论是展出，还是交易，人们都会非常敬重，常常花数个小时，把它们打扮得好看一点——给它们洗澡，用泥炭打记号，把黑白相间的鼻子和腿洗干净，用镊子拔出散乱的或白或黑的杂毛。长相耐看、履历突出的羊，每只可以卖到三百英镑，普通羊只能卖到一百英镑。人们谈起最好的母羊，口气都很亲切："这个老姑娘可不一般，她给我生的一只公羊，去年卖了三千英镑。"这些羊习惯了山地牧场，而现在却不再上山，因此，在低地圈起来的草地上，人们放牧它们时便十分小心。

父亲手里握着一把镶有白手柄的肉锯，这种锯子通常是屠夫锯骨头用的。在羊圈的一角，我抓着一只非常雄健的公羊，它的屁股夹在墙脚处。我用膝盖顶在羊胸前，使劲把羊头从我身边扭过来，露出羊角，方便父亲锯掉。羊生气了，用身体往前顶，每顶一下，都推着我们后退几英寸。我奋力压制，尽可能让它不要乱动。羊每扭动一下，父亲都会诅咒一番。

斯瓦尔代尔公羊长着像菊石一样的弯角，在发育停止以前，能盘一圈甚至两圈。到了秋季，如果两只公羊相互起了敌意，它们便后退几步拉开架势，然后低下头猛冲过去，撞出剧烈的声响，就像两块巨石磕上了。这时候，你会发现其中一只静静地躺在地上，一动不动，没了性命，原来是脖子撞断了。多数斯瓦尔代尔公羊的羊角弯曲没有危险，不会伤及眼睛或者头部，可以放任不管。可是有一些羊角却不一样，它会折断，会绕错方向，会戳进肉里，会长得太快。羊角长得过快，会把大量的苍蝇、蚊虫招来，使根部的状况更加糟糕。

因此，有些羊角需要我们"校正"，有些羊角需要我们保持警惕。有时候，我们只好把靠近头部的那部分锯掉，防止戳进肉里。我们偶尔也会把羊角"加热"，然后折端正，让它朝不会造成伤害的方向生长。我们甚至动用了专门的设备，每天紧一点螺丝，给羊角间的链条缓缓施压，把羊角慢慢拉离头部，最后能自然地正常生长。如果羊角贴头太近，两相权衡，只好全部截掉。有时候会带点血，不过很快就会止住，最终，羊获得了安全。

公羊老了或者死后，人们会取下羊角，漆好油漆，做成弯弯的手柄，装在牧羊杖上。手柄与榛木棍衔接得天衣无缝。过去，人们不会浪费任何东西。在羊角手柄上，有些老牧民或村民会雕刻精致的羊头，或是牧羊犬的头，以此来装饰牧羊杖。最精美的手杖从不用来干活儿，只是为了炫耀。在拍卖会场，我挥舞着牧羊杖，希望引起公羊的注意，有时候也会在它的鼻子底下轻轻地拨弄，让它抬头，显出精气神来。

在农场，牧羊杖一如既往地必不可少，它是胳膊的延伸，帮助人们捉羊。羊比人跑得快，但只要你别靠得太近，威胁到它们的安全，它们就不会跑开。牧羊杖在这时候就能发挥作用，可以用它钩住羊脖子。冬季，几乎天天用到牧羊杖。到了春季，母羊开始生产，需要定时捉住母羊，一天能用好几次牧羊杖。干我们这行，还要随身携带一个药箱，备好各种医疗器具和药水，比如青霉素、紫色的足部喷雾、修足剪、复合维生素、剪刀、针头和注射器、打虫药和驱除蚊蝇的药水。

我两岁的儿子伊萨克也知道，有了牧羊杖才是真正的牧羊人。他也有一根牧羊杖，是一名出色的牧羊人兼牧羊杖匠人做的。在每年秋季的拍卖会场，拍卖商售卖的少量牧羊杖全是这位牧羊人的杰作，人们争着抢着要买走。这些手杖都很精致，深受人们喜爱，有些镶着羊角曲柄，显得古朴典雅；有些曲柄是木头做的，造型不一。这位匠人已经制作并销售出了好几百根手杖。

一次，我有事去拜访这位老牧羊人，跟他谈谈羊的买卖。我把儿子放在儿童座椅上，一路翻山越岭，来到朗格代尔。大约一个小时后，我们把车开进一座美丽如画的老式农舍的院子里，儿子也睡醒了。老人领着我们来到厨房里，接下来，他给我看他做的手杖，一共有好几十根。有些整整齐齐地摆在那里，等待拿去出售，有些倒挂在黑橡木房梁上晾油漆。他对我说，他的牧羊犬在山上很能干，从厨房的餐桌旁派出去，可以把房后峭壁间的羊赶回来。狗去山上的石崖间赶羊，他则可以继续吃早餐。

老牧羊人以自己做的手杖而自豪，他也理应感到骄傲。我问他是不是跟他父亲学的，他说不是，是自学成才。他带我走到外面，看了畜棚里的工作室，里面放着各种各样的半成品。成捆的榛木或山毛榉杆靠在工作台上。台钳里夹着他正在加工的手杖，看上去十分美观。他跟我说，他正在曲羊角，因为弯度不好看。我说这样就挺好，很有特点。他说这根棍子算我的了。过了几周，这根牧羊杖来到我手里，油漆上得很漂亮，也没有之前那么弯曲，因为老人不想留瑕疵。接着，他又给我一根专为伊萨克做的儿童手杖，曲柄是半弯的羊角，高度正适合他站着拄上去。

母亲弯着腰，坐在畜棚里的木椅上，正对着羊脸，眼镜搭在鼻梁上，像在费力地阅读一本小字书。我们正在为拍卖做准备，一只斯瓦尔代尔羊被紧紧地关在板条箱里，羊头固定在上面。让羊站定不动很简单，只要用一根绳子从头后面牢牢地托起下巴，羊挣扎几下，就站着不动了，任由我们处置。母亲手中拿着一把镊子，是女士用来修眉的那种，正在给一只公羊"美容"。把羊脸上的杂毛拔净，黑白搭配会更加显眼。

在斯瓦尔代尔羊的脸部，毛色搭配形成的图案可以非常美丽，只是这种造型可遇而不可求。因此，大家都会做点手脚，拔掉杂毛来凸显造型。在英格兰北部的畜棚里，饲养斯瓦尔代尔羊的牧民，人人都这么干。我认识一个牧民，他曾经为了修好一只羊，足足花了四十多个小时拔毛。我没等他说完，就笑了，说他简直是疯了。他回答说："哈，也许吧！你该亲眼看看，拔完毛后真的漂亮极了。在那年夏天的所有展会上，它都得了奖。"

阳光照亮了母亲的发丝。她一直都是我家最有耐心、最仔细的那一个人，所以，这类奇葩工作就由她来干。让父亲干这种事，不到二十分钟他就没了耐心。虽然我们一直都做这种琐碎的事情，但是，从大学回来以后，我看待它们的视角变新了，便觉得我比往日更喜欢干这类事情。相比以前，我现在更加清楚，正是因为这些小事，我们才与众不同。

我突然间发现，因为我是牛津大学的学生，只要回到家里，就会收到各种邀请，不是去村里的"读书俱乐部"，就是参加各种晚宴，路上遇到的人，也想跟我聊时事。

有时候，我跟朋友外出会遇到这种人，他们无视我的朋友，径直朝我走来，聊起与牛津大学相关的话题，我的朋友只能陪着笑笑。我被重新划定为"聪明人"，对此，我一点都不舒服，因为这样一来，我一直怀疑的许多事情就等于得到了我的认可。

深秋的露水把草地染成了银色，羊群跑过，抖落露珠，草又变成了绿色。空气中寒气逼人。我们在羊圈里忙活。父亲的狗麦克趴在门边，头从木门底下伸进来，渴望到我们干活儿的地方来。可以这么说，把公羊跟母羊配对，是牧羊人一年当中最重要的工作。这项任务相当复杂，要挑选出特征互补的羊，尝试培育出最优质的羊羔。我们一边打量着眼前羊圈里的母羊，一边在大脑中不停地思索，回忆去年秋季，哪些母羊跟哪些公羊配对最成功，并琢磨哪些可以跟今年秋季新买的公羊配对。

配对前一周，母羊的尾巴尖要剪毛，这样公羊更容易让它们受孕。想象一下，就像脱掉了毛茸茸的衬裤。接下来，我们给羊浸洗、驱虫、补充矿物质、注射预防肝吸虫病的药剂。如果你愿意，还要做一次孕前检查。我们现在要做的事情就是保证母羊跟合适的公羊配对，这样才会有两种结果：一是怀上小羊；二是怀上合适的公羊的小羊，明年春天产下最好的羊羔。我们把配对称为"让公羊放松"。简而言之，就是把一只或几只公羊跟一群母羊放在一起。交配完，母羊五个月后生产。

就这么简单。但你若想培育出高质量的羊羔卖给别人，同时，还要保持优质羊群的特征和品质，那么整个事情就变得复杂多了。有时候，作家提到我们做的事情，会说我们"有手艺"。他们这么说是出于敬意，也是一种恭维，好像我们是手艺人，但我并不喜欢这种说法。

我常常从牛津大学回来，匆匆地在家住几日，帮着干几天活儿。有一次，我回来帮着配种。我忽然觉得，这比我前几周在学校做的任何事情都费脑筋。配种关乎判断，既要想得周到，还要行得果断。我每次回家，都会遭遇尴尬，需要几分钟的适应时间。或许，我是在胡思乱想，想上一周在学校学到的东西，或者想给父亲说些刚学到的新鲜事，猛地回过神来，发现自己笨手笨脚，捉不住羊，父亲瞪着我，仿佛在说："你到家了，专心干活儿，不然就滚蛋。"我这才把另一个我忘掉，迅速回归自我，就像从来没有离开过一样。牧羊人并不笨。我们只是调在另一个频道而已。

母羊从我们身边跑过，个个膘肥体健。自从把羊羔丢下，它们已经休息了八到十周，现在身体恢复了，变得又肥又壮，准备过冬。去年，因为配种，我和父亲还不断起争执。现在，我们都变了。如果我们意见不合，我会更加尊重父亲。我越显谦让，父亲越愿意听从我的意见。父亲买的那只斯瓦尔代尔公羊，配出的羊羔虽然毛色好看，但是体形太小，因此，我们挑选体形高大的母羊跟它配对。为了防止近亲繁殖，我们把与老公羊有关系的母羊全挑出来，跟新公羊搭配。

我们对每一只母羊都掌握得清清楚楚，知道它们的血统和成长经历，也知道今年生的羊羔长啥模样，有可能连去年的羊羔也还记得。我离开的几周时间并没有改变这一点，因为，它们出生的时候我在，生产羊羔的时候我也在，另外，我还回家帮着剪过羊毛，许多羊都是我剪的。偶尔有一两只我们都对不上号的，只好对照父亲的旧记事本查看耳标。不一会儿，父亲高声欢呼道："它是那只我从杰奥夫·马尔伍德那里买来的母羊生的。我怎么忘记了呢？把它跟那只从尤班克买的大公羊放在一起。"

过去，祖父知道每一只羊的趣闻逸事，经常讲给我们听。说哪只羊在哪里产了羊羔，羊羔卖了多少钱，都快把我们听疯了。如今，父亲跟我轮流评论，并做出判断。我们要把今天做出的判断记住一年以上，然后相互提醒，什么地方出错了（什么地方又是对的）。

有时候，产下好羊也是运气，是某次意外配对的结果。

在一般情况下，牧羊人脑中都有计划。直到现在，我还养着一只很棒的赫德维克老公羊，因为它为我配出了非常杰出的羊羔。它老了，配十只母羊就够了，不然会把它累死。前一年，我最好的一只母羊跟它交配后，生下的公羊羔我卖了好价钱，卖了一千九百英镑。于是，这次配对时，我找到那只母羊，又把它和那只公羊配在一起。越过年到了春季，母羊产下的羊羔非常俊美，我前所未见。到了冬季，公羊老死了。幸好在我的羊群中，它的儿子还能继续传递血脉。

三年前，我的好友安东尼·哈特利出于好意，让我带五只母羊去跟他家的公羊交配，这是因为我非常喜欢那只公羊，而他却不想卖。我仔细挑选了五只母羊。那一小时工作或许是我做得最棒的一次。过了两年，我开始卖它们的后代，第一只公羊卖了五千五百几尼[①]，第二只两千几尼，第三只九百五十几尼。有一只母羊现在是我的参展羊，给我赢来的奖杯多得数不清，放满了壁炉台。不过，跟所有人一样，我们也有许多不成功的配对，生下的羊羔普普通通。自始至终，在农牧生活中，小小的进步就很了不起，因为这背后的失败难以计数。

每只公羊配一群母羊。花了一两个小时，我们才把母羊分好。接下来，我们把公羊放到母羊群里。它们有的昂

---

① 几尼，英国旧时货币单位，1几尼等于21先令等于1.05英镑。

首阔步，有的用头撞大门，有的奋力跺着前脚，都知道将要发生什么事。过去几周，它们体内的荷尔蒙一直在飙升，鬃毛全竖起来了。从去年的圣诞节开始，它们一直没有任务，除了在川地牧场或谷底的草地上吃喝睡斗，享受生活外，再没干过任何事情。它们会怒气冲冲地互相顶角，或是跳到对方身上。每只公羊的胸前都涂了醒目的油性颜料，只要它爬上母羊的身体，就会在母羊身后留下鲜亮的印记。

母羊的发情期为十六七天。发情期过后，我们更换公羊身上的颜料，以此来判断交配过的母羊怀孕了没有。如果母羊身上添了新标记，表明它们又发情了。我们这么做，是为了弄清楚公羊有没有生育问题，同时，在来年春季，我们也清楚母羊是在哪个发情期怀上的小羊。公羊往往立马就能找到发情的母羊。它趴在母羊身上，一直不下来，似乎过了好长时间。我在脑子里做了记录，因为再过五个月，这只母羊将会第一个生产。

我们沿着不同的道路把羊群赶到不同的草场。母羊飞奔而过，公羊穷追不舍。有时候，公羊按捺不住性子，在母羊奔跑时就扑到它背上去了。田野里，母羊低着头吃草，公羊开始逐个检查，闻它们的尾巴，偶尔踢一下，试探是怀孕了，还是在发情。公羊把头伸向空中，像一头壮鹿，闻着各种雌性激素。我们天天查看羊群，三天两头抓住公羊，把它们胸前的油漆重新涂好。倘若我们对公羊的生育能力和积极性起了疑心,便会另换一只试试。无论如何,第二年春天都要产下羊羔。

我们让母羊和公羊一起待六周左右,公羊涂三轮颜色,分别是红、蓝、绿。等到我们把公羊拉出来的时候,它们已经精疲力竭,看上去半死不活的样子,亟须疗养。小公羊能配十五到二十只母羊,最好的大公羊能配一百多只母羊。在二十英亩大的草地上,六周时间,要让那么多母羊怀上小羊,公羊一天要围着草地转好几圈,鲜有时间吃草。因此,它们才会精疲力竭,体重骤降。它们的精力全用完了,等我们拉它们出来的时候,它们也没怎么反抗。它们也许明白,这个交配季结束了。

这年秋季,正当我们在羊圈里把母羊分类,配公羊时,我最好的母羊站起腰身,像一尊雕像竖在我们面前,似乎在提醒我们,它才是老大。最好的羊有一种优越感,这只母羊似乎知道自己是明星。在我卖掉的羊羔当中,它的儿子是最好的一只,我或许再也不会卖出那么好的羊羔了,它保持着一岁赫德维克公羊的销售纪录。

斯坦利·杰克逊来自波罗代尔,是一名德高望重的牧羊人。他盯着我的羊羔看,几乎盯了一整天。我知道我的羊能卖个好价钱。那天，我去埃斯克代尔参加展销会，那可是"赫德维克羊的盛会"。包括我在内，所有人都把羊洗漱一番，精心打扮后才送上展台。斯坦利把车停在我的羊圈外，趴在篱笆上观看。他偶尔侧过头，从另一个角度仔细查看我那只公羊。我问他在干什么？他回答说："挑毛病。"我笑着问他："有吗？"他说："目前没有，我还没看完呢。"结果，我的另一只羊赢得了比赛，而斯坦利看上的那只连三、四名的奖章都没捞到。他挥了挥手，表示不大赞同这个结果，似乎获不获奖都无所谓。斯坦利的结论跟我上一年冬天在家的判断是一样的。它真是一只好公羊，可遇而不可求。

不论是参加秋季的展览会还是拍卖会，展出都需要手艺。即使有手艺，也得承认羊不会一直都处在最佳状态。聪明的牧羊人往往先把羊藏起来，不让人们挑刺，等一切就绪，才带出来接受评判。帕特代尔和埃斯克代尔的两个展会都是传统盛会，从古至今，牧民到这两个地方较量，看谁家的羊是最好的，在帕特代尔能赢得地区桂冠，在埃斯克代尔则能赢得整个湖区的最高荣誉。这两次盛会不开始，我最好的羊的面纱不会揭开。

谷底的一块草地暂时变作秀场。到了午前，羊圈里全是参展的羊，整整两排，用围栏彼此分开。各种小帐篷被风吹得呼呼作响。秀场对面还有其他活动，有人在训练牧羊犬，有人在评比牧羊杖。不过，最重要的事情是给羊圈里的羊打分。这一天结束时，啤酒帐篷里充满了欢声笑语，获胜者要用奖金给所有人买啤酒。奖金虽少，但也没人在意。好多年来，在赫德维克羊展会上，安东尼·哈特利一直蝉联冠军，不过我们也有人一直在努力，不让他轻易获胜。那一年，虽然他的母羊也很漂亮，但是我的羊击败了他的羊，赢得了"最佳母羊"和"最佳储备羊"两项大奖。

展览会为接下来的拍卖会点燃了激情。秋季的公羊拍卖会就是我们这里的麦加盛会。赫德维克羊的两个主要卖场在弗内斯半岛的布劳顿和科克茅斯，斯瓦尔代尔羊则在柯可比·斯蒂芬和霍斯两个地方拍卖。整个地区沉浸在欢乐和期待的氛围中。虽然这两种羊主要生长在北方，但是来这里的养羊人遍布全国，所以，我们才会成群结队地赶往这些小拍卖场。

拍卖会开始的前一周，我们给参会的公羊报名，获得相应数量的羊圈。拍卖顺序由抽签决定，从理论上讲，获得最佳拍卖位置的机会是均等的。卖得太早，"交易可能还很谨慎"，就有一定的劣势。太迟也不利，卖家可能已经买到了心仪的羊群。最棒的羊会激起人们的兴趣和热议，若抽签抽到它们中间，则可以蹭蹭热度。我抽到的签差点就是最后一位，我的羊要是顶尖的牧羊人不想要，就几乎等于完蛋了。但如果他们想要，就又成了优势。等了一整天，等到我上台的那一刻，全都坐不住了，因为所有的替代品都已经成交。

售前评比拉开了拍卖会的序幕。养羊人用绳子拴住各自的公羊，有的赶着走进评比场，有的是推搡着挤进去的。大家都想方设法让自家的羊站直腰身，尽量昂首挺胸，看起来格外健硕。最理想的效果就是那种傲视群雄的感觉，给人君临天下的印象，就像《角斗士》中的罗素·克劳[①]。

好几百牧民在围观，把羊圈围了一圈又一圈，里三层，外三层，拥挤不堪。要想看清楚，得爬到后面的羊圈上。哪一只好呢？人人都有自己的看法，才不管评委们考不考虑自己的意见。这时的看法可不容小觑，稍后到了拍卖场，它们有可能就变成了出价。大约过了半个小时，最好的六七只羊被牵到另一块小场地，其他的则各自散去。我的羊没得到荣誉，返回来了。对此，我一点都不惊讶，我知道那两个评委人虽好，但他们跟我的品位不大一样。

---

① 罗素·克劳，一九六四年四月七日出生于新西兰惠灵顿，演员、导演、制片人。

我把我最好的羊往回牵,有个朋友说:"别担心,那家伙会比获奖的那几只卖的钱多。"

最后,选出的羊依次排成队,戴上了获胜者的花环。对于大多数人而言,赢得售前评比是千载难逢的事,有些人甚至只能白日做梦。不过,也有牧羊人,家里的羊群本来就不错,公羊获奖便是家常便饭。

这天余下的时间全在拍卖,大型的斯瓦尔代尔公羊拍卖会能持续三天。几百牧民在几百个羊圈里穿梭,寻找合适的公羊,羊的特征要么是自己欣赏的,要么是出于需要。羊圈中间的过道里挤满了人,大家摩肩接踵,在人缝里穿行。所有人都牢牢地握着一本拍卖记录,遇上中意的,便弄清楚它们的血统和拍卖顺序。那天大多数时候,我旁边的养羊人都孤零零地站着,他的羊已经过时,几乎无人问津。这是一所"残酷的学校",没有一点人情味。对于他的羊,好多人只是隔着羊圈扫视一下就转身离去了。

有些人的羊,多年以来为买家配出的都是好种,名声自然就大,从早到晚,羊圈里人潮不断。公羊要经受全身检查。把稻草扯出来看脚,检查牙口,扒开看羊毛,用手指戳到毛里面检查身体。耳朵的颜色也要查看,头上的毛要用手指试试软硬。这里的所有人都是鉴定羊和血统的专家。最好的牧羊人跟踪血统跟踪了几十年,天黑以后,他们常常仔细阅读有关羊群的书籍,上面有详细的谱系记录,还有入冬以来注册登记过的公羊信息。

"它父亲是谁?"
"它母亲是谁?""它祖母是谁?"
"它是古老的盖茨加斯公羊的后代吗?"

在某种程度上,这种刨根问底最终成了一时的兴致,成了一种风尚。男女老少全在谈论他们看到的情况,谈他们喜欢的羊。有些羊还会引发激烈的争论。

"可惜太矮了……"
"不,那公羊糟糕透顶……"
"我认为脖子上的毛太脏了……"
"不,那是我见过的最好的羊。肯定能卖上大价钱。"

这个世界,众说纷纭,究竟孰好孰坏,孰是孰非,时间是最好的证明。我最好的公羊就像马麦酱①,人们对它的评价褒贬不一。有些牧羊人认为它的毛色太暗,有些却觉

---

① 马麦酱,号称国外的"老干妈",是一种黏稠状、深棕色并且有鲜明特色风味的酱,由酿酒时提取的酵母沉淀物以秘方制造。有人说它的味道跟牛肉汁差不多,也有人说它闻起来就像臭鞋底。有人爱它爱得要死,甚至拿它做婚礼主题,有人则避之不及,尊称它为生化武器。

得那样正好。

那天下午，我老早就花了四千六百几尼买下冠军羊，由此还引起了一阵骚动，有人甚至怀疑我脑子是否正常。我喜欢新买的羊，但我更爱我要出售的那只，不过刚买的是新血统，而且很有特点。此时，海伦就在高处，坐在拍卖台后方的座位上。我能感觉到她正愤怒地盯着我，我没敢抬头。拍卖热热闹闹地持续了一下午，接近尾声的时候，拍卖台开始变空。热闹似乎在渐渐散去，时间也不早了。我排队等着，心里捏了一把汗。等我走近拍卖台，看到有些出众的牧民一直在等我的羊，心里这才踏实多了。我的羊还没上台，就引起了一阵喧哗。我敬重的一个老牧民跟我说，他好些年没见过这么好的公羊。斯坦利站在拍卖台对面，看上去很紧张。我知道他想要。可惜一转眼就卖出去了，还创造了最高的拍卖价格，五千五百几尼。再说，它卖到最优秀的羊群里去了，农场名叫特纳·霍尔。在那里，它能得到很好的照顾，也有机会和最好的母羊生育后代。拍卖会过后的几周时间，我每天都想见它，这感觉就像墙上曾经挂着一幅凡·高的画，现在却不见了。

只有通过育种协会检验的公羊才有资格参与拍卖。有时候，父亲为斯瓦尔代尔羊协会做检验，我为赫德维克羊协会服务。检验就是确保不遗漏任何缺陷。大家都清楚，每只公羊都要有一对睾丸，完好的牙口，健壮的腿脚，适宜的毛色。稍有自尊的养羊人，不会把劣等羊送到检验员面前。检验的重点主要落在相对细微的问题上。

"很抱歉，有一点点龅牙……我们只能不予通过……"
"它是只好羊，不过你看，腿有点歪。我想我们不能让它通过……抱歉，伙计。"

当一名检验员，需要有亨利·基辛格的外交手腕。不让羊通过会得罪养羊人，从而断绝了往后给他卖羊的可能性。但放过有缺陷的羊，大概率会暴露出来，之后到了拍卖场，也会引起别人的注意。检验就是为了保护买家的利益。买家知道担负使命的人已经验过羊群，所以他们理应可以放心出价。有时候，检验员只能按照固定的套路演一出滑稽剧。他们指出一个缺陷，然后表现出很难为情的样子，像服务员一样问几个问题。养羊人常常会主动解围，不让他们为难……"别担心，它有问题。我没想到会有这么严重。打下来吧，你只能这么做。"

检验员不再觉得尴尬，把不合格的羊打下去，又继续检验其他羊。

假如我的生命只剩几日,我想花一天时间查看赫德维克公羊。车拉着检验员在湖区的山沟里穿行,去各家各户的农舍。美丽精致的农舍全以石头搭建而成,有些坐落在山崖底下,四周围着石墙。界墙绵延数里,沿山坡而去,把谷底割成了一块块草场,形状各异。每到达一个农场,这里的"联络员"都会给你讲述这个农场和家庭的过往,好让你对眼前的人和地有一定的认识。

"这里也曾是最好的赫德维克羊农场……我父亲说这么好的羊找不到第二群……可惜儿子不中用……他走后,国家信托基金会从南边派来一个蠢货,把羊糟蹋了……不过还有一些好公羊……新来的家伙正在扭转局面……听说这次他有一只好货。"

每一个农场都有自己的传说,但是仅仅保留在别的农民和牧民的记忆中。就连单块草地或一点点公地都有名字。这里的大多数人我们其实早就认识,只是先前没有机会去他们家的农场。检查结果可能会让秋季的销售化作泡影,人们都很紧张。然而我们每到一处都能受到欢迎。全家人出门迎接,跟我们问好。家家户户,几乎无一例外,都问我们要不要先喝杯茶,吃点蛋糕,再带我们去看羊。羊就关在院子里。从毕翠克丝·波特在这里买下土地到现在,这里的院落没有什么大的变化。铁门因经常使用而磨得发亮,木围栏十分光滑,上面常常染着公羊的红颜料。

在我们面前,十几只赫德维克公羊赫然站立(有时候会更多)。它们的责任是把自身的雄性气质传给后代,因此,身上的任何柔弱特征都会让人皱眉,包括站得像只母羊。站要站得四平八稳,按我们的说法就是"一腿站一角",像一个结实的橡木方桌镶着四根粗壮的腿。在夏日的阳光下,白色的脑袋闪闪发亮。半数羊的角弯弯曲曲,非常有力,能撞伤腿脚。有些羊没有角,称作"骟羊"。头部和腿部的白色也有影响,暗一点,灰一点,或者有大片的黑色斑点,都会令人不满。看看前腿弯曲处的白净程度,你就能知道它的血统到底好不好。这些羊剪完毛才几周时间,灰白强悍的身体显得膘肥肉厚,体形修长,健壮有力。

"他家有没有真正的好羊?我要先于别人把它抓在手里。"这是我以检验员的身份走进羊圈时想到的第一件事情。(老实说,这也是所有人想到的事。)我注意的细节很多,都很具体,像体形、健康状况、警觉性、灵活性、腿脚、毛色和牙口。羊不具备这些特征,就没法在山地农场生活。然而,羊跟艺术品差不多,也是文化的产物。因此,我也注意羊群的品相和特性,以及出色的种群特征,比如耳朵有多白。虽然白耳朵并不能帮羊群熬过严冬，但是对养羊人却有好处，产下的羊羔可以卖给有眼力的牧羊人。长此以往，这些细微的审美特征会逐渐成为优良品种的标志。

我确切地知道完美的赫德维克羊长啥样，它一直在我脑中昂首阔步。拿我的真羊跟它逐一比对，差得多远就会一清二楚，我的羊总是差得太远太远。

检验结束后，我们检验员便和牧民聊起公羊的培育问题，有时候也会谈其他与放牧有关的话题，比如干草收拾好了没有。接着动身前往下一家农场。我们一天大约走访十五个农场，查验上百只羊。查完整个养羊区大约需要十天。检验员常常轮流干活儿，每人一天。对于一些特定的问题，检验员的评判是否前后一致，人们常常争得无休无止。好比足球裁判，他们的吹罚要接受审查，却一直得不到尊重。

我住在伦敦牛津街附近一栋大楼的四楼。早上五点半从公寓出发赶火车，回到家就到晚上十点了。我的工作间长约四英尺，宽约三英尺。苹果电脑上方的架子直抵天花板，放着各种文件，还放着上一个租客丢弃的东西。离我最近的窗户大约在十二英尺开外,不过也无所谓,因为透过窗户,只能看到邻近楼房的后墙。就算到了楼下,也看不到任何绿色的植物,广场上只有一棵病恹恹的小树。

我尽管没有工作经验,却依然当起了助理编辑。在牛津大学学习了一两个学期后,我意识到要想找到那种待遇优厚的工作,我得先有工作经验。我认为自己是下一个海明威,便有了当记者的想法。我向众多杂志社申请实习机会,可惜只有一家回复了我。他们打电话叫我去伦敦和编辑面谈。

一开始并不顺利。刚到那儿要使用对讲系统,我不知道该怎样操作,跟楼上的人通话时,一直按着蜂鸣器没松手。他们很生气,让我放手,不要再按了。对讲系统一开启,整个办公室就嗡嗡作响,只要按住开关不放,就会一直响下去。我到了楼上,所有人都从电脑背后盯着我看,笑容里夹杂着一丝得意。编辑倒非常友好,似乎看出了我的窘态,对我非常客气,同意给我一次机会。(几星期后)我按约定的日期前来实习,在门廊处和一个男人擦肩而过,他腋下夹着一个纸箱子,正要匆匆离开大楼,看上去神情慌乱。我走进办公室,工作人员让我坐在工作间等待。我等了大约三个小时。

编辑总算从她的办公室里出来了,把几张带了批注的A4纸扔给我,说:"校对一下。"

"可是……"

"抱歉,我没时间闲扯……照做。"

我觉得奇怪,她竟然没认出我。过了半个小时,我把稿子交还给她。她正在打电话,随手接过稿子,紧张地示意我保持安静。接着,她又另给我一份稿子,上面也带了批注。第一天的工作结束后,我离开时感觉晕头转向,彻底蒙了。

接下来的几天,我逐渐学了一点东西,尤其重要的是,助理编辑有特有的书写语言,我竭尽所能学习它们。这里营造出的氛围我从来没有体验过,令人发狂。手头的活儿干完后,常常有好几个小时没有人告诉我接下来该干什么。主编或其他工作人员挥手让我到一边等着。到了午餐时间,我便坐在广场周围的长椅上,看着一群群漂亮的女孩从附近的时尚杂志社和时装店里蜂拥而出,不免发出一阵惊叹。

大约过了两周,主编召见我。杂志已经付梓,工作的气氛也变了。她问我拿多少薪水。我回答说一分不拿,我是实习生,没有人说给我工资。她有点吃惊,说我做的是助理编辑的工作,两周前,助理编辑被炒了鱿鱼。她说的正是我第一天遇见的那个夹着纸箱子离开的人。

她让我整个假期都别走,第二年暑假也过来工作。那一年暑假是我唯一一次不在农场度过的暑假,也是我人生中最怪异的几周。

我在伦敦没有熟人,也从没想过住在伦敦。这不是我的生活应有的样子,可惜我别无选择。这仿佛诸神显灵,让我亲眼看到了众生的生活是多么艰辛,也让我明白了自己抛在身后的又是什么。我第一次理解了人们为何要逃往湖区这样的地方。我也一下子明白了国家公园的意义。有了公园,一直过这种生活的人就有了逃逸的地方,可以去吹吹风,晒晒太阳。

我发誓,下个暑假一定要待在家里。我如愿以偿,不过实际情形却出人意料。二零零一年,口蹄疫暴发了。

从我家放牧母羊和羊羔的草山一直往上,到目能所及的地方,焚烧羊、牛、猪的柴堆冒着浓烟,像一个个高塔。大地笼罩在灰色的烟雾中,阵风刮过,吹来的气味令人作呕,有尸体烤煳的味儿,也有充分燃烧产生的化学气味。好几个星期,我们都罩在烟雾中。还没遭受病毒袭击的牧民也是坐以待毙,眼看就要遭殃。疫情传播刚开始,政府的反应太慢,完全不清楚在我们农牧地区,牲畜在乡间是任意穿行的(并且一直都是如此)。现在,我们的土地上疫情肆虐。电视新闻报出了一张疫情扩散图,一个丑陋的灰斑似乎覆盖了我的整个宇宙。最终确定的解决方案是清理掉某些区域的牲畜，这样才能控制住疫情。最先清理的是羊群，牛群先关到过冬的牛棚里。

正是生产时节，他们来收集羊。我们把怀着羊羔的母羊赶上大货车，一些刚生下的羊羔也赶上去了。我从没做过如此有悖良心的事，这跟我受过的教育完全背道而驰。

派来做补偿估价的拍卖师哭着说："造孽啊，杀死这么好的种羊。"好多羊是我祖父二十世纪四十年代买来的优良品种的后代。六十年的辛劳在两个小时内化作乌有。

后来，牛也染了病，一名警局来的狙击手把它们枪杀在草地上。他用来复枪，一枪杀一头，到后来，村里的草地成了战争片里的场景。村民站在边上观看，个个难以置信。我家邻居手握猎枪，站在他家的地沿上，时刻准备着，若有牲口想跳跃围栏，给他"没染病"的牛群传染，便会开枪射击。他道歉说，他也没办法，他得保护他家的牲畜。我给他说，我能理解，遇上我，我也会那么做。整个事情惨不忍睹，父亲什么都不想管，便走进房间，留下我在乱局中料理。我感到恶心、羞愧。有一刻，我感到这不是真的，问身边的人："这是真的吗？"他们说："我想是的。"

一切都结束了，屠杀完了，人也都散了，我怀着难以置信的心情踏着夕阳的光辉在农场漫步。这晚，落日的余晖泛着桃红，英国的乡野美不胜收。然而，草地上到处都是死去的牛，红的、白的、黑的，全东倒西歪，躺在地上，平静得有点异常。我认识它们，所以说，这种感觉就像看着老友死去。落日照在上面，现出各种奇怪的阴影，我理解不了怎么会这样。这是一场梦，是一场电影。农场寂静得可怕，我们从未体验过这种情形。第二天，人们用挖掘机把鼓胀的尸体像垃圾一样装上货车，运到数里以外，填进一个大坑。看着这一切，父亲脸上挂着的全是厌恶。

最后一车运走后，我走进牲畜棚，坐在暗处，避开所有人，开始抱头痛哭。

这时，农场空了。没了牲畜，不用操心了，我们反而不知道该干什么。我等着听父亲起床穿衣，可是现在起来又能干什么？我们的牛羊全死了。有人给我们的生活按下了"暂停"键，我们不知道会不会有人给我们重新按一下"开始"键。

这次疫情期间，山上最后遭到清理的一批农场中就有我家的山地农场。要是疫情再往西扩散一点，就会传到湖区的山地牧场。那是公共牧地，没有围栏，若果真如此，会造成古老的山地土羊大量死亡。世界上百分之九十五的赫德维克羊生活在柯尼斯顿方圆二十英里内，极有可能惨遭灭绝。不幸的是，城里的政府根本不懂这一点。在他们眼中，羊就是羊，农场就是农场。他们一点都没看清楚，某些珍稀物种正处于灭绝的边缘。

我们常常受制于人，我们的命运掌握在顾客、超市老板和官僚手中。所幸，绝大多数山地羊逃过此劫，只有低地越冬草地上的部分羊羔刚好处在屠杀区内，被抓去清理了。许多品种优良的牛群和羊群被毁，好在没有全军覆没。

那年暑假，我一直在家。家里雇了我的伙伴和表亲来帮忙，一群人用高压水枪清洗农场。尽管任务繁重，我们还是把农场洗得一尘不染，达到了政府巡查员的要求。农场上没了牲畜，人与物都变得怪怪的。你熟知的人，一生都在不停歇地劳碌，突然间，手里无事可做了。农场干干净净，令人不安，让人平白无故联想到诊所和死亡。

酒馆和餐馆也都遭殃了。那年暑假，因为人们以为所有的地方都关了，所以游客没来。另外，给牲畜估价之后，政府会给予补偿，但估价的拍卖师不尽相同，有的估得高些，有的低些，因此还引起了一些冲突。人们感觉受骗了。有些牧民，家里的牲畜没有染病，没有得到补偿。或许，他们的经济损失才最惨重。好几个月时间，买卖处于冻结状态，牲畜卖不掉，开销又不断增加，而且还没处来钱。

不过，并非一切都不好。在这种困境中，某种团队精神就会焕发出生机，不然，几十年来，我家农场也不会有这么多人。一旦过了难关，大家协同干活儿就有了无穷的乐趣，干完活儿踢踢足球，晚上则去泡泡酒馆。

接下来的几个月，父母的决定非常明智，他们放弃了租来的农场，并在一年后搬离（因为自从缴付了租金以来，这几年一直在赔钱）。他俩在镇子附近买了一处住房，从远处经营祖父的土地。我们保留了山地农场，静看事态如何发展。这次，我跟父亲一起干了好几个月的活儿。

离开农场理应让你开启另一种生活，但离开农场反倒让我意识到农场是我生命的起点，也是终点。在祖父的一块草地上，远处有一间孤零零的牲畜棚。小时候，我跟祖父站在里面，他对我说将来有一天，我应当把棚改建成一所房子，在那块草地上生活。此刻，这一想法浮现在我的脑海。那是我的目标，是我清晨想到的第一件事，也是夜晚想到的最后一件事。正如一则笑话所说：这无关生死，却比生死更重要。

※

后来，所有的农场同时要补充牲畜，牲畜价格因此飞涨。我家相对保守，该补充哪种羊，我们拿捏不准，只好从简·威尔逊家买了几只赫德维克老母羊。它们刚到我家草地的时候全都老弱疲惫，后来逐渐好转，这让我们惊讶不已。有一天，我们在羊圈里忙活，简过来跟我们说事。她说有些母羊完全可以生育"纯种羊"，用不着去跟其他羊杂交生育肉羊。于是，她给我家拉来一只赫德维克公羊让我们配种。羊虽老，却依然健壮。简一向令人敬畏，我们就按她的吩咐做了。到了第二年春季，我们家生了第一批赫德维克羊羔。那些老母羊就是我家现有羊群的鼻祖，有两只结果还是非常棒的育种母羊。第一批羊羔长大后，有一只还获得了本地羊展会的冠军。它给了我培育赫德维克羊的兴趣。有一天，我对父亲说："我想养赫德维克羊。"他微微一笑，然后答应了。自此之后，我们各自专攻不同的羊种。如今，在我的羊群中，就有那几只老母羊的孙女和曾孙女。我现在的放牧生活在那令人痛心的数月时间里得以重生，而在当时，似乎一切都完了。

关于住在乡野？
我打个哈欠；那个台阶，
你看——
无须仰视——埃文斯
在去庄稼地的路上，去地里锄
甜菜
一行上去，又一行下来。你不
必惊讶
他脑中想啥，无事
挂他心头；脑叶
已经正式失业。微薄的救济金
是路人的恩赐
他们呼他先生，他们读出问题
的答案，因他说话
结结巴巴，眼中透露出
宁静。我要对他们说
生活在乡野，安静
让人失聪，美景
不再稀奇，只有咖嗒
的缓缓脚步沿着长路
清晨出发，傍晚归来。

——R.S. 托马斯
《乡野》
见《青春和暮年》(一九七二年)

冬

我还没看到它，它就先发现了我。那是一只粗脖子小渡鸦，黑得像煤炭，刚才在啄食死羊肉，吃饱了腆着肚子，丝毫没有害怕的意思。渡鸦靠死去的家禽为生，冷酷无情，高傲自大，有时候，却漂亮得令人咋舌。

我正在查看耳标做记录。在一本污迹斑斑的笔记本上，我写下"15547，死了，肺炎"。

从墙脚过来的时候，要是我手里拿杆火枪，渡鸦早飞过界墙溜到树上去了，落在我打不到的地方，嘴里还"呱……呱"地叫着，声音沙哑，很得意的样子。如今，我手里只有一支圆珠笔，它显然毫不在意。风吹过，那厚厚的颈羽，外黑内白，乱蓬蓬地竖着。这贪婪的家伙。这亢奋的家伙。起飞的时候，它好像肚子里有一块石头，腐肉吃多了，胀昏了头。

我家羊的伤亡情况并不乐观，因为生死之事本就很残酷。冬季容易死羊。两只母羊年龄太大，熬不过冬，肚皮鼓胀，双眼深陷，躺在院子里。它们旁边倒着一只小雌狐，雌狐面目狰狞，咧嘴獠牙，肚子上豁着一道口子，内脏几乎全翻在外面。

在牛棚的瓦楞顶上，那只渡鸦跳来跳去，身上乌黑的羽毛很厚实，一举一动都表示自己饱餐过了。最后，它费劲地挥动翅膀，飞入黑暗中去了。

总有这样的时刻，本就已不堪重负，坏消息却接二连三，无情地笼罩在头顶。

这两只死羊中，有一只非比寻常，是我最好的羊。它是羊群的女头领。去年冬天羊群遇险，正是它领着大家逃出了雪堆。

雪。牧羊人害怕下厚雪，害怕刮大风，非常讨厌这两件事。下了大雪，羊会丧命。厚雪把羊埋在底下，把草地遮盖，羊要生存，只能更加依靠主人。别人的快乐成了我们的痛苦。雪仗、雪人和雪橇，我们都避之不及。下点小雪倒无所谓，只需给羊喂一些干草，它们轻轻松松就把寒冷扛过去了。最要命的是狂风加暴雪，不仅能夺走羊的性命，也能轻易让人丧命。你在清理完积雪之后，如果见过墙后面躺着的死羊，或者目睹过死在出生地的羊羔，你就不会如此天真地喜欢下雪了。不过，害怕归害怕，憎恶归憎恶，下雪后，山谷的确很美。白雪皑皑，万物沉寂，冷酷无情。所有的嘈杂都被遮盖，只有溪流的呜咽声，好似风的低鸣，比往常略微低沉些。没了嘈杂，不用睁眼我就知道下大雪了。心里的闹钟嘀嗒响起,提醒我清点完羊群喂了草,我的工作才能结束。

我走出房门,宛如踏入了勃鲁盖尔①的油画,画中画的是白雪和乌鸦。长满荆棘的堤坝和橡树如黑色的珊瑚,挺立在皑皑白雪中,格外醒目。我精神抖擞,感觉自己不可或缺。我要做最好的自己,跟眼前的一切搏斗,不然牲畜就会挨饿。雪下得很大,很快就积了厚厚的一层。在大雪中,我骑着四轮摩托车给羊群运送干草,很快变成了一身白。沿路而上,白色的雪花纷纷扬扬,像无数的鹅绒从天而降,在我身上越积越厚,把我覆盖了。一些雪落在我脸上,滑进我暖暖的眼窝,瞬间消融,模糊了我的视线。一片雪花飞落在我的舌尖上,轻盈柔软,丰腴甘甜,仿佛是雪神赐予我的圣餐。摩托车的轮胎发出嘎吱嘎吱的声响,路面上的积雪被轧实了。

我推开农场大门,门楣上蓬蓬松松积了一层三英寸厚的雪。我要喂的第一群羊在远处的峡谷里,它们的母亲和

---

① 勃鲁盖尔(1525—1569),尼德兰画家,画作多反映农村生活、田园风景,画风具有强烈的尼德兰民间绘画特色。

祖母教它们去那里躲避风雪。山地羊有第六感,能感知领地上的气候变化。我发现它们躲在欧洲赤松林里,安然无恙,有四十英尺高的树为它们遮风挡雪。年纪最大的羊把它们带到这里,若有小羊试图带领大家走向险境,无论如何,老羊都岿然不动。羊群听从老羊的指令。它们清楚,待在这里安全,即使大雪持续多日,也有丛生草吃,不至于饿死。这块地方几乎就是一个畜棚,没有风,倒有溪流可以饮水。小溪从山坡流下,穿过峡谷而去。

我把救急的干草从路边扔下去,它们便聚在周围,大口大口地吃草。看到它们个个满嘴干草,我才松了口气。只要有地方避风,有干草吃,羊在这里就能存活好多天。我清点羊数,发现少了两只。这时,它俩突然从高处跌跌撞撞地跑下来吃草。我松了口气。原来它俩到雪中找鲜草去了。现在好了,有这些干草,它们就可以熬过这场大雪。

可惜我还有其他羊群要喂,没时间在这里欣赏雪景。雪依然很大,山谷变了样子。

❋

大地银装素裹,远处的路上悄无声息,整个山谷变空了。山谷与世隔绝。我听见父亲在山坡底下呼喊羊群,他在那里喂草。不久，扫雪机就会派上用场，不过到我们这里，也要在一周以后，它们先要在高速公路和镇上作业。我开始担忧高地远处的羊群，要是雪一直这么大，我拿不定能不能走到它们身边（何况困难不只是如何到达那里）。

肚子里有了好料，才能抵御风雪。我要尽快给它们送去。四轮摩托车在雪里吃力地滑行，偶尔滑到路边上。我驶过村落，好多从镇里回来的人，因为大雪，正把汽车往行车道上推，他们要去上班。我驶入一条通往高处的小路，可是雪已经冻硬成了冰，我无法上去，只好掉头，决定走另一条路，因此就得穿过一两块草地。我超过我的邻居，他也在做同样的事情。他看见我了，也知道我要去哪儿，向我微微点头示意。这个小小的动作或许能救我的性命，因为别人不知道我去了什么地方。

雪越积越厚，我需要集中注意力，不然会撞上埋在雪中的东西：水槽、树枝或者石头。不一会儿，我到了羊群本该聚集的那块草地，但我看不见羊群。它们一定是躲在某堵墙的背后。门口的路面很滑，摩托车无法驶过。我得找到它们。距离虽不远，但在雪地里负重跋涉算得上一项壮举。富劳斯跟着我，在厚厚的雪中跳跃前进，好像踏浪而行。它清楚我们的任务，比我先到墙边。它跑到积雪上面，查看墙后的情况，又回过头，迫不及待地等我赶来。我们很快就找到了一部分羊。它们全身盖着雪，脸也白了。它们看到我，友善的黑眼睛似乎露出了喜悦的神色。羊毛护着暖和的身体，把冰冷的雪隔在外面。它们冲到我身边，开始吃草。我要清点数量，却很难数清楚，因为羊不断从四面八方踏雪赶来，不容易得到一个像样的数字。有些羊不见了，可能少了十几只。我进退两难……如果我在雪地待的时间更长，摩托车会困在路上，各种麻烦也将随之而来。最后，我可能无法回去，喂不了其他羊。正在这时，它们在茫茫白色中现出身来。

我不喜欢这场雪，堆积得太快了。我打算把羊赶下山，去有遮蔽的地方。事不宜迟，我赶着它们在雪中前行，可是它们总想着往回走。我只好从兜里拿出一个空麻布饲料袋，诱使它们跟着我走。如果能走到坡下几百码处的一块新草地，就有了一个庇护所。我滑了一下，屁股着地，但还是站了起来。在厚厚的积雪中，我艰难跋涉。羊群似乎理解我的苦心，这让我感到欣慰。

最好的那只羊踏着我的脚印，紧跟着我。它生育的后代，个个都是一等品，提高了我的羊群质量。不论何时，它都能意识到自己的重要价值。它年轻时就被带去参展，多年后，人们来农场参观时，它已经懂得展示自己。它的站姿优雅，如同一尊雕像。夏季，它领着羊群下山，跳过小溪，所有的羊都跟着它一跃而起。这家伙老谋深算，知道我正领着它们脱离危险。

羊群排成一队跟在我后面,我让富劳斯断后。我身上冒汗,手脚却冻僵了。稍后,我还要返回去,在狂风肆虐的草地上,把摩托车从另一个方向开下山。我们来到一条门道,积雪齐腰,更糟糕的是,风还在不停地把雪从其他地方吹来。虽然过了这个坎儿,羊就安全了,但是我不能把它们留在这条巷道。于是,我踏进雪中,雪几乎淹没了我的胸口。我不知道这样做到底好不好,反正老母羊已经跟着我的脚步来了。其他羊看着老母羊,犹豫着要不要跟过来。这时,它的一个女儿跟来了。羊群全聚集在我走出的那条白色小过道的另一头。我继续前行,每一步都深陷到底。我踩在一块石头上,栽了个跟头。老母羊上来,从我腿上走过去,其余八十只羊也跟着过去了。它们跋涉下山,奔向目标而去,去了雪不那么深的地方。在那里,我会给它们喂干草。现在无论发生什么事,羊群都能承受。这里没了肆虐的狂风,相对安全。富劳斯过来,舔着我的脸,它知道在今天这场大风雪中,我需要它。

最终,我把摩托车从雪地里开出来,回到家里。双手已经僵硬,我急匆匆地跑向热水龙头。房门口积了少量的雪,我推门进去,雪便散落在厨房的地面上。孩子们很高兴不用去上学，想坐雪橇，求我带他们去。我叹息一声。

海伦责怪我把地面弄脏了。我把发生的一切都告诉了她，她打趣我太爱那只老母羊。她把老母羊称为"羊后"。接着，她看到我受冻严重，又开始忙作一团。

冬季就是把肿得像猪蹄一样的手指，颤颤巍巍地伸到热水龙头下面解冻，那种钻心的疼痛让我大喊大叫，乱骂一通，却没人理会。冬季就是镜子里充血的眼睛，我刚刚用手指把里面的草籽拨弄出来。冬季就是打在脸上的雪花和冰雹，我迎风驾驶四轮摩托车，雪花和雨点变成完美的速度曲线，恰似《星球大战》中的场景——你轻踩油门，星星被甩在身后。冬季就是我眼前父亲流着雨水的脖子，我们正一起抓一只生病的母羊。大风中，羊群死死地啃住干草，生怕狂风把它们的口粮吹走。死羊羔倒在地上，生命还没开始就被夺走。冬季就是甘草架和树木被吹倒、被撕裂、被粉碎。

冬季太过难熬。

不过，冬季也有晴空万里的日子，那时一切安好。草场干了，羊群悠闲自在，吃饱干草后躺着晒太阳。我们一边干活儿，一边享受山谷和野生动物的美丽。冬季也可以很美。

见微知著，那些不起眼的东西让冬季显得更加特别。蓝蓝的天空中透着霜气，一群群大雁从高空飞过。渡鸦在空中嬉戏，翻来覆去，像从山上飘落的一条黑色丝带。破晓时分，狐狸悄悄地溜过铺满霜冻的草地。野兔瞪着水汪汪的黑色大眼睛，注视着你。

※

第二天，我返回去找寻羊群。它们埋在墙背后的积雪里。羊毛上坠满了雪球，它们不堪重负，好在全都安然无恙。比起山上的积雪，这里就不算什么了。我把干草扔给它们，清点了数目，全都没事。

这次暴风雪，我们一只羊都没损失。但是在接下来的几周，我们的损失比以往要多。羊群消耗太多，几周以后到了生产时节，代价便显现出来。我们认识的牧民，有数百只羊长时间被埋在雪里，几十只因此而丧命。我家邻居用拖拉机和装载机清理路面，足足花了一周时间才走到自家羊跟前。在威尔士、爱尔兰和马恩岛，情况更糟。

过了一两周，在邻近的山谷，人们发现了十八只马鹿尸体，横七竖八地冻僵在一起。它们为了躲避暴风雪，从山上逃下来，藏身在格雷崖下。积雪从它们藏身的墙后掉落下来，把它们埋了。它们脚下光秃秃的，满是粪便。它们死在了饥寒交迫中。等积雪融化后，我们的一个牧民朋友才看到它们。

此刻，我在大英博物馆里正透过玻璃，盯着一件鹿角雕刻品出神。这根鹿角是某只驯鹿的，至少在一万三千年前，它还在河里游泳。我完全被迷住了。它让我想起一些动物，这种动物经常被这里的牧羊人雕刻在牧羊杖手柄上。十九世纪六十年代，人们在比利牛斯山脉修建铁路，他们经过一处岩壁时发现了这个雕刻品。这让我很惊讶，因为它表明，"北方"一直在偏移。曾经，北方离南方也不过几百英里。这件雕刻品成型的那会儿，我们这里还覆盖着冰川。这小小的鹿角雕品很是精致，让我仿佛看到了夏季来北方牧羊的人们，他们在像我们这里一样的草地上放牧。他们这个民族举止优雅，懂得审美，看到美的事物，或许也会驻足欣赏。正是这个民族赋予了动物特别的意义。

狩猎采摘部族漂泊不定，随着冰川消退，他们追随成群结队的野生动物来到苔原地带，即现在我们这里。假如在一万六千年前，你能从国际空间站这样的地方俯瞰欧洲西北部，然后把地球史快进，你就能看清冰川的消退，像白色的浪潮，潮起潮落，从原先死死占据的地方逐渐向北撤退。在岁月的长河中，领地慢慢失去，"北方"慢慢向北极靠近。你同样会看到，大部分海洋被巨大的冰原包围，海平面比今天低很多。欧洲西北部的这个小角落只是陆地的一小部分。

从冰川深处一路南下，各种景观移步换形。你会看到荒凉的冻土、辽阔的草原，然后是离冰川最远的大森林。冰层消退后露出了崭新的土地，冰天雪地中无法存活的物种开始生长。树木也逐渐向北延伸，不知不觉间，一片两千多英尺的树林出现在山坡上。随着冰层消退，首先到来的是苔原动物，然后是森林动物，像驯鹿、狼和熊。冰层过后的数千年时间，这儿为数不多的人并不以畜牧耕种为生，而靠狩猎与采摘果腹。接下来有一段时期（大约在四五千年以前），他们的生活一半靠耕牧，一半靠打猎采摘。再到大约三千年前，他们似乎成了完全意义上的农牧民。虽然他们的生命与我的不大相同，但是我依然能感觉到一种亲近。随后的数个世纪，一波又一波人前来入侵，不过都没成功。一千年前，畜牧耕种似乎成了常态。在此之后，规模变了，但是农牧业的基本结构却依然如故。现在的景象，与华兹华斯游历过的相比，没有什么两样。

虽然没有人可以断言，但是有人认为，在英格兰形成的"历史"浪潮中，山地人民恪守传统，一往无前。有时候，我似乎觉得，冰川消融，北方的浪潮在后退，把我们留在山里，在南方"文明"日益侵蚀的大洋中，成了小小的孤岛。

我向农场走去，从三百码外就发现老母羊病了。它看上去不大正常。积雪融化后的几周，它一直状态不错。可是现在却无精打采，一只耳朵耷拉着。我拼尽全力救治还是无济于事，它的病情急转直下，几天后死于肺炎。要它命的并不是大雪，而是随之而来的潮湿天气。

我们并非多愁善感，只是我们和羊命运与共，我们关心它们。这只母羊七年前生在我家农场。自从买来赫德维克羊，我不断发展，在自家的山地牧场培育了一群。赫德维克羊主要是山地羊，山下也有好几群。（在山上，几百只母羊跟好多只公羊混在一起，配种就很难掌控；而在山下，草地是封闭的，你可以很好地控制配种这件事。）因此，山下的羊群规模虽小，质量却更高，有些专门培育公羊出售。过去十年，这群赫德维克羊生下的有些优质公羊羔留到秋季，卖给了其他牧民。羊群质量不断提升，我这个养羊人的声誉也逐步升级。我曾经是一名犯过许多错误的外行，如今却得到了大家的足够重视。

这只老母羊是我最好的一只羊，是我晋级之路的最大功臣。因为它的母亲也是我的参展羊，所以我仍然记得它出生时的情景。它出生在一棵被暴风雨吹倒的树下，只有一胎。第一年夏天，它在我家条件最差的草地上生活，后来，那个地方总令它神往。第一年秋天，它当选为同龄羊中的佼佼者而留了下来，其他同龄羊由于过剩被卖掉了。第一年冬天，它去低地的奶牛场过冬，那里丰富的牧草使它长成了健壮的年轻母羊。第二年春天，它又回到自己的"领地"。在当地的展览会上，它赢得冠军，它的第一个公羊羔也摘得桂冠。第二年，羊羔以二千英镑卖给了波罗代尔教堂农场的乔·韦尔。现在，其他山谷也有了老母羊的后代。它最后一只母羊羔跟它很像，也喜欢出风头。我们转移的时候，无论去哪里，它都喜欢当领头。只要有人注视，它也会站得像一尊雕像。我希望它多子多孙，希望这个家族在我的羊群中绵延不绝。正是这些小小的梦想支撑着我们的放牧生活。

生与死都是农场工作的一部分。以前，家家都有一个"死羊堆"或"死羊坑"，尸体全扔在那里。现在，我们让"收尸人"处理尸体。他来的时候，开一辆旧货车，嘴里叼根香烟，一路追踪着死亡的味道穿村过镇。我曾经想：哪个正常人会干这种事？不过，总得有人当这个差。

有一天，我们开着父亲破旧的路虎车，把一只死羊送往"收尸人"的院子。车载电台正在播金发女郎乐队的《原子》。我习惯了死尸，可是我从没见过这样的场景。发胀的牛羊堆积如山，双眼鼓出，舌头掉在外面。又大又肥的黑色苍蝇四处乱飞，凝固的血迹和胆汁随处可见，臭烘烘的尿液触目皆是。味道令人作呕，回到家中我都觉得不舒服。这就像达米恩·赫斯特①画笔下的动物死亡全景图。

有一头奶牛黑白相间，肚子鼓鼓的，上面坐着一名男子，诱饵盒放在身旁，上面罩着一群苍蝇。他的手上血迹斑斑，巨大的绿头苍蝇趴在上面。他正在吃三明治：白面包、黄油、厚切火腿片。他咧嘴笑着，那张脸真滑稽。

我们把死羊扔在另一座小一点的尸山边上。我们的靴子陷入烂泥里，沾了一圈灰泥边。我们离开时，一向镇定的父亲说："天哪，看到那个蠢货的手了吗？……还在吃三明治。"

最后，我从牛津大学毕业了，回到家里，家人和朋友都很骄傲，说我"干得好"。听他们这么说，我不禁想到我什么也没做啊。没有工作，还要偿还学业贷款，农场没

---

① 达米恩·赫斯特，一九六五年生于英国布里斯托尔，在列斯长大，是新一代英国艺术家的主要代表人物之一。

有房子，海伦和我连住的地方都没有。该担心才是，但是我没有，我很开心。

看到湖区的高山浮现在眼前，我有了家的感觉。站在群山之中，感觉就像被朋友围着，我挥拳喊道："回家啦！"

海伦笑我，说我疯了。

为了证明给自己和别人看，我才离家出走。可惜结果也就那样。对于证明自己，我已没了念想。

乌云飘过头顶。我正在一片辽阔的褐色土地上捡石头。我的任务是开着挖掘机，每挖三十码左右停一下，把耕犁翻出的石头拾到前面的铲斗里。我在表兄的农场干活儿。他开着拖拉机过去，跟我开玩笑说，他从来没有雇用过这么高学历的苦力。我笑着让他滚远点。他给我这份活儿，我很感激。

从牛津回来没一两天，我便收到了各种邀约，砌墙、剪羊毛、挤奶、捡石头。可惜没有一份工作的薪水让我能在这儿买得起房，或者申请到贷款，把祖父农场里的畜棚改造一番。我想我最好找一份"好的"白领工作，朝九晚五，把节假日和周末留给农场。另外，我可以利用早晨的几个小时，路过的时候还可以利用午餐时间，加上每天晚上的时间，每周可以干许多农活儿，大多数时候还能待在农场。这样一来，我每天都要不断地换衣服，脱下正装，穿上粗布衣服。虽然如此，我还是希望十年以后，我们能心想事成，建一座农舍，继续经营农场。

从牛津大学毕业后，我一直跟着父亲在农场干活儿。为了谋生，我也努力适应另一种职业。我找的许多工作都与名胜古迹的经济发展有关，我发现自己对这个议题也很感兴趣。有了网络和智能手机，很多时候，我可以在家工作，时间也很灵活。现在，我是总部设在巴黎的联合国教科文组织世界遗产中心的"专家顾问"。我以自由职业者的身份与他们合作，帮助旅游业造福当地社区。有个牧民朋友说我有点像詹姆斯·邦德[①]，经常四处云游，没人知道我究竟在干什么。

有时候，我虽然站在羊圈里，但做的却是别的事情。只要智能手机连上网，你可以在任何地方干活儿（哪怕周围全是羊），因为其他人不需要知道你的位置。在电话那

---

① 詹姆斯·邦德，小说《007》及其衍生作品中的角色。

头,同事或许会说他们听见了羊叫声,我回答说那是幻觉。兼职的收入让我在农场建了一座农舍。

祖父过世,农场陷入麻烦,都已经过去了二十年。

从牛津大学毕业后,我和海伦最终在卡莱尔市住了几年。卡莱尔市位于农场北部,有三十英里远。每天清晨,我离开海伦去农场,或者去别的地方挣钱养家。回到家里,她把刚出生不久的孩子塞给我,说"该你了"。我们隔壁住着一对老夫妇。他俩和蔼可亲,丈夫叫法吉,把水称为"议会汽水",因为小时候买不起别的饮料,他母亲就拿水开了个玩笑。

稍后,我们搬去一个村落,离我长大的伊顿谷不远。朋友还跟我开玩笑,说我搬回农场的速度太慢,照目前的速度,三辈子也搬不回来。

海伦喜欢我们在纽比村的房子。二女儿蓓雅就出生在那座房子的浴室里。蓓雅出生的第二天,一个年长的邻居过来说,从他出生到现在,七十多年来,蓓雅是第一个生在村里的孩子(没去当地的医院)。海伦真不想离开自己在那里打造的家。她担心我们搬去一个偏僻的农场,住在草地中间的旧畜棚里,远离朋友,失去邻居,与自己营造的生活渐行渐远，一切都得重新开始。可是，搬到农场一直都是我的心愿。海伦妥协了，因为她爱我。无论什么事，她都支持我。她虽生在农场，长在农场，但像许多有头脑的农家姑娘，她与放牧保持着一定的距离。她现在跟我开玩笑说，我花了整整十九年时间才说动她喜欢上放牧。怎么说呢，农场的许多活儿现在都由她承担。她虽然嘴上说不会，可事实上却样样在行。

最终，我们成功地把农场的畜棚改造成了一座住房，成了我们现在的家。我们的孩子也已经去村里的学校上学。我的家人、我的羊群、我的家庭、我的整个世界都在农场。即使是在阴雨连绵的日子，我也没后悔把家安在这里。如此便好，因为这里的雨天实在太多。

有时候，感觉像过土拨鼠节①，冬天尤其如此。过了秋季拍卖会，冬天就要来临。这时，空气中便有一种不祥的预兆，让人忧心忡忡。寒冷潮湿的天气从十月份就已经开始，一直持续到来年五月才能回暖，整整八个月时间都像在过冬。我们这里的季节与英格兰南部不同。春秋两季通

---

① 土拨鼠节是北美地区的传统节日，每年公历二月二日为土拨鼠日，美国和加拿大许多城市和村庄都会庆祝。依照美国民间传统，每年二月二日可预测天气，如果当天是阴天，土拨鼠从洞穴中冒出来，就表示春天将提前到来；但若是阳光普照，土拨鼠可以看到自己的影子，又躲回洞穴中，就表示冬天还会再持续六个星期。

常转瞬即逝，不像冬季那么漫长。只有夏日来临，世界才能稍微缓一口气。

听见窗外的疾风骤雨，我从睡梦中惊醒，不用下床就能想到外面是何景象。地面像一块脏兮兮的棕色地毯，上面有泥浆、石楠丛和像骷髅一样的橡树。峡谷里的洪流在石头上翻滚，咆哮而下。群山挺立，浓云密布。只需向窗外轻轻一瞥，便能料定这一天的状况。不是穿着便鞋轻松度日，就是层层武装，穿上暖和防水的衣服战斗到底。

刚睁开眼，心里的闹钟就嘀嗒作响给我报时，提醒我白日苦短，羊群没我幸运，一整晚都在遭受风吹雨打。内心很是愧疚，有一种负罪感，仿佛告诫我说别把事搞砸了。冬日昼短夜长。太阳刚爬上东山，闹钟就开始嘀嗒。照料羊群的时间本来有限，中途还会碰上各种各样的事情要处理。在阳光明媚的日子，我听不见嘀嗒声。一旦天气糟糕，嘀嗒声就格外响亮。这里没有退路，撒手不管会招致死亡。

在阴冷潮湿的冬日干活儿，哪有什么快乐可言。有些人就受不了。每次国家信托基金会把农场租给新手，虽然他们对放牧生活充满热情，但是结果都不理想。在他们头脑中,"起床"和"出发"这两个指令不够强烈。他们对羊群和土地不够关心,条件一旦恶劣,最初的热情便荡然无存。事情搞砸了,他们也走了。维持湖区发展的力量便是我们内心的呼喊,它让我们收拾界墙,给草地排水,呵护并培育好羊群。这当中的许多事情都与理性的经济学背道而驰。有些朋友一年要花五十多天重建农场的界墙,要是用更现代的办法,则是任其倒塌,把石头卖掉。该做的还是要做。

我赶紧吃早餐,玉米片加稀粥。

人们常说,没有糟糕的天气,只有不合时宜的穿戴。我半信半疑,不过还是裹了几层,有保暖衬裤、背心和T恤衫。我现在就是一个暖和的包裹,块头大,不透风。我有一种不祥的预感,现在是清晨六点,这会儿可能是我一天当中最暖和、最干燥的时候。保持衣服干燥是最大的挑战,所以家里的厨房堆满了湿漉漉的外套、罩衣、帽子和手套。房间里有点潮湿,有一股羊的味道。衣服总是干不透。我得过肺炎,如果再次复发,大家也不会感到意外。当年,在湖区潮湿的小房子里,肺炎差点要了许多人的命。新外套还没买来,旧的就已经破烂。我放牧的样子,俨然一个老头儿,像旧时黑白照片中的牧民。

我的任务很简单:在草地上巡查,喂养并看管羊群,处理突发事件。

放牧的第一要义：你不重要，重要的是羊群和草地。
第二要义：有时候，人算不如天算。
第三要义：闭嘴，开始干活儿。

※

每年十二月都有一段时期，母羊需要额外补给干草。天气恶劣到了极点，羊群受到影响，逐渐开始掉膘。我们竭尽所能给它们喂草，悉心照顾，希望这种负面影响能少一点。然而，好多时候我心里清楚，即使我竭尽全力，到天黑时，羊群的状况比天刚亮那会儿还要糟糕：不是被雨淋透，就是被雪覆盖；不是膝盖以下全陷在烂泥里，就是在刺骨的寒风中，耷拉着头，躲在墙后。

小时候，我常常跟着祖父，帮他用围栏桩和铁丝网搭建干草架。我扶着围栏桩，他用大锤往冻硬的土地里锤。每次锤子下落，你都会惊叹准心有多好。时间不长，我便学聪明了，知道怎样扶着能迅速抽手，以防祖父失了准头，或者锤子打滑。祖父被我逗笑了，跟我讲起一个故事来。他认识的一对兄弟常常一起打桩，有一次，一个刚把锤子举过头顶，另一个却伸手握住木桩顶端，摇动桩身检验是否牢固，就这样一个个的手被另一个砸碎了。

祖父展开铁丝网（他称为"猪网"），然后对折，大概做成铁丝笼的样子。铁丝笼做好后，我拿到木桩旁，在不到一人高的地方，祖父用钉子钉牢。完工后，铁丝笼看起来像一张粗糙的渔网。接下来，我们剪开六七捆干草，全是夏季的优质牧草。这是农场最好闻的味道，芬芳馥郁，沁人心脾。在寒冬腊月，它像一缕阳光拂过你的脸庞。干草散开，一层一层地铺在地上，夹在里面的花朵、野豌豆、野草和草药露在外面，它们是打捆机在七月份打进去的。冬季，我们把干草撒给母羊后，地面上落了一层牧草籽，有梯牧草、剪股颖草、羊茅草和佛甲草。有些牧民喂草从不吝啬，有些则不然，他们认为对于坚强的山地母羊，喂草不是什么好事。

事实上，我们给母羊喂草，尽力维持它们的身体状态，无非是想保证羊羔健康。若我们一周前去喂草，它们肯定不会来吃，因为那时山上还有鲜草。而现在，它们排成一队，从我们刚搭建好的干草架上叼食。铁丝笼遍布山野，我们用百科全书那么厚的一摞摞牧草把它们填满。

过去十年间的每天早上，我跟父亲把一两吨牧草运到农场各处，徒手装进十几个干草架和其他盛草装置里，保证羊群够得着，在吃完以前，还要尽可能地防止干草变湿。如果清晨有霜，干起活儿来便富有诗意。可惜这样的日子并不多，多数时间都是非冷即潮。牧草籽吹进眼角，让人疼痛难忍。干草架周围泥泞不堪，我们在稀泥里滑来滑去。

狂风刮起干草架的盖子,随时都有被吹走的危险。风把手中的大门吹过去,重重地摔在墙上。白天太短,户外的工作难以完成。若有城里朋友来访,我会感到不安。下午三点,他们还在喝茶聊天。我清楚而他们不明白,现在只剩下最后一小时阳光,我还得至少做完三件事,等天黑以后,这几样工作将无从下手。在某种程度上,你如坐针毡。这恰好说明,在北方地区,电力使大多数人摆脱了对阳光的依赖。草场上哪有电灯开关,我们只能日出而作,日落而息。

这些日子,大风能把你刮透,让你无比绝望;这些日子,羊群痛苦万分,躲在墙背后;这些日子,白天稍纵即逝,阴郁晦暗,你只能咬牙坚持;这些日子,你几乎站不起来,但又别无选择,只能体会宇宙的冷漠无情,人类的脆弱渺小。

隆冬时节,似乎有一朵乌云将我们围在里面,围困了好几周。一切摸上去湿乎乎的,正在慢慢腐烂,变成泥土。深绿色的苔藓将石墙缝隙半遮半掩,就像每天清晨我离家时孩子们腿上缠着的被子。门廊、树枝和栅栏上,银色的地衣野蛮地生长。人们说这里空气干净,没有污染,才会长出地衣。虽然我们离爱尔兰海有一个小时的车程,但是有时候，空气中还能闻到风中飘来的海盐味。土地湿透了，草地上到处是水，有些水道和泉眼未清理，水流汩汩而出。有时候，山上的水比平地上的还多。转眼之间，人和羊都耗尽了力气。我们能战胜冬日，靠的是迎难而上的坚守，然后在来年夏季，迅速恢复如初。有时候，我觉得我们的归属感与我们忍受的恶劣天气密不可分。我们属于这里，是因为狂风、暴雨、冰雹、大雪、泥浆和风暴无法将我们撼动。

抵制变革也很重要。在我的一生中，尽管所有的新科技都声称能让每个人的生活变得更好，父亲却一直在抵触。四轮摩托车、手机、信用卡、计算机……每一样都会遭遇深深的质疑和多年的抵制。

我不会撒谎，称自己喜欢每一个冬日，因为我确实不喜欢。好在对夏季的向往让我熬过严冬，偶尔的美好带我越过艰难困苦。沼泽中的沙锥鸟听见人们走近，起身飞走了。野兔在观望，等到最后一刻，才俯身一冲，跑了。白昼漫不经心地退去。成群结队的鸥鸟倒转过头，把头藏在银灰色的翅膀下，迎风飞去，消失在荆棘丛中。

一条条小溪在乱石中顺着山涧蜿蜒而下，穿过草地奔向远方，只要你轻跨一步，就能飞跃过去。刚开始，这些小溪不过是一条条涓涓细流，几百米后，汇聚成了一条白色的丝带，水沫飞溅，把这里与爱尔兰海和大西洋连接起来。

寒冬腊月，祖父一直盼望水位上涨，他清楚涨水意味着丰收、鲑鱼和海鳟。初冬时节，祖父曾趁着牧羊，天天去小溪边散步，然后兴致勃勃地回到家，说他看见河里银光闪动，一道强有力的船头波正逆流而上，向上游驶来。鱼群回来了。

他们说，以前每到晚上，当地的小伙总爱结帮偷捕。他们点燃火把，照亮河岸，人下到齐腰深的溪水中，用钢叉扎鱼。他们说，偷捕非常刺激。肥壮的鲑鱼在鱼叉尖拼命挣扎，让人觉得活力满满。此外，野外偷捕还有一种乐趣便是提心吊胆，害怕遇上水警，万不得已，还得跟他们搏斗，再不然，就溜之大吉。这短短数小时，全在外来户的眼皮底下，他们随时会开窗观望，看到山谷里奇奇怪怪的火把便会报警。他们还说，叉到鱼，把鱼扔到鱼堆里，然后喊着给同伴报信也是其乐无穷。他们说了这么多，我却一无所知。偷捕是违法行为。现在，工业化的大规模捕捞已经把大海捞空了。不过有时候，我们仍能看到一两条叉上来的鱼躺在沙砾堆上，被遗忘在那里，在浅水处，依然能看到银光波动。

这天早晨天气晴朗，霜花遍野，我们听到猎犬叫着向西奔去，它们准是发现了狐狸。祖父正给羊喂草，我站在他身旁。几英里外，围猎正在隆起的山坡背面进行，山坡遮挡了我们的视线。

我们经常观赏猎犬在附近捕猎，有时候，它们也会跑远，越过地界。山地猎犬出猎，不像在伦敦周围各郡，没有皇家卫队那样的阵势。一群普普通通的劳动人民，徒步跟在足智多谋的山地猎犬身后追逐狐狸。山地崎岖不平，狐狸常常能够逃脱。在最近的公路上，有些目光敏锐的老人拿着双筒望远镜坐在车上观望。无论捕猎是对是错，这都是冬季的一大景观。祖父虽不是动物权益保护者，但跟许多当地人一样，他对狐狸或者"列那"也略有敬意。因为《列那狐的故事》，人们把狐狸美其名曰"列那"。对于我们而言，狐狸不是同情的对象，而是奸诈狡猾、难以应付的动物，它们很会照顾自己。

我曾和祖父一起观看猎犬捕猎。看到狐狸晃倒猎犬，祖父诡异地笑了。他似乎站在狐狸一边，因为狐狸处于劣势。不过到了生产时节，羊羔时有丢失。此时，如果狐狸受到惩罚，祖父也会觉得是罪有应得。

在草地尽头，一个小小的红点在阳光下闪动。刚才，我们循着猎犬的叫声向西望去，现在又跟着一只狐狸转向东边。狐狸步态轻盈地溜过草地，正朝我们跑来，它专钻树篱的洞，爬门底，翻山越岭它是熟门熟路。它跑得毫不费力，轻轻松松就跑了几英里路。阳光洒在它身上，泛着火红的光芒，宛若一个大大的橙子。在它身后大约一英里的地方，领头犬循着气味跟来。阳光也洒在它们身上，泛着白光，像精美的瓷器瓶滚下山坡。

狐狸穿过路面，来到我家的草地上。它径直朝我们跑来。我往祖父跟前靠了靠，他兴奋地抓住我的肩膀，似乎在说："别动，看好戏。"狐狸看见了我家的羊群，想借机掩盖自己的气味。在离我们不到十五英尺的地方，狐狸冲进羊群。羊并没有惊慌，反而给狐狸让道。狐狸停了停，朝我们瞄了一眼，然后围着羊群转圈，还不忘回头看看远处的猎犬。此时，猎犬距狐狸还有三块地的距离。狐狸这么做，似乎是在估算时间。接着，狐狸从我们身后的水坝上冲下去，钻入谷底的灯芯草丛中。我们看着它一路向前，穿过坑坑洼洼的沼泽地。

这时，猎犬离我们只有一块地的距离。它们闻到狐狸的气味，正在兴奋。可是，它们没有狐狸那么熟悉地形。它们不知道钻篱笆洞，不知道爬门底，只知道跳跃。这样一来，它们一直处于劣势，气味跟着跟着就不见了。我的心差点跳出胸膛。领头犬朝我们飞奔而来，羊群四散逃开，逃到相对平静的角落。其他猎犬也跳过界墙紧跟而来。可以清楚地看到，其他猎犬从后面的田野一路向我们跑来。领头犬向我们投来恳求的目光，把我们逗乐了，我们耸了耸肩。它把鼻子伸向半空，竭力区分羊和狐狸的气味。其余的猎犬也纷纷赶来，围在我们周围，一脸茫然。这时，一只猎犬在狐狸离开田野的堤坝上闻到了气味。围猎之歌再次响起，它们越过篱笆，朝谷底奔去。

最终，猎犬没能抓住那只狐狸。我们站在原地观望，猎犬想方设法在沼泽里辨别各种气味。那天早上，我们共看见了五只狐狸，它们在谷底朝不同的方向逃窜，把猎犬搞得晕头转向。祖父笑着说："这些狡猾的狐狸，竟把猎犬搞得团团转。"

地上倒着两只母羊。它们口吐白沫，身体不停地颤抖，根本站不起来，可怜地缩成一团。喂草的时候，我发现它俩不大对劲，没办法过来吃草。一只侧着头，像是感染了李斯特菌。这种细菌对大脑不好，会突然发作，就算用抗生素治疗也难逃一死。一周前，我的一只优秀的羊因李斯特菌而丧命，现在的情形看上去差不多。我把它们抓进畜棚，灌了药，心中很是不快，便去喝咖啡，留下父亲默默地站在原地照看。我的心情糟透了，这三只羊算得上我最好的母羊。有些地方不大对劲，我却不知道哪里出了问题。通常情况下，李斯特菌并不会以这种方式把羊搞垮。这种情况似乎与气温骤降有关。我头都想大了也想不明白到底是怎么了。半个小时过后，父亲得出结论："不是李斯特菌。它们患了晕倒症。我给补了些钙，都好点了。"

父亲说对了。天外有天，人外有人。总有人比你更了解羊，他们通常都比你年长。晕倒症由缺钙引起，天气突变或者牧草生长都会诱发。牧草刚吐芽时，老羊容易得病。不过这次得病的却是年轻羊。治疗方法很简单，皮下注射大量的钙液，然后静观其变。预后效果比使用李斯特菌要好得多。有时候，它们站起来，直接就走开了。一个小时后，这两只羊虽然仍旧状态很差，但是你能看出症状有所缓解。合格的牧民往往花很多时间，一边观察，一边思考。你若在路边走过，常常能碰到牧羊人一动不动，盯着一扇门发呆。其实，他们那是在思考。

我过着双重生活，父亲冷眼旁观。事实上，他鼓励我这样。我们各自在羊圈里忙来忙去，他突然停下，看着我说:"你不是电脑上还有事吗？我可以自己来。"

别误会，父亲和我都一心扑在羊身上。他知道我心里想的只有羊，要是条件允许，我才不做其他事情呢。他也清楚，想在这里生存，就得从事其他工作，现实一向如此。

尽管依靠兼职工作，我们就可以维系农场运转，延续我们的生活方式，但是农场要成为现在这个样子，还得靠父亲、母亲、妻子、儿子，以及所有家族成员的共同努力。人尽其才便是明智之举。如果兼职能赚更多钱，哪怕机会渺茫，他们也会毫不犹豫，逼着我去做。

我一度讨厌这种紧张兮兮的状态，两头的事情都要紧，让我很矛盾。从小到大，在我心里农场永远是第一位的。好在我习惯了。部分原因是，我发现许多跟我们一样的家庭，全都有办法脚踏两只船，既能融入现代社会，又保持了传统。我的好多牧民朋友经营野营地和家庭旅馆，他们的妻子丢下农场去料理，农闲时节，他们也过去帮忙。苏格兰的小农家庭和挪威的农民都这么生活。

我去过许多地方，那里的传统消失殆尽，留给人们无尽的唏嘘。在挪威的一些山谷，因为没了农牧业，地方特征变了,所以政府想方设法,鼓励人们重新发展农牧业。农牧业不仅仅影响土地景观,还是当地食品业和旅游业的支撑。同时,在有些地区,农牧业能让人们挣到钱,否则那些地方早已荒芜了。在挪威的一些偏远山区,如果没有农庄,森林大火便不好控制,因为周围没有人照看,没人及时发出警报。最要命的是本地的传统农牧体系消失后,村落越来越依靠工业商品,食品要经过长途运输才能送达,而且要承担所有的环境成本(从文化上与土地割裂)。人们逐渐丧失传统的看家本领,而最初,正是靠这些本领,人们才把环境变得适宜人居。没了传统的看家本领,未来的自然环境将更加恶劣,生存变得困难。这里劳作的人们,没有人会对着茫茫荒野产生浪漫的幻想。

我和海伦的婚姻,跟我生活中的许多其他事情一样,遵循了传统的模式,有点不可思议。她跟我的出身一样,也来自伊顿谷的一个农民家庭。她父亲养着一群奶牛,还有一群羊。早在我认识海伦以前,我就给她父亲卖过羊,还直呼他的名字。第一次梳妆打扮后去他家接海伦约会,我还跟他聊了十分钟的羊价。(这让海伦非常尴尬,也很生气。)

海伦的父亲跟我父亲是朋友。几年前,在一场拍卖会后,我父亲去她家喝酒,结果喝得酩酊大醉,把洗手间吐得一塌糊涂,给我未来的岳母留下了很坏的印象。很显然,她花了点时间才说服自己:选择我没错。海伦的祖父饲养全国最好的克莱兹代尔马①。他跟我祖父也是朋友,再往后推几代,关系依旧如此。她家跟我家有着相同的家庭史。我俩的祖母一生情同手足。我们不禁想,这算不算命中注定呢?她祖母叫安妮,我第一次以海伦男朋友的身份见她时,她跟我说,她曾坐在我叔祖父杰克的摩托车后面去跳舞。回忆起那段往事,她笑了。我忍不住问道,叔祖父是不是"很在行"?她听出我的暗示,咯咯咯地笑着说:"是的,办法可多了。"

叔祖父杰克,或者大家熟知的"佩奥",是我们这一带的名人。他曾是牧民、驯马师、鸡蛋贩子,天知道他还干过哪些事。父亲年轻那会儿,刚拿到驾照就带着杰克四处游荡,落脚点无一例外全在离家几英里的酒馆或农庄

---

① 克莱兹代尔马是一种重型挽马,起源于苏格兰克莱兹代尔地区农场并以此命名。这是一种漂亮而富有动感的挽马,它们庞大而不笨重,轻盈却富有力量,有着整齐的毛色、飘逸的距毛,令人过目难忘。

里，在那里开怀畅饮。到了凌晨，父亲把所有人送回家，送去镇子周围的各个农舍。杰克的口袋里总有"贩鸡蛋赚来的钱"，他用现金住宾馆（就这一点而言，连税务员都赶不上他）。厚厚的一卷卷纸钞从他口袋里掉出来，让人觉得他像西西里的土匪，而他本人却认为，这是世上再正常不过的事了。

有一次，他跟我父亲赶着牛去参加拍卖会。一个年轻小伙开着崭新的迷你宝马车，火急火燎地跟在他们后头。也许是急着要去城里上班，小伙跟得很紧，脚踩油门给牛群施压，嘴里嘀咕，说耽搁了他好多时间。杰克让他淡定，他却焦躁不安，抱怨牛走得太慢，瞬间把车贴得更近了。这时，一头牛突然转过身，肚子撞上引擎盖，在车身上留了一个牛身大小的凹痕。小伙跳下车，嘴里骂骂咧咧的，看到爱车的遭遇后惊恐地抬起双手。赶牛人认为他活该，继续赶路。不过，杰克还是转过身，碰了碰年轻人，让他别唠叨了，问修车需要多少钱。年轻人报了价。杰克二话不说，直接从口袋里拿出一卷五十英镑的新钞，数够那个数，塞进年轻小伙的上衣口袋里，让年轻小伙把他的车停在路边的停车区，然后骂道："滚蛋，别再烦人。"

我认识杰克的时候他已经老了，他每周都来我家，坐在祖母的餐桌旁品尝祖母为他准备的硬糖。除其他事情外，他还因安排了自己的"守灵会"，并亲自担任贵宾而闻名。那时，他身体没有一点病征，更别说死亡近在咫尺了。他突发奇想，觉得守灵很有意思，自己不想错过，便邀请了好几百个朋友来当地的一家酒店，参加这场"宴中之宴"。过了几年，他身体仍很健壮，便又组织了一次，邀请了所有人。在坎布里亚郡，只要你跟五十岁以上的人提起叔祖父的名字，他们每个人都能讲一段杰克·皮尔森的趣事。

这是圣诞节前的一周，大女儿正抱着一只牧羊犬幼崽。这两个小家伙本来毫无关系，不过恐怕马上就能建立。若要给世界上最可爱的小狗颁奖，这只黑白花的小母狗定能加冕。我和女儿站在好友保罗的旧畜棚里，他培育优质牧羊犬，偶尔把富余的卖出一两只。训练好的牧羊犬能值几千镑。品质好的牧羊犬就是宝贝，被看得很紧，弄一只幼犬不容易，我们等了好几年才等来这个机会。保罗爱自己的狗，很显然，他非常不情愿自己的狗受"糟蹋"。他让我们自己选，这真是一种莫大的荣幸。

我知道机会只有一次，把这一只狗糟蹋了，不会再有下一次。女儿打量我的脸，看我脸上有没有暗示那只狗不太好。她的表情告诉我她想要，我点头答应。我们还没有得到主人的允诺，不知道可以带走哪一只，也许女儿会失望。

好在保罗洞悉了一切，把那只小狗递给我女儿。他笑着说，那是最后一只还没人要的母狗。我很开心，女儿似乎想赶紧上车，害怕保罗改变主意把小狗要回去。回到家后，女儿想把小狗带到床上，我只好强硬地夺下来并告诉她，牧羊犬可不是宠物犬。

一不小心，牧羊犬就被糟蹋了。我十二岁时就亲身经历过，所以很清楚这种事。父亲让我照料一只可爱的幼犬拉蒂。我不懂怎样训练，它不听吩咐时我很沮丧。我只好提高嗓门呵斥，把它吓得不知所措。小狗不该与我做搭档，因为它需要引导，而我又不懂如何引导。会训练狗的牧民，或者有时间专门训练狗的牧民，少到你难以想象。很多狗只会做最简单的工作，难一点就做不了。让牧羊犬懂你的意思，把活儿干漂亮，真是一件难事，需要智慧、耐心和善意，而我都不具备。眼下这项工作仍是个挑战。

接下来的几年，拉蒂在农场帮了不少忙。有时候，它做事做得漂亮，我们也能相互理解。有一次，在草山上它跟我配合，把两只参展羊从几百只羊里分出来，赶回家。可惜这样的时刻很少，我很清楚，它本应该更优秀。有时候，我大发雷霆，朝它吼叫，它便跑回家，对我失去信任。我清楚是谁的错，我让它失望了。回首往事，要是我懂得多一点，它会更加优秀。好在生命兜兜转转，又回到了原点,让你有机会学着比过去做得更好。我下定决心不再犯同样的错误。我们给小狗取名富劳斯。

※

富劳斯学得很快。我试着每天对它进行两次短时训练,一开始教它躺倒,教它跟着我走,教它松开绳索后能折返回来。接着,我教它牧羊。刚开始,它犹豫不定,不知道怎么办。等羊跑开了,它下意识地行动起来,在本能的作用下飞奔着超过羊群,把它们赶回我身边。我们这样反复训练,给它建立了自信,后来,无论我让训练的五六只羊跑向哪个方向,它都能截回来。十几天过后,它干起活儿来就像一只真正的牧羊犬。我搭了一个圆形羊圈,让它在外围跑。我用指令鼓励它,要顺时针跑时,我说"再来",逆时针则说"走"。然后,我们去草山上练习,它立马就领会了。我们之间有一条相互理解的纽带,然而它随时会断开。训练小狗时,这条纽带说断就断了。"啪"的一声,小狗蒙了,垂头丧气,不知所措。训练无非是找到这条纽带,彼此理解、信任、依赖。

有些牧民是训练牧羊犬的行家。我只是外行,经常给保罗打电话,向他请教。他总是耐心指点,让我觉得我简直是买到了一只出色的牧羊犬。小狗不干活儿时有点腼腆，它跟许多牧羊犬一样，不想当宠物，只想牧羊。富劳斯让我感觉很好，任何事情，只需教一次，它就学会了。现在，它的速度更快，力量更强大，身体也更健壮。听指令时它非常专注，总是希望提前知道我想让它做什么，不等指令说完就已经转身而去。这不单是指令和回应这么简单的事，更像是一种默契，一种心灵相通。它像是我的大脑和手臂的延伸。

话说回来，刚开始它还有点稚嫩，会想当然地做事，而不管我的意愿，比如，我想让羊过大门，它却挡着不让过。我学会了不让自己抬高嗓门，像发了疯一样大喊大叫，只是把它叫过来，告诉它我的意图。等它回到我的脚边，脸上似乎还有一丝微笑。能有这么好的一只狗，我深感欣慰。

※

一天，妹妹和妹夫来农场帮父亲干活儿。他俩犯了低级错误，开着四轮摩托车上山时，没发现车后面装的饲料袋子掉了，把这种喂给羊的谷物混合浓缩物撒了一地，全糟蹋了。他们回来时对此却全然不知，父亲张口就骂，怎么骂的，你大着胆子想好了。虽然妹夫一向温文尔雅，性情良善，不易动怒，但被这样劈头盖脸地斥责之后，他火冒三丈,带着妹妹气冲冲地走了。他们从我身边过去,正要上车时,妹夫转过头对我说:"你爸简直就是门大炮。"

过了一两天,这件事和许多家庭纠纷一样已经烟消云散,不过"大炮"这个名号却留下了,成了父亲在家里的外号。即使他面带笑容,帮他干活儿总让人提心吊胆。稍不留神,就有可能和他闹翻。有一次,我从大学回家过周末。我刚下车,他就气冲冲地从我身边走过去,嘴里骂骂咧咧的,明摆着不愿见我,显然是在别处碰了钉子。我开了几小时的车,也没心情跟他嚷嚷,直接喊着问:"我滚蛋,你自己清净?"他回答说:"好,滚。"

我直接上车,去了别的地方。有些仗,能躲则躲。

父亲要去当地的拍卖市场给我们买一只火鸡。圣诞节的前几天,不能直接卖给农牧民的家禽全集中在小小的乡村拍卖市场。通常情况下,临近收市,往往供过于求,价格都会便宜。父亲开车刚走,我们相视而笑,因为他从来不会只买一只火鸡回来。他受不了便宜东西的诱惑,爱出价,看标价是否"合理"。有时候,他只买火鸡,不过多数时候,他常常带着各种各样的家禽回来,足够摆一桌中世纪的宴席。这一切都取决于"行情"。行情低迷,他就不能自拔,非得把车塞满。

那天晚上,父亲回来得很迟,对自己的收获扬扬得意。母亲出去迎接,回来时直摇头,抱怨说要她怎么处理这么多家禽。母亲问父亲,除了一棵梨树,买来六只火鸡、三只鹅、一只松鸡要做什么?父亲耸了耸肩,好像这不是他的错,他搞不懂女人为什么总是这么扫兴。他说,这些肉物美价廉,价格只有好多人买的圣诞大餐的一半,可以冻起来,在一月份吃。母亲叹了口气,提醒他说,冰箱里还装着去年的"廉价货"。我们全家都笑了,所有人都认为让父亲去火鸡拍卖集市是个错误的决定。到了七月,我们还在吃冷冻的火鸡和薯条。父亲说鸡肉"有点干",我们便取笑他。我们笑着说,明年再不让他去火鸡市场了。当然了,这话一直没有付诸行动。

我小女儿兴奋得圆睁着双眼,她看上去好像要爆炸。

"父亲,醒一醒……他来过了。"
"嗯!谁?"
"圣诞老人!"
"不可能!"

"就是的……父亲，我得到了一袜子礼物。"

现在我们过圣诞节的方式跟我小时候一样，传统一直没变。孩子们醒来，只要别太早，就可以拆圣诞老人送来的"袜筒礼物"。他们挤在床上，在一阵拆包装纸的狂乱中，圣诞节开始了。不一会儿，床上扔满了皱巴巴的包装纸和胶带，上面坐着几个往嘴里塞糖果的孩子。拆完袜筒里的礼物，我去外面喂羊，海伦把火鸡放进烤箱，孩子们则各自忙活，摆弄袜筒里的礼物，耐心地等我回来。等到我喂完羊回来吃过早餐，他们才可以触碰圣诞树下的大礼物。我不知道我们家的这条规矩立了多久，但是道理很简单：农场、家畜、干活儿的人永远是第一位的。

圣诞节我们也干活儿。像往日一样，羊群需要喂草，需要照顾。这听起来很苦，实则不然。在遥远的牧羊人的国度，有个生在马槽里的人，在他生日这天，照顾羊群或喂牛似乎是天经地义的事。在平安夜，我们要去教堂，见见朋友和邻居，我爱唱有关牧羊人的圣诞颂歌，也爱吃肉馅儿饼。赶在平安夜前把一切准备妥当，事情就好办多了。因此，圣诞节的前一天可忙了。填好干草架，备好第二天用的饲料袋，清理好羊圈，做好一系列日常琐事，这样，圣诞节就不用操心了，然后就剩下最主要的放牧工作，喂好羊群，确保平安无事。在圣诞节早晨，外出做点体面的事情似乎合情合理。我看见一辆辆汽车行驶在湿漉漉的灰色公路上。人们串亲访友,互送礼物。我家邻居路过招手,他们去各自的羊圈。羊圈在山谷周围,或者更远。车后面拉着成捆的干草,还有一袋袋饲料。喂完羊,我们才能坐下来享受这一天的美好,互送礼物,吃吃喝喝。

※

我跟父亲之前的做法一样,自己去喂羊,让孩子们等很久。我刚一进门,他们赶紧递给我一个煮鸡蛋和几片烤面包,央求我快点吃。一年中其余的日子,他们才不管我的早餐。最小的伊萨克跑来告诉我,起居室的沙发上有他的礼物,他非常想让我过去,这样他们就能拆礼物了。我跟着过去,全家人开始享受圣诞的快乐。伊萨克得到了许多有关农场动物的书,一些为他的农场准备的玩具羊,还有其他玩具。他最喜欢玩具羊。他让玩具羊"参展",努力模仿真实的现场,做得有模有样。他跟我说,他现在需要一只像富劳斯那样的牧羊犬,然后就能帮助我和他祖父牧羊。我抚摸着他的头对他说,我的牧羊犬可以借给他久一点,另外,富劳斯说不准哪天就会下崽。最后我说,生活中除了羊和牧羊犬,还有很多其他东西。他回头看着我,好像我说了傻话。

礼物拆过了，巧克力也嚼了，一顿火鸡大餐吃进肚子里了。我们看了女王的圣诞致辞，也跟着电视动情地唱了国歌。我带着孩子们出去呼吸新鲜的空气，他们虽然都不想出门，但是出来后都很开心。孩子们每天必须干点活儿，圣诞节也不例外。这样，他们才能理解责任与义务。劳动让圣诞节的食物和家庭时光更有意义。我们用劳动获得了一切。我讨厌圣诞节不干活儿。

孩子们老早就知道我为什么这么做。大女儿四岁的时候，在餐桌旁，她一本正经地看着我说："爸爸，你的问题全都是羊惹的。"这话哪像四岁孩子说的。

父亲得了癌症，但不知何故，他非要从纽卡斯尔的医院回家过圣诞节。他虽然病得很重，但仍坚持要来农场吃圣诞晚餐。父亲面色发青，隔几分钟就要上一趟厕所。所幸他吃了几口。女人们忙来忙去，为圣诞节做准备。孩子们在地上玩耍。

父亲很高兴，也很欣慰能回到家里。透过我家窗户，他看到自己的农场沐浴着冬日少有的阳光，在脚下延伸，历经风风雨雨，依然欣欣向荣。他的眼中噙满了泪水，仿佛是最后的诀别。"看那只新公羊站得多挺拔。"

公羊在山坡上吃草，引起了父亲的注意。在一个铁丝栅栏中，一只公羊大摇大摆地朝另一侧的几只母羊走去。无须多言。那只公羊的故事发生在去年秋天。我们看上这只羊，用高价买来，决定赌一把。它是我家羊群的未来，是我们的选择。在拍卖会上，父亲有点犹豫，我碰了碰他的手肘，怂恿他买下。父亲喜欢这只羊。到了四月，它的儿女将会出生，长到下一年秋季，就可以卖掉了。我们买来那样的公羊，就等于买来了希望。

我们在脑海中描绘着未来两年农场生活的图景。我看到父亲的眼神，他的表情告诉我，他爱着这一切。遗憾的是，他或许再也见不到这些事情了。父亲的表情同样告诉我，他知道一切都会继续。我转身抹泪，不让他看见。

正值一月，我在灰扑扑的羊堆里穿行。羊群身着隆冬时节的厚外衣，寒风吹过后背，羊毛荡起阵阵波浪。年纪最大的几只羊，用头顶着我的腿，或者顶着麻布袋子，急切地想吃里面的饲料。我跌跌撞撞穿过羊群，找了一片空地方给它们喂食。四月生产羊羔前的短短几周，要给怀有多胞胎的母羊喂食饲料。饲料就是羊糕，像圆圆的面包，或者像圆柱形的小金属块，我从袋子里倒出饲料，在地上铺成一道。一鼓作气就是一切,不然羊群会把我撂倒在地,饲料全撒出来遭到哄抢。母羊的产期临近,我们要格外小心。

从圣诞节那周开始一直到来年三月,是一年中最漫长、最熬人的时节,每天干不到天黑,我的活儿就做不完。遇到糟糕天气,山谷对面一片模糊,啥也看不清,只有点点火光,预示着邻居也在辛苦劳作。一阵阵雨点,或者一阵阵雪花飞过,似乎飞得很慢。寒冷潮湿的这几周虽然最艰难,却是赫德维克羊大显威风的时节。很少有其他品种的羊怀着羊羔能熬过这里的寒冬。每过一周,母羊的肚子都会变大,它们需要帮助。严酷的环境造就了牧羊人和羊群的亲密关系。

读大学期间,有几个冬季,我大部分时间没回家。没有经历严冬,春天来临时,便没了那种欢欣鼓舞的感觉,好像连阳光都觉得暗了,青草的颜色也淡了。

我明白了从前的人们为何崇拜太阳,为何要举办各种各样的节日庆祝冬去春来。年复一年,我们默默地承受大自然的各种馈赠。这种坚忍不拔的品格塑造了我们和这片土地的关系。我们像这里的白蜡树一样饱经风霜,它们被狂风刮得摇摇欲坠,被暴风雨打得东倒西歪,可是风雨过后，都能顽强地存活。正因为如此，白蜡树才属于这里。饱经风霜，才让我们与众不同。

熬过严冬，等待的种种迹象出现了。到了三四月，白天开始变长变暖，田野微微变绿，长出青草，羊群突然对干草没了兴趣。青草便是一切。上千种绿色呈现在我们眼前，恰似因纽特人①看到各色各样的雪花。

冬季以各种方式表明它正在离去。天亮得早了，太阳的温度升高了，风中的寒气减弱了，青草也一日绿过一日。渡鸦在空中鸣叫，叫嚷着说哪里有死羊的腐肉。田鸫从树篱间一闪而过。它们提醒人们，遥远的北方仍在严冬的控制之下。狐狸从捕鼠人留下的带刺铁丝网中偷去枯死的鼹鼠。饥饿不仅考验这里的人，也考验这里的动物。吃腐肉的乌鸦仍在山谷里称王，在荆棘丛或树尖上啼叫。我们清楚，冬季会再次降临，毫无征兆地将这片土地的控制权夺走。

父亲说，不到五月，别指望冬季结束。有时候，我觉得他有点悲观。有时候，四月完了，冬季才过了一半。冬

---

① 因纽特人，旧称"爱斯基摩人"，意思是"吃生食的人"，现在渐渐不用这个称谓了。主要分布在北美沿北极圈一带。

末，万物悄然复苏。阵阵大雁飞过，有时贴着地面，声音很大；有时直入云霄，听起来像孩子的低语。新年的头几周，我们把羊从个别草地上清理出来，让草地生长春草，到了四月初，母羊和羊羔回来就可以吃嫩草了。在天寒地冻的日子里，每过一天，干草堆都会变少，似乎马上就要吃完。面对"大捆"干草的草堆，我们紧张不已。到了夏季，祖父经常捡拾小绺干草，好似它们很值钱的样子。他解释说："到了寒冬腊月，这把草可以喂一只老母羊。"很多年来，干草到了四月就所剩无几，这时青草才开始发芽，你则埋怨干草没了。

到了三月，我们要格外小心有孕的母羊。我们在一月做检查，了解哪只母羊是单胎，哪只母羊怀了双胞胎或三胞胎。(单胎母羊大体上可以靠干草养活自己）双胞胎或三胞胎羊（则需要额外关照，极有可能患双羔病[1]，身体容

---

[1] 双羔病也叫"绵羊妊娠毒血症"，此病通常发现于母羊怀孕的最后一个月，是一种代谢疾病，没有明显的发病季节，发病初期的羊表现为食欲下降，精神状态低下，视力模糊，走路不稳，以卧姿为多，或经常做圆周运动。病情加重后不反刍，尿频但量少，排出的粪球带有黏液，直至最后四脚乱蹬，全身痉挛而亡。

易垮掉，所以需要饲料和干草）。扫描的速度很快，做这事的朋友拿羊头收钱，他希望高效也在情理之中。我们要组织有序。他盯着那块模糊的灰色屏幕，一只手放在母羊肚子底下，大声喊"单"、"双"、"三"或"无"，同时快速地在羊背上喷个记号。最后，查过的羊回到院子里，跟其他羊站在一起。我们的山地母羊平均每只孕育一点二五到一点五只，多了就会有很多麻烦。在边陲地带，一只年轻母羊可以照顾一只羊羔，两只就太多。我们不希望有三胞胎，因为遇上恶劣气候，这无疑意味着羊羔有风险。有时候，第三胎刚生下，就得和母羊分开，让母羊有足够的奶水喂养另外两只小羊。我们的放牧体系追求的不是产量最大化，而是在土地上进行可持续生产。

在像我们这样艰苦的环境条件下，传统农牧群落常常要花数千年时间反复试验，才能学会如何过好放牧生活。忘记经验古训，或是将放牧知识废弃不用，都不是明智之举。在一个没了化石燃料的未来，加上气候多变，我们或许还会需要这些知识。

我兼职的其他工作，让我有机会游览世界各地的历史景观，包括那些与我们面临相似挑战的地方。我接触了数百个农牧民,跟他们探讨交流过。不是站在田野里,就是在他们家里,跟他们聊他们如何看待这个世界,他们为什么从事现在这个职业。我看到旅游业在过去十年间变了,它更加重视景区的文化;我看到人们越来越不喜欢虚假的东西,想切身去体验;我看到特立独行的人,他们从事不同的行业,有不同的信仰,吃不同的饭。眼下,在现代西方世界,人们厌倦了自己的生活。依我看,人们不该把历史当成负担,而应看成有利的条件加以利用,用它来对抗这种无意义感,重塑自己的未来。所有这一切都让我更加坚信农牧生活的价值,相信它对于湖区的重要意义。

现在,当我放眼世界,思考我们能否经受住考验时,我对未来满怀希望。这儿的农牧生活不断有年轻人加入进来。在他们眼中,我看到了自豪感,看到了他们对这片土地,对放牧文化的爱,那种持久的北方之爱。放牧生活之所以绵延不绝,是因为人们希望这种生活能够延续,否则,它早已消亡。这种生活方式虽然会变化调整,就像我与有些人一样,把它与更现代的生活结合起来,但是核心内容始终没变。现在我坚信,依靠放牧我们可以生存。我跟华兹华斯一样,相信我们的生活方式代表的东西具有更广泛的意义,别人可以享受、可以体验、可以学习。

对于整个社会而言,需要做的选择并非是否务农,而是如何务农。难道我们想要完全按照工业标准打造乡村?

打造出的乡村到处生产廉价食品,几个带点野趣的小岛零零星星点缀其中,还是我们该看重传统景观,至少在某些地方有传统的家庭农场?

最近,我去了中国南部。我们沿着蜿蜒的小径,从陡峭的山坡往谷底走。下到半山腰,我遇见一个在毡布帐篷下卖纪念品的女士。(纪念品不是本地货)东西倒不错。小小的饰品,展示着到访的村落。她对我微微一笑,不过微笑里好像藏着什么东西,让我无法完全信任。那个微笑是挤出来的,就像一般的问好一样。我让翻译问那位女士,她喜不喜欢卖纪念品,她说她喜欢,收益很不错。接着我又问,在旅游业发展以前,她家是做什么的。她回答说,她家靠养鸭喂猪生活。几百年来,她家一直养鸭喂猪,卖肉卖蛋。

我告诉她,回到家里,我也是农民。她又笑了,这次是发自内心的笑,坦率而友好。当我问她,她家是否仍在养鸭喂猪时,她的笑容不见了,说没有,那些日子都过去了。有人认为,鸭子和猪太脏,制造的粪便太多,游客不想自己的鞋子沾上粪便。

跟世界上许多招人喜爱的地方一样,这个地方也在苦苦挣扎,不知路在何方。一方面想通过旅游业赚钱;另一方面,旅游业可能会让这里的独特之处一扫而空。一个石阶人人踩,终究也将踏成灰。所以,有人做出指示,养鸭喂猪是昨天的事,卖纪念品是今天的事。我问她,务农和卖纪念品哪个好。她说卖纪念品挣的钱多,不过她更喜欢养鸭喂猪,因为那是她们一家乃至整个村落的根本所在。后来,我在村落之间穿行,这里的干净与整洁令我赞叹。看着自己干干净净的鞋子,我感觉有点不真实。

我的鞋子不该这么干净。

谁也别说过去已死。
我们就是过去,肉体和灵魂。
挥之不去的是部落的记忆,我知道
这短暂的现在,这偶然的当下,
并非我的全部,我漫长的成长
多来自过去。
……
谁也别告诉我过去一去不复返。
在塑造我们的匆匆岁月中,
现在转瞬即逝,占不了多少位置。

——奥赭鲁·努那库
《过去》
见《黎明触手可及》(一九九二年)

所有这些印象,连同其他更多的,仅仅形成了一段片面的回忆,太过主观,又极其肤浅,忽视了大山对于世代生活在山里的人们的意义。

——诺曼·尼科尔森

《湖畔居民》(一九五五年)

以我愚见,有着千百年历史的工作、商业和远离尘嚣的传统,应当排在休闲娱乐之前。

——摘自希利斯夫人

(毕翠克丝·波特)写给《泰晤士报》

的书信,反对温德米尔海岸上的飞机制造厂

春

我的二女儿蓓雅跟着我来到羊羔生产现场帮忙。她看见在牧场下边，一只母羊正靠着墙躺在地上，腹痛难忍。它要生产了。两天前，大女儿刚接生过一只羊羔，得意得四处炫耀。小女儿决意要赶上姐姐，于是也要来接生。天刚亮，我正准备出门，她穿着劳动服跑过来，跳上我的四轮摩托车。我跟她说山上冷，也有可能白跑一趟。她死活要跟着去，似乎知道自己不会空跑。

我大声招呼羊群过来吃草。这时，从晒得发白的灯芯草丛中露出了三对又大又圆的耳朵。野鹿听出是我，知道没啥危险。每天早上，它们先是一动不动，静静地观望，等我靠近时便逃向别处。蓓雅和我骑着摩托车往山下走，野鹿漫不经心地跳开了。富劳斯兴奋不已，紧紧地跟在我们身后，它知道抓羊的时候我用得上它。我让它"别动"，我自己可以搞定。我不想匆匆跳下摩托车，给羊压力。我们缓缓靠近，母羊丝毫没有察觉。我往前三步，没等它反抗便把它摁在地上，控制住了。母羊侧躺着，每次宫缩，头都会抬起来向后仰。先出来的是两条腿和一个鼻子，一切正常，女儿可以接生了。

女儿故作坚强，看上去很紧张，紧张的笑容背后又透出一种决心——不管好不好玩,都要坚持到底,因为她不想输给姐姐。女儿只有六岁,个头不高。根据羊脚来看,即将出生的羊羔应该不小。两只小手各抓着一只羊蹄子,她使劲向外扯。我跟她说过,要给羊留下喘息的时间。能看出来,她心里没底,不确定自己做得对不对。每次宫缩,羊羔的腿都会往外滑一点。她的手抓到了羊腿的第一个关节处。接着,鼻子出来了。她想放弃,让我来。我让她放心,说她可以做好,等做完了就可以回去告诉母亲和姐姐,她接生了羊羔。

听了我的话,女儿脸上的笑容变得镇定,双手开始发力。她的劲儿用完了。小羊的臀部卡住拉不动,她几乎就要放弃,然而心里却清楚,要继续用力把羊羔扯出来,让它尽快呼吸空气。她使劲一拉,羊羔落在母羊面前。此时,母羊的舌头已经开始乱舔,想给羊羔把身子舔干。女儿站在一旁咯咯大笑,因为刚才羊羔落地的时候,母羊舔到了她沾满鲜血的双手。望着羊羔扭来扭去,抖落了胞衣,女儿脸上现出了一丝骄傲,一丝敬畏。太阳高照,我们可以走了,把羊羔和母羊留在原地。

女儿忽地想起了什么,说道:"爸爸,我们回家吃饭吧。要给莫莉说我接生了一只羊羔,比她接生的那只大。"

我曾经跟着父亲和祖父去待产场地干活儿。现在,我的孩子一年四季跟着我的父亲在农场干活儿,向他学习。

父亲每天都来农场,给孩子们传授他的价值观和人生体验,就像祖父给我传授那样。我的儿子崇拜他。一切都回到了原点,周而复始,生生不息。

❦

这个生产季节,可惜父亲并不在农场。

他在纽卡斯尔医院接受化疗,大夫正想方设法帮他治疗。我不知道成功的概率有多大,但是只要心中有爱,肯定希望成功。

曾经,我一度想杀死父亲,而现在,想让他活下来的念头却比什么都强烈。父亲一直按照自己的价值判断生活,谦虚谨慎,勤勤恳恳,令我向往。不幸的是他住进了医院,而我却无计可施,只能用手机把他最好的母羊和新生的羊羔拍成照片,并附上一些简短的说明发给他。这样通过我,他就可以间接体验到生产时节的生活。父亲不让我去医院看他,因为他更希望我把农场照看得井井有条。

这年春天,我一个人料理母羊生产,一切都不大习惯。父亲一点都不在乎钱,只要他觉得有必要,就会毫不犹豫地开车去二十英里外帮朋友干活儿。可以这样说,买下农场的是祖父,而打理的却是父亲。父亲性格要强,然而我们都知道,如果让他离开羊群和农活,无异于要他的命。近来，他开始领养老金，有人打电话问他还下不下地。他一笑置之，似乎这个问题不值一提。

过了几周，父亲的病情有所好转，症状得到了缓解，几乎完全康复了。这时，我们才敢奢望癌症没了。

※

我如坐针毡，安静不下来。离预产期还有一周，一切准备都已就绪。焦躁加不安，我很紧张，动不动就去母羊周围看看情况。其实，有时候完全没必要去。海伦骂我是笨蛋，说再这样下去，不出一个月，工作还没开始我就累倒了。她说在羊羔没生之前，我应当养精蓄锐。我知道她说得对，但是没办法，我还是要去看看，因为生产羊羔前的一两周意外太多了。母羊可能会因携带羊羔的压力而遭受疾病，如双羔病。它们经冬历春，现在累了，肚子却大了。要操心的事情实在太多，事无巨细，琐琐碎碎。

生产从四月初开始。从理论上讲，冬春交替有个节点，可惜冬天根本不懂我们的计划，到了生产时节，天气依然冷得要命。雨雪交加，冰雹肆虐，狂风乱吹，淤泥遍野。几天前，我们把母羊安安稳稳地赶到谷底的生产草地上待产。那里去年产的羊羔在二三月间喂肥卖给了屠夫，这段间隙长了些嫩草，不过不多。我们祈祷天气变暖，乞求春天来临。

我在山坡上喂羊，它们在我身后排着长队，低着头，就像一条巨大的围巾。我从任意一侧上去，检查尾部是否有标记。一只母羊毛茸茸的尾巴上有血迹，不过它并没有产下羊羔，是流产了。我的心凉了。每次生产羊羔，我们的兴奋背后总是隐藏着一种恐惧，害怕出现意外。这是天性使然，不是什么可爱的电影剧情。我叫来兽医，她跟我说，附近有很多母羊流产了，很可能是病毒引起的。对于这个晴天霹雳，我能有什么办法？病毒应该是几周前传开的，在怀孕早期没有任何征兆。也许全感染了，也有可能只是部分。感染了病毒的羊在预产期前一周就会流产。我给所有羊注射了抗生素，帮助抵抗病毒。虽然兽医也不确定这样做管不管用，而且对于孕晚期的母羊，做任何事情都会引发压力，造成新的问题，但是这是我唯一的武器，我们一直对羊群倾其所有。第二周，又有六七只羊流产了。有些羊羔还能略微喘几口气，然后就不行了。每天清晨醒来，我都忧心忡忡。

羊羔死了固然难受，但是让我心烦意乱的并非是死了六七只羊羔，而是害怕事态升级。这种恐慌令人窒息，好在事态没有扩展，真是谢天谢地。我担心羊羔全死在腹中，每过一天，这种担忧就少一点，等到生产正式开始，担忧消失殆尽。我们挺过来了。这似乎只是个小小的挫折。我按这里的一贯做法,找到流产的羊羔,把皮子剥下来。我在四条腿和脖子处用刀子割开,然后扯下皮子,留下黑黑的头和腿,让其余部分裸露在外。这虽不是什么技术活儿,但做好却需要手艺。剥下来的皮最好能像一件外套,可以给没有妈妈的羊羔穿上。在农场,人们很快就能学会克服恐惧。我的孩子们眼睁睁看着这种事情,我没有阻拦,因为事实就是如此。

记得小时候到处都是血,有正在生产的母羊,有血淋淋的双手,有切了角的牛。到了春天,牛在去牧场之前切了角,像僵尸一样,在院子里乱跑,鲜血直喷。给奶牛做剖腹产时,人们身上溅满了血,一大堆肠肚掉在外面,等全部填回才用针线缝好伤口。一天晚上,我们给一头奶牛接生,兽医说:"血不正常啊……天哪!这头牛患了血友病。"尽管我们全力止血,但还是无济于事,牛最终因失血过多而亡,好在牛犊得救了。父亲的双手不是这儿擦破,就是那儿扭伤。伤口不是溃烂,就是结痂,总之从未间断。他把皮肤叫作"树皮",从来不管受伤与否。

"爸,你那儿破了。"

"啊,不要紧,蹭破了点皮而已。"

只要血能止住，就没啥大碍，皮肤自己会结痂愈合。在一些古老的村落，血是日常生活的一部分，就连小孩子也习以为常。即便是现在，有些亚裔家庭仍然会当着全家人的面，在大厅里宰羊。这种事情在英国中产阶级心中无论如何都是粗俗的表现。然而，鲜血伴着我长大，我就喜欢血。

我宁愿让孩子见见血，知道这是真实的生活，也不愿他们与农牧生活和食物的关系过于幼稚——食物全裹在塑料袋里，人人假惺惺地以为袋子里面的东西一直都是死的。

有时候，一切人事难免落入污秽，这是农场生活的一部分。你身上偶尔会溅上屎，沾上口水、胞衣或鼻涕，你要学着接受。除此之外，还要接受你身上的味道，是你养的牲畜的味道。人们看到粪便反应各异，据此，你可以判断出他们对于我们这个世界是亲近，还是疏远。

※

我家农场的山背后有个朋友家的羊两周前就生产了。一些羊羔刚生下来就没了妈妈，因此我去她家讨要（一共去了六次）。没了妈妈的羊羔大家就这样分享，好让有奶的母羊和羊羔合理搭配。没有人愿意把羊羔当"宠物"，用奶瓶喂养。最终，大家也不会那么做。虽然孤儿羊羔与蒙难羊羔品种不同，但是影响不大。在这个阶段，母羊靠身上的气味来辨识羊羔。

我双手把羊羔捧回家。夭折羊羔的毛皮套在孤儿羊羔身上，像一件贴身马甲，四条腿从四个腿洞里出来，头伸在脖子外头。套好头和腿，毛皮就不会掉落。我把它放进一个小羊圈，跟一只伤心的母羊关在一起。我屏气凝神，希望母羊能给它哺乳。母羊看到穿着假皮子的羊羔，疑惑地瞪大眼睛，上下打量。然后它走过去闻了闻，有点茫然。小羊闻起来像它自己刚刚生下的羊羔。好几次，小羊饥渴地靠近，但母羊却围着羊圈打转。它左右为难，不相信这是自己的孩子。虽然小羊闻起来没错，让它有了喂奶的冲动，但是又有所顾虑，怕我做了手脚。它一边竭力调和内心的冲突，一边用头顶了一两下小羊羔，把它顶倒在地。或许它知道自己的羊羔死了。

所幸这种古老的牧羊绝招很管用，六只母羊都认养了孤儿羊。有些在五分钟内就认了，有一对花了半天时间，不过两天以后，全都带着羊羔返回到草地。

这几只母羊把羊羔照顾得很好。每天清晨，只要我去看管其他羊群，都会看到它们，它们总让我会心地微笑。因为这几只羊羔，我会长时间欠下邻居的人情。不过我们心里有一本总账，到某一年时机成熟，便偿还这个人情。

我家邻居去看她家的待产母羊时，一天路过我的生产场地好几次。如果她看到有需要我注意的地方，就朝山下我家的房子大喊，让我过去看看。她家的羊遇到类似的情况，我也会喊她。

※

我最好的一只母羊正在生产。它都生了快两个小时，直到现在我才得以回来帮忙。它生产的地点不错，雨也停了。我不敢久等，一挥手，富劳斯冲到母羊身边，我用牧羊杖钩住羊脖子。我从它肚子底下伸手过去，抓住远端的腿，让它缓缓倒地。在毛茸茸的尾巴下面，我试探着找羊羔的腿。抓住羊没几分钟，我的胳膊伸进产道深处，变得血淋淋的。你不知道能摸到什么。有时候，里面是一堆腿缠在一起，动来动去。你若只找到一条腿，那就意味着另一条落在后面。我得伸手把它拉顺，羊才能正常生产。若摸到的不是腿而是头，羊羔很可能会卡死在产道口。我只好把它推回去，转好姿势，让腿先出来，就像跳水运动员一样。羊羔并非单胞胎，所以要分清哪条腿是哪只羊的。我别无他法，只能把胳膊伸进产道，逐一摸索。母羊平躺在地，随着宫缩，头时不时抬起来。我像一名摔跤手，另一只手紧紧摁在羊身上，双腿把羊腿压在地上，等我找到羊羔腿的正确组合后便用指关节夹住脚踝往外拉。我的拳头慢慢出现在眼前，指头缝里夹着两条羊羔腿。我持续施压，头跟在后面。鼻子出来了，因为挤压而皱成一团，过了一会儿，才现出鼻孔。头也完全出来了。我继续用力，羊羔的身子慢慢滑出。接着，一股黄色的胞衣涌出，小羊羔滚落在草地上，皱巴巴地缩成一团。我这才放松下来。

羊羔生下来时呛着了，吐着口水，摇着头，过了好一阵子还没有呼吸。我拿一根稻草在它们的鼻孔里乱戳。过了一会儿，它们摇摇头，咳嗽着活过来了。母羊的舌头本能地把羊羔舔干了。我让它们转了个身，是两只小母羊羔。它们是羊群的未来，大多数时间要生活在山里。我发现自己在对母羊说话，说它做得很棒。母羊在它们腿上磨蹭。过了几分钟，小羊羔用火柴棍似的腿站起来，跟跟跄跄向奶头走去。直觉告诉它们，活命的机会只有一次，要抓住奶头，使劲地吸奶。

生死之间薄如纸。在最初的几个小时，最重要的事情是它们要摄入足够的黄色乳脂状初乳，里面含有身体所需的抗体和营养。这些金色的乳汁很神奇，我们一半的工作就是确保羊羔站起来，吸上一口奶。对于赫德维克羊，如果母羊喂奶喂得好，羊羔健康，两三天后就没你什么事了。而对于斯瓦尔代尔羊，有一部分还需要一点帮助。等你给赫德维克羊羔剥过皮后你才能明白，它们为何如此适合这个地方，适应这里的恶劣气候。它们刚出生时，羊毛就有半英寸厚，里面的皮肤像皮革，外面是一块结实耐寒的毛毯。它们简直就是专为风暴雨雪而生。

若干年前，我们引进了一只公羊，是现代低地品种，叫夏洛莱羊，属于法国品种。母羊生产时正赶上大雪。赫德维克羊不到两天就已经在雪地里相互竞逐，蹦来蹦去，仿佛外面是晴天。同龄的法国羊则躲在墙背后冻得打战。我们只好把它们带进棚里，免得冻死。至此以后，我发誓要在我家农场养育久经考验的本地土羊。

※

我喜欢生产时节。在漫长潮湿的冬季，狂风肆虐，我有时会幻想着逃离，离开满是泥泞的单调生活。不过我不想错过生产时节，像父亲现在一样，他就不能来到现场。生产时节，每一分钟都有价值。从小时候起，我就一直喜欢生小羊羔。那时候，我拿着小捆干草，跟着祖父到处跑，去羊圈帮祖父给羊喂草。有时候，我也像我现在的女儿一样，分到一只母羊，负责帮它生产。祖父从天不亮开始忙活，一直忙到天黑，甚至更晚，我有点跟不上节奏，只好听话回家睡觉。祖父再三检查有没有突发情况，查看母羊和羊羔有没有遇到麻烦。

每年这个时节羊羔都会生病。这时候,你会发现有人跪在泥浆里,或者跪在羊圈里的干草上,拿着胃管,在羊羔粉色的小舌头上方小心翼翼地把它插进喉咙。看到如此温柔的举动,我总是惊讶不已。你能感受到他们有多在乎这些羊羔。失去羊羔,父亲会十分郁闷。这种情绪就像头顶的乌云,挥之不去。等到救活了其他小羊,把一切理顺后,乌云才可能消散。

❦

羊羔生产有点像钟形曲线。起初,每天下一两只,两三周后达到高峰,一天能生下几十只。高峰过后的三周时间,又回落到一天下一两只,这样一直持续到我们认为快结束为止。等到最后几只母羊生产时,春草已经长了,阳光也很明媚,就不需要如此照料了。

到了生产时节,生活节奏有点疯狂。我们完全是连轴转,每隔一两个小时就得去看一看待产的母羊。每天一觉醒来,我就知道我又要长时间不得消停。但是我预料不到每天早上会发生什么事情。有时候,我虽在农场里东奔西跑,却看不到新生下的羊羔。还有时候,我看到几只小羊羔健健康康,母羊照顾得很好,根本不需要我帮忙。若阳光普照,世界便一片祥和。说实话,也有可能完全是一场灾难，像把狗屎溅在了风扇上。

✿

我家的畜棚是现代化的钢结构建筑，天还不亮，我就开始在里面干活儿。一般情况下，除了喂狗这种日常琐事外，我还要处理前一天遗留的麻烦事。畜棚就像产房和急诊室合二为一，有了电灯，我便可以在里面忙活到天亮。里面的羊或多或少都有"问题"，要么需要密切地监视，要么需要在畜棚里避风躲雨。

我一走进畜棚，打开电灯，圈里的羊群就开始叫喊，等着吃草。我拎起一麻袋饲料到处投食，让它们安静下来，然后按照事情的轻重缓急，解决各种问题。没多久，我发现了最紧急的情况。有一只年轻的母羊昨晚刚产下羊羔却发起疯来，攻击自己的羊羔。羊羔已经被弄瘸了，腿有可能断了。母羊现在神志不清，过一会儿有可能会清醒过来。不过也有可能，即使我使出浑身解数也无济于事，它将永远不给羊羔喂奶。我破口就骂，骂它是个蠢货，竟然连自己的孩子都不认了。它试图翻越围栏，跳出羊圈，我狠狠地一把把它给拽回来。羊羔的腿需要夹板固定。我完全可以开上拖拉机，花半个小时带它去兽医站。可是那样的话我要离开很长时间，有点得不偿失。要医好它的腿，兽医索要的医药费能买好几只羊羔。

我多次目睹过兽医的做法，因此，我自己开始当兽医，自制了一副夹板，内侧铺上衬垫，用塑料绳子固定牢。这活儿很体面，以前也很管用。我用类似中世纪的手足枷，把母羊的头卡住，羊羔便有机会偷喝几天奶，之后母羊有可能会重新哺乳。羊羔没找见奶头，傻乎乎地吊在一团脏兮兮的羊毛上吮吸，母羊一怒之下，把自己摔在地上，差点没把小羊压死。我又骂了几声。生产羊羔的季节很考验你的耐心和品性。

天气不同，母羊不同，产下的羊羔能存活的时间也随之不同。一个不称职的妈妈遇上雨雪天的早晨，没几分钟羊羔就会冻死。母羊要是称职，遇上晴朗天气，两三个小时也没问题。羊羔存活的时长变幻莫测，我的紧张程度也随之起伏不定。

山地羊是最健康的，在野外生产也是最稳定的。不过这样一来，我每天得巡视谷底的大片牧场。我家的母羊大多数在天刚亮的两三个小时内生产。因此破晓以后，我就得尽快到每一只羊身边转转。每天晚上，我在四轮拖拉机上装好饲料，为第二天清晨做好准备。巡视怀孕的母羊，若耽误一分钟，就会增加一分钟的风险。

昨晚，相邻羊圈里的一只羊羔在牧场跟妈妈走散着了凉，表现出"流口水病"的症状，亟须需治疗，我便把它带过来。羊羔一旦患上这种病，嘴角开始流口水，一两个小时内有可能会死亡。我找来灰色和红色的抗生素药片，用食指把两片压在它的小舌头上。羊羔干呕了几下，药片混着口水又流了出来。我骂骂咧咧地在干草堆里把它们找回来。这次，我把药片放在舌头的最深处，羊羔吞下去了。在畜棚的另一头，一只老母羊正在生产。几天前，它看上去疲惫不堪，我把它带过来照顾。现在，它似乎没有力气把羊羔生出来。经过一阵忙乱，我从它肚子里掏出了两只死羊羔。老羊看上去很弱，危在旦夕。我虽然给它注射了抗生素，但还是很担心，害怕发生意外。这样的早晨哪有浪漫，我甚至还没去牧场，多数羊都还没见上面。

太阳才刚刚爬上山顶。

等我来到待产母羊聚集的第一块草地，已经浑身湿透。我向牧场抬眼望去，发现情况不容乐观。雨水冰冷刺骨，山坡上到处都是积水。这片灾难之地！一只母羊（只剪过一次羊毛），这是她第一次生产，产下羊羔时把羊羔掉进小河里了。河水虽浅，却很致命。小羊羔挣扎着想逃出来却又跌进去了。顽强的羊羔爬不上岸，几乎就要放弃。我把它捞出来放进车斗里，让富劳斯过去把母羊赶上来。在泥泞中母羊几经滑倒，但总算让我抓住了。我要把它们带回棚里。母羊看上去不认识自己的羊羔，它们之间的联系似乎已经断了。在我的周围，一百码外还有几只新生的羊羔躺在地上，看上去不是死了，就是奄奄一息。雨这么大，就连富有经验的母羊也没有地方能掩藏自己的孩子。墙背后原本干燥，现在却也水流成河，棚里变成了池塘。气温低得能冻死人。大风呼啸，寒气袭人，地面上到处是水。后来听邻居说，这是她经历过的最糟糕的生产天气。

我摸的第一只羊羔全身僵硬冰凉，只有泛青的舌头上还有一丝暖意。我把羊羔装进车斗，心里非常沮丧。第二只和第三只在老母羊身边，还有点生命的迹象，不过也消散得很快，体温在骤降。它们的妈妈竭尽全力，让它们站起来，给它们舔干了身子。非常时刻，需要非常之措施。我做了之前从未做过的事，先火速抢救羊羔，再担心母羊。否则等我把所有的母羊全都抓来，羊羔早就死光了。这样做会浪费很多时间。两分钟后，我把五只羊羔集中在车里，然后往家里赶去。

另一只母羊把羊羔生在了墙脚下的一片泥泞中。我看到两只健壮的小羊羔，长着黑黑的脑袋，白色的耳朵尖。车斗已经拉满，我只好把它俩留给它们的妈妈照顾，好在它们的妈妈是一只经验丰富的老母羊，知道怎么处理。迎面遇见一个朋友，他从他家的羊群那里过来。我们骂天咒地，互相吐露惨状。

几分钟过后，我在羊羔头顶挂了一盏暖灯。灯挂得很低，热力把黏液、淤泥和胞衣全烤干了。我对它们没抱多大希望。第一只羊羔僵硬得像一具尸体。都到了这个份儿上，还有什么可担心的。我用胃管给它喂热乎乎的人造初乳，想着灌一些热东西可能有所帮助。不过这样也可能会害死它们，因为人造初乳会产生不适，它们承受不起，我只能赌一把。我把它们留给海伦，让她用浴室里的毛巾把羊羔身子擦干。孩子们正准备去上学。眼下，局面乱成了一锅粥。我返回去查看母羊。

牧场湿透了，我双脚站立不稳，一不留神就滑倒，屁股着地。幸好有富劳斯在，它很勇猛，能帮我抓住母羊。没了羊羔的牵绊，母羊可以任意逃脱，很难抓到手里。我凭记忆判断哪只羊下了羔，把该抓的母羊全抓进车斗里。通常情况下，下了羔的母羊尾巴上都有血迹，或者胞衣，它们往往会坚守在生产地点。通过这两点，判断哪只羊产过羔就容易多了。有些母羊为了挣脱抓捕，用尽了最后一点力气，看上去疲惫不堪。

我回到棚里发现海伦一直在努力抢救羊羔。一个小时过后，它们奇迹般地坐起来，有了温度。我们把每一只羊羔和它妈妈单独关在一起，给铺上干草，头顶吊一盏暖灯。掉进河里的羊羔正在吃它妈妈的奶。等把这些羊羔安排妥当后,我们随便吃点早餐,就得返回第一片生产场地,开始一轮又一轮的工作。这当中还得把穿得乱七八糟的孩子们赶上校车,根本顾不上管他们的穿戴。清晨的第一轮工作主要是给羊喂食,确认处理紧急情况,然后去查看下一群羊。我们大约过一个小时再来巡查一遍,处理不那么紧迫的问题。可是有时候,麻烦事就像滚雪球,一件接一件,最后变得一团糟,把一天弄得像一周那么难熬。停下来处理一次问题,压力也会增加一次。

整整一天,一个人得专门守在棚里照顾问题羊羔。要说有意外,那意外一定出在生产时节。想象这样一个场景,在一个大公园里,一对成年夫妇要照看好几百个新生的婴儿和蹒跚学步的幼儿。

我看见一个小山丘后面有一只母羊,它卧在一个有遮挡的地方,一动不动。等我走近,它站起来,羊水破了。它状况良好,毫无疼痛的迹象。我知道把它留在这里不管也可以,一小时后应该能顺产,到那时我再回来确保万无一失。要做的事情实在太多,我只好一心多用,尽量做得面面俱到。

我脑中有一幅生产场地图,也清楚何时该再次去查看。这就像我脑子里有多个煮蛋定时器,记录着农场上许多母羊的待产阶段,各个都不相同。如果这一只在一个小时内还没生产,那么我会抓住查看,看是否出了问题。我看到另一只母羊生了双胞胎,便过去把羊羔抓住,从前腿上抱起来,查看肚子里装了多少东西。如果它们的肚子鼓鼓的,全是乳汁,而且很暖和,那么我无须再担心,只需晚点过去,快速查看一遍就行。一百码开外,另一只更年轻的母羊站起来产下一羔,它转过身给羊羔舔身体,照顾得很好。接下来大约一个小时我可以不管,让它自然哺乳,随后再来看看情况。

我脑子里的煮蛋定时器总是嘀嗒作响,提醒我需要回来处理的事情。插手还是不插手,全凭多年的经验。祖父与父亲教导我,面对诸多选择,关键在于知道因地制宜,顺势而为。如果不想添乱,最好不要打扰发疯的或者过度紧张的母羊。他们说,搅扰母羊,弊大于利。对于待产母羊,祖父的耐心超乎想象。只要一切正常,他便倚在牧羊杖上站着观望,一副若无其事的样子。什么时候该采取行动,什么时候该转身离开,祖父似乎成竹在胸,一清二楚。我站在他身旁心里嘀咕,他到底对不对,该不该出手帮一把呢?

我从牧场之间的公路上走过,看到邻居简站在那里。她问我从她那里买的母羊怎么样。我把过去十二年在自家牧场上培育的羊种称为"美丽女王",把从简那里买的羊群称为"山地羊"。

我怀疑这几年简一直在考察我,看我是否适合"经营她的山地羊群"。她在这群羊身上倾注了三十多年的心血,如果把它们交给某个蠢货,那就全糟蹋了,她会良心不安。她了解我,知道我虽不傻,但却不是地地道道的山地牧羊人,于是便一直考察我。我们就此事谈了两三年,就差商定好价格和条件。

我坐在简的厨房里,谈判马上就要结束。讨价还价是买卖的一部分,前提是双方要保持风度。她给我沏了一杯茶,端来她拿手的姜饼,然后开始"布道",说辞显然是早已花时间准备好的。她问我附近谁家还有羊能比得上她家的?她说羊之前是亚瑟·维尔的,维尔知道是好羊,因此,她买的时候算是花了大价钱。简不忘提醒我,那时我还"穿尿布"呢。显然,亚瑟在做交易前也考察了简多年。简直言,羊对她来说极其宝贵,我们做的不仅仅是交易。

这群羊身上有几代牧羊人的心血。几百年来每逢秋季,人们都会从名声显赫的羊群那里引入新的公羊,改良血统。它们身上积聚着很厚重的"优良血统"。母羊又高又壮,骨架大,皮毛厚,头和腿白得发亮。每年秋季,它们从山坡回来,都会带着一大群羊羔,这些羊羔和湖区大多数羊群都很般配。简跟我说,这群羊已经习惯在固定的山坡吃草,她为此每头多付了二十英镑。这笔钱每个接手的牧羊人都要付,已经传承下来,这是一笔额外支付的费用,与羊的价格是分开的,用于补偿在培育优质羊群过程中所付出的心血。我现在也要支付。简把最近几年她和别人在拍卖会拍卖优质山地羊的价格列了个清单,还说它们都是"退役羊",不是山上的"储备羊"。她说她把老羊都分出来了,只卖年轻羊,能多活些年头。她的"好货"全在羊群里,我必须得出个好价。她说我买下的是青春,得到的是品质。

我清楚这全是实话。该我行动了。我给她说,她的要价高了,我还年轻,没有钱,得干两份工作,抚养三个孩子,还要还抵押贷款。再说,在我家农场,已经有一群优质的赫德维克羊。虽然是从她那里买的,但是我已经培育了十年之久。即使不要她的羊,我照样可以经营。她的羊虽不错,但并不比我的好多少。我跟她讲了去年秋季拍卖会上大部分退役羊的拍卖价,大概只有她要价的一半。

我对她说,没人会出她的那个要价。我直截了当地说,我尊重她的付出和羊群,不过要价太高了,她得降一点。

她说这是"一笔投资",往后多年我可以靠它们生活。血统这么好的羊群能生出优质的后代,卖掉能给我带来收入。她说我要买的羊群是时间的沉淀,同样,到我这里也会延续很长时间。她说她和丈夫刚开始也很艰难,不得不拼尽全力,埋头苦干,但随着时间的推移,一切都好起来了。她还说,这群母羊产的公羊,个个都是极品,只要卖掉几只我就能回本。她把要价稍微松动了一下,然而这小小的让步似乎让她有点受伤。

我的出价很低,交易悬而未决。

我决定按兵不动。

我抿了一口茶,装出一副兴致不高的样子。也许这还起了作用,她似乎早有防备。过了一会儿,我提议在她要价的基础上,每只羊少三十英镑,还不忘告诉她,拍卖会上也不见得能卖到这么高的价格。我其实心里也没底,声名显赫的羊群很少出售,即使出售,价格肯定不菲。就算按她的要价成交,我也不吃亏。

她坐在那里沉默不语,看上去心意已决,不可撼动。

不。不。不。我的出价肯定不行,那是抢劫。

我松动了,说会加一点儿。虽然我觉得她的要价还是过高,但是僵持下去,终归需要有人让步。我清楚,在湖区这个地方,在自家门口买到这样一群羊的机会少之又少。

我不可能再有第二次机会。这群羊历史悠久,未来可期。

我们讨价还价,你来我往,一个下午就过去了,中途间或陷入长时间的沉默。刚开始,我的茶杯添了又添,不过当价格掉了以后,简不再添茶,好像多加一杯,都会给这场痛苦的谈判增加成本。最后,我们达成一致,握手成交。我不知道究竟谁占了上风,也许如果双方互有敬意,交易理应就是如此。

在所有与湖区相关的作家中,我最喜欢毕翠克丝·波特(即希利斯夫人,她在这里放牧时,人们都这么称呼她)。她非常尊敬湖区的牧羊人,要是她在,一定会对我和简在厨房里的谈判感同身受,因为她就跟牧羊人谈判买过羊。

当她在特劳特贝克公园买下第一个山地农场后,便向德高望重的赫德维克羊育种人打听谁是牧羊的最佳人选。谈话中频频出现的名字是汤姆·斯托里。

她去找汤姆,问他愿不愿意做她的牧羊人。汤姆回答说要是开的钱多就愿意。她出了双倍的钱。汤姆接受了。后来,她让汤姆掌管山地农场的羊群,距索里不远。

你或许认为,她是著名的儿童书作家,家境殷实,还是农场的主人，一定会压制汤姆这个年轻的湖区牧羊人。你或许认为，她来自上层，而且年长很多，理应得到一定程度的尊重。你若这么想，那就错了。

汤姆成为她的牧羊人时间不长，双方就起了争执。为了参加凯西克镇的展览会，波特把几只羊赶进圈里"涂脂抹粉"。汤姆说那些羊不够好，而波特听不进去。汤姆觉得这是对他工作的无理干涉。波特抗议说那几只羊过去就是展览羊，并尽量跟汤姆讲理。汤姆直接打断波特的话，说如果她想展览这些羊的话，最好去把之前的牧羊人找回来，他宁愿离开也不去展览这几只羊，它们根本不适合展览。不论男女，所有牧羊人都知道，管羊这件事，要么掌控一切，要么啥都不管。

波特回到农舍对汤姆的妻子说，汤姆真是倔脾气。

波特本可以因为汤姆顶嘴而解雇他，但她没有，还是和他一起工作，尊重他的知识和看法，并从中获益良多。

未来几年，他们改良了羊种，连续在多个展会得奖。波特深知这是汤姆的功劳，他的判断力让这一切成为可能。波特为他们的成功感到骄傲，也因为对羊群的了解赢得了人们的尊重。她最好的一只羊叫香水百合，赢过多次大奖。在一张经典的老照片中，波特拿着奖状蹲在后面，前面是汤姆，他骄傲地拉着母羊。去年秋天，我也赢得了同一奖项。

就传统而言，这里最不像英式社会。在我们当中仍然有一种北方式的平均主义，非常纯粹，与斯堪的纳维亚半岛的平均主义有些类似。在瑞典，人们称之为詹代法则，这是一种不成文的规定，禁止任何人在思想上和行为上表现出高人一等。牧羊人认为自己与其他人平等。对汤姆而言，希利斯夫人的社会地位、财富和名望没什么大不了。实际上，他们是平等的。因为汤姆有特长，他才是占优势的一方。虽然农场是波特的（财产），多年来，只要她去干活儿，总是听从汤姆的指示。

每年到了生产羊羔的季节，希利斯夫人都会额外雇一名牧羊人给汤姆帮忙，这个人叫约瑟夫·莫斯克洛普。第一次帮忙是在一九二六年。当时一定是他给希利斯夫人留下了很好的印象，在接下来的十七年间，他连年受邀去帮忙。他和希利斯夫人互通书信，情谊真切，相互敬重。一九四三年，希利斯夫人给约瑟夫写了最后一封书信，九天后便与世长辞。

我喜欢这些书信。表面上看，写这些信的目的是讨论约瑟夫工作报酬的问题。每年，这种讨价还价都要进行很长一段时间。然而，它们也是朋友间的书信往来，希利斯夫人也会在信中讲述山地农场每天或每周发生的事情，比如牧羊犬太调皮，对骚扰羊群的苍蝇发动战争；肥羊羔的价格；宠物羊羔如何喂养；牛群是否"长势喜人"；别的牧羊人的优缺点；或者他知不知道哪里有出售的好牧羊犬。她还会提到羊群被风雪困在墙脚，羊毛价格降了，羊身上的蛆虫，召集牧羊人消灭虫子，以及土豆的收成等。

信中提到了许多人，他们是我现在认识的人们的祖父。

一九四三年十二月二十二日，希利斯夫人与世长辞。讣告刊登在《赫德维克羊育种人协会羊群手册》中，和其他已故的育种协会成员登在一起，他们都是备受尊敬的人。这一传统一直延续至今。登上去的人一律平等。对于这样的安排，估计她也心满意足。

身为一个会因自己的童书作品而留名的人，她的遗嘱是一份意义非凡的史料。事实上，对于自己的作品，她只字未提，通篇都是对农场的担忧、对租借人员的持续关心和对山地农牧生活前景的敬意。她言出必行，把十五个农场和四千英亩土地交给了国家信托基金会。她明确要求，山地农场就应该养育山地羊种，只能养"纯种的赫德维克羊"。

她丈夫威廉·希利斯是当地的一名律师。希利斯夫人去世后不久，威廉给约瑟夫写信，请他给羊群生产帮忙。约瑟夫像往常一样回复，索要更高的报酬。这是一种友好的讨价还价游戏，毕翠克丝和约瑟夫通过来往书信玩了好多年。（约瑟夫在信中总是略显正式。）可惜希利斯先生不懂朋友间的这种游戏，直接回信给约瑟夫，说他索要的报酬难以实现，他们之间的"老交情"就此一刀两断。从此以后，毕翠克丝和约瑟夫再也没能在特劳特贝克公园见证繁忙的生产时节。

※

新买的山地羊群第一次到我家的低地农场时，整个冬天都闷闷不乐。它们清楚这里不是家。它们站在靠近简家羊圈的角落里，似乎在无声地抗议。即使别处的草更茂盛，它们也无动于衷，死守在那个角落。就算大雪来了，也照样如此。它们所在的地方毫无遮拦，这种顽固和坚守令它们吃尽了苦头。我只好把它们赶到有遮蔽的地方。到了生产时节，凡是被我赶进羊圈，和我原先的羊关在一起的母羊，全都愤怒地跳出羊圈，彼此依偎在一起。

一只羊羔走失了。它妈妈非常着急,在栅栏边上蹿下跳。几个小时前,我走的时候它们还安然无恙,母羊把羊羔照顾得很好,而现在羊羔却不见了。一点线索都没有。我骑着摩托车在草地上四处寻找,看它是不是被其他母羊偷走了,或者带错了。没有找到。我又查看了各条溪流,担心它会掉进水里淹着。我们尽量让母羊和羊羔远离溪水,可是这很难做到。我可不想失去一只健壮的羊羔。我还跑去邻近的牧场查看,也是毫无踪迹。突然间,我发现它卡在一棵老山楂树的树干间,距离地面大概有一英尺高。它看上去还行,只是受了点挤压,有些疲惫。我把它取下来,它马上跑去妈妈那儿吸奶。

寻找羊羔能耗费好几个小时。根据经验,丢失一只羊羔可能只是意外,但若丢失两只以上,那就很可能是其他东西把它们抓走了。这种事情我们亲眼看到过无数次。牧场的围栏很结实,里面也没有溪流。如果羊羔没了,一定是去了其他地方。大多数羊羔很大,鸟类很难叼走。

我们周围有狐狸。到了晚上或者黄昏时分,它们偷偷摸摸地在生产羊羔的草地边活动。一般情况下,它们只吃母羊吃剩的胞衣。可是大概每隔一年,就会有狐狸开始叼走新生的羊羔,甚至连一两天大的都叼。两年前,一只狐狸胆子特别大，白天就敢出现在生产场地，在距离我们还不到半英里的地方，它循着气味慢慢地靠近新生羊羔，突然蹿进来叼走胞衣，或者在母羊毫无防备之时，咬住羊羔的腿把它拖走。看到狐狸，老母羊的反应很激烈，低着头开始跺脚，似乎要顶过去。可是年轻的母羊会被狐狸迷惑，有时候就被欺骗了。按照传统，牧场上一旦发现这种流氓狐狸，就要马上通知当地的猎户队伍，等猎人过来将罪魁祸首抓走。（有时候，有些倒霉蛋凑巧出来活动，结果被抓了。）在狐狸窝以及窝周围，猎人常常看到羊羔骨头、羊羔皮和羊羔残骸。通常情况下，罪魁祸首都是失去了伴侣的雌狐，它们不得不想方设法养活自己和幼崽。

大女儿莫莉正从草地上走来，两只母羊带着一天大的羊羔走在前面。她懂羊，在羊后面左挡右拦，保证不让羊走错方向。她知道何时该停一停，让羊羔吃奶。这些都是她奶奶教给她的。我打开大门，母羊领着羊羔走进新鲜的草场。女儿手握牧羊杖，笑容满面。她喜欢转移羊羔。

有时候，母羊的母性本能非常强烈，在自己生产前会偷其他的新生小羊带一两天。它们跟在即将生产的母羊身后，等羊羔出来便凑上去舔，并用鼻子把它从极度痛苦的母亲身边推开。有时候，我们不得不把这种"惯犯"抓起来关在圈里，以免引起混乱。等它自己产下羊羔就会好起来。有时候，双胞胎羊羔容易分开。即使母羊使出浑身解数，把它们赶到一起，它们还是有可能会朝两个方向离去，过不了多久，一只出现在草场这头，一只出现在那头，等到再聚在一起的时候，母亲就有可能不给其中的一只喂奶。有时候，几只母羊在同一个地方生产，羊羔会混在一起，我只好绞尽脑汁，辨别谁是谁的孩子。

要防止刚生产的母羊认错羊羔，防止它们把前几天生产的羊羔当作自己的，最好的办法就是每天把生产场地清理干净。我们专门留一片草地，到了生产时节，新鲜的青草已经长出，只需小心翼翼地把生产了的母羊和羊羔转移过去。也就是说，母羊一开始哺乳，就有大量的青草食用。双胞胎羊羔往往需要我们抓起来，装在四轮摩托车上运过去，而单胎羊羔则可以赶着走过去。母性强的母羊容易被抓住，我们利用哺乳的天性转移它们。只要抱着羊羔走，母羊就会跟着去新草场，或者到干燥的地方去，再或者走上车斗。抓捕其他羊则需要用牧羊杖，有时还需要牧羊犬的帮忙。因为控制必不可少，所以只有经验丰富的牧羊犬才可以靠近生产场地。

母羊和羊羔之间有一条无形的纽带。掉以轻心，或是少盯母羊一眼，你都有可能失去母羊，让纽带断开。有些母羊，若神经过度紧张，会抛弃羊羔。这时候，我们十分焦急，赶紧施救，偶尔还要料理一下发疯的母羊。肾上腺素和压力交织在一起，虽让人精疲力竭，却也感到莫名的兴奋。

这时，女儿已经下山去赶另一只母羊了。羊羔昏昏欲睡，在晒太阳。女儿把它们扶起来。母羊很骄傲，站在孩子旁给它们舔身子。这只母羊护犊护得厉害，竟用头抵我女儿，试图把她从羊羔跟前推开。莫莉没有理会，表现得异常坚定，挥手把它唬走。然后，她赶着母羊上山，羊羔跟在身后，朝我所在的方向走来。我打开门，让它们进来。虽然这只专横的母羊一点儿都不怕我女儿，但是女儿依然对它表示不屑。

羊羔生下来一两天就会大变样，身上现出未来羊群的影子，通过观察外表的点滴特征，我们便能知晓它们能不能出类拔萃。我很幸运，我最好的一只公羊达尔文刚生下来我就知道它很特别。与其他羊羔相比，它站得更稳，更喜欢出风头，也更光鲜亮丽。它四肢强健，昂首挺立，大大的脑袋很可爱，上面竖着两只白色的耳朵，角度不偏不倚。每次看到有和达尔文相像的羊羔，我便开始幻想它的未来。我依旧在等另一只这样的羊羔出现。

在人们的印象中，生产羊羔季始于严冬，终于初夏。到了中途，春季来临，一切变得容易。季节更替，如梦似幻。白天变长，阳光变暖，太阳挂在空中，一日高过一日。羊群重新恢复了生机，羊开始长膘。地上渐渐变干了。我能听到水在不知不觉中渗走。每天清晨，阳光温暖着大地，山谷中大雾弥漫，草地上的露珠晶莹透亮。有时候，热气从冰冷的谷底升起，山坡也感受到了温暖。我去山上喂羊时，一丝丝暖意迎面袭来。

这天早上，我发现缺了什么东西，原来是树篱中的北欧鸫消失了。它们冬天迁徙来这里，现在又向更远的北方返去了。我并不是立刻就注意到了，是过了一阵子我才突然意识到好久没看见它们。这多少有点伤感，山谷一下子变空了，变得安静起来，失去了往日的色彩和喧闹。北欧鸫漂洋过海、翻山越岭去繁殖。黑色沃土数十年未曾耕作，上面到处都是新的鼹鼠丘。抓几只鼹鼠挂在铁丝围栏上，可以略微消减一下鼹鼠的数量。

我们在地里干活儿，发现夏季候鸟已经归来。猛然间，野翁鸟回来了。它们从非洲飞来，按捺不住激动的情绪，在墙上跳上跳下，或者在光秃秃的草地上跳来跳去。整个冬季，母羊都在这里吃草。蛎鹬一会儿在草地上昂首阔步，一会儿在门柱上赫然挺立。麻鹬叽叽喳喳，上下乱窜。大雁在空中盘旋，越过山坡，缓缓地扇动强劲的翅膀，落在清新的草地上。椋鸟在林间长吟短唱，奏响美妙的乐章。山坡高处仍旧覆盖着残存的积雪。有时候到了五月，都德斯卡山上的雪都不会完全消融。残雪点缀的山坡，越看越像一匹花斑小马的侧影。秃鹰整个冬天窝在白蜡树上，闷闷不乐，饿了在鼹鼠洞里寻虫子吃，现在它们感受到了热气上升，逐渐恢复了往日的威严。在我周围，自然界的一切都在悄然变换，走出家门便能看到这种变化，同时也能感受到我们的精气神又回来了。

我脱掉雨衣雨鞋扔在角落里，换上便鞋。现在，地面干了，可以直接行走，无须在水中跋涉。有了嫩草，便不需要喂草，也不需要补充饲料。鲜草减轻了我们的工作量，至少让我们的工作不那么与生死挂钩。白天变长，我们可以在户外干其他活计，要不然在寒冷阴沉的月份，这些活儿只能搁着。每年春季，总有一个时刻让我觉得冬季一去不复返，我们熬过来了。我注意到橡树芽逐渐长大，溪流边的柳树上也长出了柳絮。我们接生羊羔的时候，秃鼻乌鸦开始求偶筑巢。它们衔着小树枝东奔西跑，有时从我家母羊身上叼下一撮羊毛铺窝，叼走毛的地方留下一圈圈小小的印记。它们从绿树成荫的山坡滑翔而下，形如手掌的翅膀一动不动，飞到我们放牧的上空盘旋，似乎悬停在那里，触手可及。

春季来临，人们有了一丝轻松感，不再那么紧张。整个山谷中回荡着母羊呼唤羊羔的声音，稍大一点的羊羔开始相互竞逐。我们的工作，从监视母羊生产转换成了照顾数百只羊羔，确保它们好好活着，不要遭遇意外。有些日子一切顺顺当当，像做梦一般。母羊自己生产，让羊羔吃奶，然后把它们带到丛林里寻求庇护。大一点的羊羔老实地跟在母羊身后，安然无恙。有时候，乌鸦落在羊群里踱步。阳光下，它们褐黑色的羽毛闪闪发亮。这时，有只羊羔追着乌鸦跑，把我逗得哈哈大笑。我在每日清晨经过的小洼地里看到了蛙卵。苍鹭收起翅膀，顺风而下，逐浪前行。

※

四月中旬，我把上一年没生育而做了绝育手术的小母羊赶回山坡。这段时间，它们一直在低地生活，在朋友家的奶牛场过冬。这群羊膘肥身健，在奶牛场活蹦乱跳。一个月以来，它们越来越不安分，开始毁坏朋友家的界墙和栅栏。这群小羊真是不得消停,正当我最不想遇到麻烦的时候(因为我正忙着为母羊接生),朋友的电话来了,说它们逃到花园里,跑到别人家的牧场上去了。把它们赶上山之前,需要集中在院子注射疫苗。这原本只需十分钟就能搞定的事,我却足足花了半天。在朋友的牧场,它们学会了四处逃窜,以每小时一百英里的速度狂奔,确实考验了牧羊犬的极限。有两只羊的腿瘸了,躺在泥塘里生闷气,我只好用肩膀把它们扛出来。等把这群羊装上车斗带回家,然后赶到山地牧场,我才能松一口气。山上没有什么可破坏的,它们无拘无束,可以尽情地撒欢。

在我小时候,羊羔生产季节临近尾声的那阵子,大人们常常围在树林里射杀乌鸦。他们高声呼喊,兴奋得像一群孩子。艰难的几周日子已经过去,大人们恢复了社交。整个山谷回荡着乌鸦的哀号,还有子弹出膛的砰砰声。牧羊人用十二口径的猎枪射击乌鸦,为那些被乌鸦啄瞎眼的羊羔,以及那些被啄食得残缺不全的羊羔尸体复仇。枝条打得漫天乱飞,鸟巢纷纷坠地。渡鸦、秃鼻鸦、食腐鸦、喜鹊和寒鸦……都因谋杀或严重伤害尸体罪而被通缉。所有长黑羽毛的都被当成"食腐肉乌鸦",当成强盗、杀手或者骗子。在人们以牧羊为生的山谷里，生产场地上的这些幽灵罪无可赦。第二天清晨，树丛边缘的灯芯草上黑色的斑点密密麻麻：斑斑血迹、穿孔的羽翼、褶皱的翅膀，还有脆弱的鸟腿像鸡尾酒棒一样扭曲或者断裂了。幸存的乌鸦在愤怒地号叫，像是在控诉整个山谷，又像是在责骂谷里的牧羊人。

一只乌鸦飞起来，身体像断了龙骨的风筝，在空中扭动挣扎，然后迅速坠落地面，像一架双翼飞机，帆布机翼全部毁坏了。"看看那个杀了人的混蛋，还在蹦跶呢。"祖父说。路虎车的挡杆旁悠然立着一截榛子木棍，表皮闪闪发亮，摸起来光滑柔软。这是我的手杖，也是我的机会。我们相视一笑，彼此会意。"你会湿透的。"祖父提醒我说。不过他说话的语气更像是一种鼓励。我飞奔着穿过草地，在坑坑洼洼的池塘里蹚水过去，与倒影在脚底的云朵赛跑。那只乌鸦起起伏伏，绝望地在空中挣扎。它一边哀号，一边扑棱着翅膀。这时，一只翅膀已经垂下，只有一只在扇动空气。这股深黑色的闪光力量像上帝之怒一样，拿一只翅膀与我抗争。我的双腿像活塞一样上下跳动，几乎只差一根手杖就能够到。我终于把手杖压在它报废的翅膀上将它捉到了。乌鸦像个玩具，落在静止的水中，突然缩成一团，不再挣扎。我将它捞出来，像战利品一样握在手里，同时用另一只手把手杖竖在空中，凯旋而归。我浑身湿透了，祖父却一点都没有在意。

　　新草茂盛，天气变暖，生产羊羔的季节慢慢结束了。我们的工作重心开始转移，要把注意力集中到母羊和羊羔身上，把它们赶到草山上去，好腾出草地种草。去年生的母羊羔从冬季草地返回来赶上山，要去山里的家中。它们从妈妈那里学会了如何坚守在山里。在谷底的农场里，数百只羊在活动，每一只产了羔的母羊，要么有一只羊羔，要么会有两只，我们需要把它们分门别类。

　　杂交羊羔长大喂肥后可以宰杀，因此全部被阉割截尾。我小时候那会儿，通常是把它们的尾巴和睾丸割掉，或者拧断，鲜血直流；而现在的做法是用橙色的橡胶环慢慢阻断循环，让其自然脱落。低地羊的尾巴上会沾水结泥，需要截尾，防止苍蝇蛆虫侵袭。阉割了的羊羔躺在地上，疼得龇牙咧嘴，几分钟后便起身去找妈妈，似乎很快就将此事抛之脑后了。

　　山地羊羔无须截尾。一来遇上恶劣天气，尾巴可以保温。二来它们不会在草地上乱擦身子，把屁股弄脏而招惹苍蝇。天气变暖，寄生虫也复活了。羊羔全部需要"就医"，注射疫苗、灌口服液驱虫、打标记，并在耳朵上安装两个十四位数的微芯片标签，表示它们是我家农场的羊，当然这也是法律要求。我们用喷雾剂阻止苍蝇在羊身上产卵。到了六七月，如果没有这种喷剂，有些羊会被"击垮"，最终悲惨地死去。

于是，一月到五月初，我们就把羊群集中在圈里或者棚里。虽然我家长幼有序，但是这个工作是全家人一起干的，毕竟人多力量大。

越年长，经验越足，权威性就越大。等轮到我，自然也是如此。父亲虽然几经化疗，身体大不如前，却依然以头领自诩。我们年轻力壮的人负责捉羊，做更耗体力的工作，并让牧羊犬把羊群赶进赶出。母亲负责记录，她在一本脏兮兮的旧课本上写下每只羊羔的标签号码，方便日后追根溯源。孩子们拿着橙色橡胶环和耳标，开心地递给大人。这一天，人人各司其职，要尽量记住每只母羊和羊羔该走的流程，避免疏漏。同时，这也是一个鉴定配种成效的机会，有很多事情可以相互交流。眼下，羊羔的质量如何，哪些母羊生的小羊羔不错，哪些不行，全都清清楚楚。我们各抒己见，花一整天时间达成共识。这时候，我们可以对去年秋季买来的公羊好好品评一番。

"那只老母羊生的羊羔太白了。"

"不，会好起来的……等着瞧吧。"

祖父记得每只羊羔的生产地,也记得它们生产时的情境。"这只产在马场顶的赤松下……我以为它死了……看看现在这模样。"

这些天,讲故事和闲聊往往会分散注意力,漏掉某个环节。父亲时不时大喊一声:"哦,该死……我们先别说话了,我把那个家伙没做标记就放了。"不过,疏漏会得到弥补,把羊抓来做好标记即可。接下来,大家异常专心,安安静静。十分钟以后,新一轮的议论又会开始。

这样的日子,家庭矛盾在所难免,好在矛盾很快就过去了。终归我们是一家人,这一点很重要。我的孩子们现在也有了自己的意见要发表,他们想告诉所有人,他们的羊是怎样生产下的。他们想让大家知道,等他们的小公羊长大后,如何能把他们父亲的公羊比下去。我的儿子只有两岁,趴在围栏上挥动着牧羊杖,嘴里大叫着发号施令,胡乱给一些建议。父亲笑了,仿佛在说:"又续上了。"一切照旧,仍旧是一家三代:祖父、父亲、儿子。

母羊和羊羔"就过医"后就可以上山了。我们把羊群赶出羊圈,整个山谷里回荡着母羊和羊羔相互呼唤的声音。所有羊的肩上都带着蓝色和红色的印记。按照《湖区良种羊登记册》里的记载,这种标记法古已有之。

✿

在《蒂吉·维英克夫人外传》一书中,作者毕翠克丝·波特就曾写过羊身上的这种染色标记。在她笔下,洗衣妇正在洗羔羊的外套,小女孩露西问她相关的问题,她回答说:

"哦,当然,你想问什么都行。先看看羊肩上的印记。这个代表是盖茨加斯农场的羊,那三只来自里特尔镇农场。这些标记都是洗衣服的时候做上去的。"蒂吉·维英克夫人说。

故事发生在纽兰兹山谷附近的三个农场:斯凯尔吉尔农场、里特尔镇农场和盖茨加斯农场。毕翠克丝·波特熟知这三个地方。她了解这里的羊群,熟悉它们的"染色标记",当然也应该认识这里的牧羊人。如今,距离她创作这些文字已有一百多年,我们仍旧知道她提到的羊群。然而,波特的书在日本热卖,我不知道那里的读者对于这些背景了解多少。

✿

从简家买来的山地羊在我家农场过完第一个冬天后,

我把它们赶去山上。它们知道往哪里走，成群结队，奔向夏季家园。羊群再次回家，整个山坡似乎如释重负，长叹一声。到了冬季，买来的羊再次回到我家农场，一切都很正常，似乎已经适应了这一改变。

✿

华兹华斯或许"似一朵流云独自漫游"，可是牧羊人却不同，只要熬过冬天，各种社交就开始了。到了五月份，大伙齐聚春季羊展会，展示各自最好的公羊（而在斯瓦尔代尔展会上，也会展出母羊）。

在潭山旅馆旁的一片荒野中，数百名斯瓦尔代尔羊牧羊人齐聚一堂。展场上微风拂面，人山人海。所谓展场，就是连夜用木栅栏圈起来的一块空地，展后即拆。在展场两侧，荒野上的小路蜿蜒曲折，停在上面的汽车足足有半英里长。对于斯瓦尔代尔羊，"潭山加冕"是一项殊荣。事实上，这也是一种传统聚会。在我看来，很久以前，像我们这样的地方深受这种集会的影响。在这样的大型集会上，人们聚集在一起，带着家畜参展或者做买卖，赛马、喝酒、结交朋友，当然也会相亲。在潭山旅馆，牧民们有说有笑。他们来自斯瓦尔代尔各个地区，自从去年秋季拍卖会以后，大伙再也没有见过面。现在，大家就各自产的羊羔，以及公羊的表现等情况交换意见。在大山深处，还有其他类似的小型春季集会。假如没有这些集会，分散在不同山谷里的人们会逐渐成为陌路，羊种群落也将不复存在。

养育赫德维克羊的牧民有自己的春季公羊集市。凯西克镇的公羊集市每年都在镇牧场举行，日期是"五月的第三个星期三之后的星期四"（你自己算一算）。另一个公羊集市要早一周，在埃斯克代尔的草地上举行，离伍尔帕克旅馆很近。几百年来，每到春天，整个湖区的牧民聚在一起，或归还租借的公羊，或把自家最好的公羊拉来炫耀。场地是由木栏杆或金属栏杆围成一个大圈，圈内是用捆草绳围出来的羊圈，中间是一个临时的拍卖台。牧民把羊从路虎车后面挂着的铝车斗上赶下来，赶到分配给自己的羊圈里。公羊从车上下来沐浴在阳光下，眼睛直打转，似乎意识到了自己走在陌生人当中，立即表现得神气十足。偶尔传来一声巨响，原来是两只公羊的头和角撞上了。

羊身上的毛又多又厚，刚好与这个时节相称。有些羊少了羊毛，或者把一些擦掉了，看上去瘦骨嶙峋的。好在这无关紧要，没人会注意。集市的西边角落有一个大羊圈，那儿圈着未剪过毛的小公羊（即去年的公羊羔）。它们黑巧克力色的羊毛与白色的脸蛋形成了鲜明的对比。之所以把它们圈在一起，是因为活动当天，最激动人心的项目里就有当众评选这一项，即所有人从这三四十只希望之星中选出真正的明星。这些小公羊已经一岁了，但用当地话说，它们还只是羊羔，未经考验，在健康长大以前不值多少钱。最好的小公羊将留作种羊，未来几年对整个种群产生影响。这颇有在旧货市场的杂物堆中寻找伦勃朗①真迹的意味。在低地过完严冬后，它们变得又强又壮，只剩下挑毛病的了："麻花"腿（略微扭曲）；"牙口不好"（牙齿歪歪斜斜，有齿缝，或上下牙错次）；羊毛一般（羊毛太过稀疏柔软，不适合这里）。有人会把手伸进肩膀后面的羊毛里拔下一撮，说它们太白，怕到了第二年会失去色彩。要么大成，要么大败，成败只在一念之间。学会在这些事情上明察秋毫，非十年之功不可为也。即便如此，也不比半吊子好多少。

每次我去牧民朋友家做客，都会发现各家各户的墙壁和壁炉架成了荣誉殿堂，供奉着最棒的公羊夺得的奖项。就赫德维克羊而言，近几年最有名的要数特纳·霍尔农场的羊群，它们生活在达顿谷。特纳·霍尔农场是由打算坚守故土的人建造的，希望能够代代传承。农舍和畜棚用石头搭建而成，坐落在崎岖多石的山谷，四周山石林立，绿树成荫。每年秋季，最优秀的赫德维克羊往往来自这片并不起眼的土地。农场主安东尼·哈特利远比我了解赫德维

---

① 伦勃朗（1606—1669），荷兰画家，是欧洲十七世纪最伟大的画家之一。

克羊。我不断向他请教,希望有一天我知道的牧羊知识能赶上他。对我而言,他的羊就是标杆。几代哈特利人都将培育优质的赫德维克羊作为己任。随便翻翻古老的黑白照片,总能发现哈特利家族的身影。照片中,他们常常是一副若有所思的样子,似乎在琢磨着什么。

在盖茨加斯农场古老的畜棚里,另一位朋友威利·理查德森在那里养羊。房梁上挂着一个世纪以来,优秀的赫德维克羊赢得的荣誉花环和获奖证书。有些已经残缺不全,褪去了颜色,另一些则相对较新。有一些可以追溯到希利斯夫人的年代,那时候,希利斯夫人展出自己的羊,与盖茨加斯农场的羊相角逐。湖区真正的历史和文化贮藏在这些古老的石头畜棚里。不幸的是,只有为羊操劳的牧羊人才能看到这一点,成千上万的游客途经畜棚,并不会意识到它们的存在。

在大多数有关湖区的书中,鲜有人提及凯西克镇牧场和赫赫有名的赫德维克公羊集市。格里塔河畔的这片草地不大显眼,却是一块圣地,是牧羊人展示雄心的舞台,也许还是赫德维克羊最重要的集会地。从古至今,集市的作用就是让租借人把去年秋季租借的公羊当面还给羊主人,这群公羊已经在另一个农场越了冬。羊主人通过租借,既可以让羊在山谷周围传播血统,又可以让羊群在其他地方过冬，不花一先令，就能让小公羊长大。现在到了春季，它们该回到自家农场，去川地牧场啃食青草，为随后的出售做准备。在凯西克镇的公羊集市，我离获奖还差十万八千里，何谈捧起埃德蒙森杯。总有一天，我会捧起奖杯，无论如何都要拼命争取。

※

母亲说我们得了"公羊热"。这种狂热从春季开始，在秋季达到高峰，等到我们把注意力全部集中在展销会上才能结束。母亲的话有点道理。到了春末夏初，晚间会有牧民朋友突然造访，声称只是开车出来"溜达一圈"。然而，他们并非真的来串门，主要是想提前来看看公羊，看它们能否在展销会上崭露头角。骄傲的牧羊人绝不希望羊还没到达最好的状态，就让别人先睹为快。相互探听在所难免，只好施展各种手段，要么把最好的羊藏起来，藏在远离公路和易被窥探的草地上，要么假装给大家看的是最好的羊，其实明星羊一直藏着，等到关键时刻才肯亮相。

这些特别的羊要参加展销会，准备阶段少不了精湛的手艺。不论是赫德维克公羊，还是最好的母羊，售卖的时候，羊毛不能是天然的青灰色，而需要"染红"。从古至今，一直如此。没有人确切地知道其中的缘由，也不知道这一传统始于何时。对此，流传着两种说法。一种是几百年前，牧羊人想在草山上一眼认出最值钱的羊，便用手边最鲜艳的天然颜料给公羊上了色。另一种则称这是一种年代久远的万物有灵论，远在凯尔特时代，这里的人们在某种程度上崇拜羊，给羊染色是一种仪式。考虑到今天这里的人们对羊的看法，我觉得第二种解释更容易接受。

我的手掌仿佛在大山的血液中浸泡过一样，一片鲜红。红赭石含有浓浓的铁矿石色彩。先前，这种颜料定是从铁锈色的岩石表面提取出来的，这是当时人们能找到的最鲜艳的天然颜料。我面前站着一只赫德维克公羊，着青灰色外衣，生机勃勃。父亲把它抓在手里。我走过去，它愤怒地抬了几下头，试图从父亲手里挣脱，父亲抓得更紧，他的指关节开始泛白。羊的鬃毛呈灰色，从脖子底部开始向后延伸。我把红艳艳的双手放上去，沿着脊背收回来，留下一道红色的印记。我的手掌来回摩挲，直到一道两掌宽的赭石色印在上面。

传统品种的羊都要经历这些奇奇怪怪的仪式。红色改变了赫德维克羊，使雪白的头部、腿部与羊毛的色彩形成强烈的对比。无论是参展还是售卖，前一天都要给羊洗脸洗腿，让它们更加光鲜亮丽，看上去既高贵又健美。它们完全变了，往日的工作服换成了周日的礼服。现在，"赫德维克展销红"，一种暗暗的锈红色粉末，可以成桶购买。在这种情况下，斯瓦尔代尔羊则涂成泥炭色。泥炭颜料通常来自高沼地的某处神秘地点，这里有正宗的泥炭土，恰好能够满足斯瓦尔代尔羊的美容要求。

春夏两季的所思所想为秋季的到来做足了铺垫。到了秋季，牧民掌握的一切情况，不仅要经受展销会的检验，同时还要接受同行们的全方位审查和评判。这里面虽然有虚荣的成分，但不仅仅是虚荣。这时的牧羊人骄傲无比，但也不仅仅是骄傲。万事皆聚于此，旧章终了，新篇伊始。优秀羊群的背后，是多年以来无数展销成就的积累。年复一年的成败慢慢累积，构成了史诗巨篇中的各个章节。羊群的故事代代相传，人们熟知，慢慢成了历史。羊并非买来就了事，还要做出判断，储存在记忆库里。随着时间的推移，繁殖的拼图会变得更好，或者更差。我们生而为人的立场、地位和价值，在很大程度上取决于我们的能力，看我们能否把羊育到最佳状态，成为种群的楷模。

曾经在科克茅斯镇的拍卖会上，我拍得一只赫德维克公羊。它是盖茨加斯农场威利·理查德森的羊，正值自己的第二个秋季（才剪过一次毛）。大家一致认为，这只小羊漂亮有型，头部、腿部以及腿部和身体接触的地方白得恰到好处。但有一个缺点，个头有点矮。所以它只花了我七百英镑，若再高出几英寸，也许我还得多出一千多英镑呢。我与另一个年轻牧民共同买了这只羊，不过交易结束三周后，他认为我们的决定是个错误，这只公羊太矮，他没让自己的母羊与它交配。没多久，我因此遭到人们的嘲讽，大家一致认为我看走眼了，它配出的后代个头肯定很矮。人人都说它不行，我差点就信了。好在有个声音告诉我，不要轻信别人。于是，第一个秋季，我就把最好的母羊配给它。这是一场赌博。那是六七年前的事了，而今，我坚信在整个湖区，它的女儿算得上长相最好、品种最佳的母羊。那只小个子公羊是我们养过的最好的公羊之一。去年秋天，它只配了十几只母羊，没几天就轰然倒地，油尽灯枯，死在了牧场中央。每当我提起这只羊，就连曾经轻视过它的那些最优秀的牧羊人，现在也承认他们看走眼了。

人无常态，事无常规。

蓓雅翻过羊圈，悄悄地从我手里把参赛羊接过去，态度相当坚决。我们正在参加展会,这个展会我们每年都去,每次都想获奖。评委斯坦利·杰克逊刚好路过,看到蓓雅紧紧地牵着羊脖子,不禁笑了起来。蓓雅很可爱,因此其他牧羊人跟我开玩笑说,她可以左右评委的决定。我让他们滚开,说展会上来了新手,他们最好小心点。在不远处的另一组羊圈里,父亲正在展示他的斯瓦尔代尔羊。大女儿莫莉手里拉着一只父亲的羊,它最后还获奖了。我们三代人各尽所能,身边的其他家庭也像我们一样。莫莉拉着的羊羔正是我和父亲去年买来的公羊的孩子。去年圣诞节,父亲隔着窗户就对它赞不绝口,那时我以为父亲的时日已经不多了。好在父亲目睹了心愿变成现实。他晒黑了,却很开心。癌细胞或许还在体内,说不上哪天会要了父亲的命,好在此刻他还活着,过的生活世上的任何财富都难以换取。

等产下最后一批羊羔,夏季就开始了。这时,要把做了标记、打过疫苗的羊群赶上山去。生了双胞胎的母羊要留在川地牧场或者后备牧场,生下一胎的母羊则直接上山。

许多山地农场坐落在山脚下,山上有各自的放牧权。

这些农场和草山仅有一墙之隔,放牧非常简单,只需打开大门,让母羊带着羊羔上山即可。像我家这样的羊群,则需要赶着走几里路,才能到达草山的边缘。母羊和羊羔排成长队,循着旧时的羊蹄印,沿着百年老路向山上进发。到了山上,便慢慢分散开来,各自寻找自己的归宿地。羊群的领地感非常强烈,我们见过有些羊,一到山上就径直奔向老地方,它们已经习惯了跟着母羊在那里吃草。羊群体内有一种不可抗拒的本能,即使三四年不上山,这种本能也可以指引它们回家,回到自己的"领地"。

几周后,我们在畜棚里给一批母羊剪羊毛。它们是赫德维克羊,几天前刚从山上下来。这些天,我比父亲剪得快,他剪一只的时间我几乎可以剪完两只。也该如此,谁叫父亲已经到了退休的年龄,而我才正值壮年。

父亲知道我还没有锻炼好,远不如他当年的状况,干活还不太适应,持续几个小时就受不了,只能放慢节奏。剪羊毛的时候,身边的人干得磕磕绊绊,还是顺顺当当,你全能感觉得到。

父亲知道我剪得跟之前一样好。多年以来,我一直奋力赶上父亲的节奏,一旦不能坚持,或者遇到困难,就会变得相当沮丧，对自己伤心失望。现在，我乐意让父亲知道我终于比他快了，就像他以前比我快一样。我时不时冲他得意地笑笑，似乎在说："你曾经就这样欺负我，现在轮到我欺负你了。"他微微一笑，显得有点尴尬，毕竟速度不再，只能败下阵来。

父亲剪完一只，站起身默默地走开了。我感觉有些不大对劲，问他是不是不舒服。他笑了笑，好像在说一切都好，但我知道情况并非如此。他疼痛难忍，没了力量，嘱咐我把剩下的几只剪完。

四十岁之前，我从没见过父亲临阵脱逃，一次也没有。父亲是我见过的最硬气的人。我还记得有些日子，我们干完活儿直接累成了狗。这时，我只想着洗个热水澡，早点去看电视，而他却看到邻居还在干活儿，或许需要帮忙，便主动过去帮忙，去时不忘带上我，根本不考虑这对我们有没有好处。我问他这是在干吗，自家的活儿还没干完呢。他装作没听见。帮完忙，邻居提议给我们报酬，父亲直接挥手谢绝，真让人无语。

这就像他的荣誉准则。需要干的活儿就应该干完。干活儿本身就是奖赏。干活儿时绝不要临阵脱逃，否则就有失体统。

现在，事情有了变化。父亲就这么放下手中的活儿离开了，这太不像他的行事风格。他直起腰身，离开了。我们都清楚,"他的荣誉准则"又来了。

※

一年当中,把羊群赶上山的那些日子是我最幸福的时刻。带上牧羊犬,赶着羊群在公共牧场放牧,让人感受到无比的自由与辽阔。山下的种种琐事让我疲于奔命,现在总算解脱了。我的生活有了目的,有了简单实在的意义。

我们的朋友加文·布兰德来自韦斯特·汉德农场,这是赫德维克羊群中最大的农场,或许也是最重要的农场之一。他不久前告诉我说,他没法在低地放牧,草地太小,栅栏遍地,最后总结说:"一旦在辽阔的草地上无拘无束惯了,就会习以为常。我不习惯被其他牧羊人圈在中间。"

我们的草山没有韦斯特·汉德农场那么辽阔,那么劲健,相较而言,简直就是块"白菜地"而已。即使这样,等我上到山顶,我瞬间明白了加文的意思。一旦尝过,就很难离开。

这种古老而又土味的自由来之不易,像从别人那里偷来的一样。十九世纪的"农民诗人"约翰·克莱尔[①]讴

[①] 约翰·克莱尔(1793—1864),英国十九世纪浪漫主义诗人,他的诗歌创作侧重于对自然的描写,作品以植物、动物、家乡以及爱情等主题见长。

歌的正是这种自由。约翰·克莱尔悲叹他深爱的北安普顿郡因圈地而发生的变化,他看到像他一样的人逐渐和土地失去联系,情况一年比一年恶化。过去的几百年时间,英格兰大部分地区的公共土地被圈占干净,只剩下贫困山区的个别小块土地,比如我们这个地方就没被圈去,至今还保留着古风古韵。我们的自由根深蒂固,乡土味很足,与公共土地上的劳作息息相关。这是平民的自由,是一种以村落为基础,与土地形成的关系。我生于斯,长于斯,劳作于斯,纳税于斯,被算作集体的一分子,天经地义。

只要不被冻僵,不被淋透,在山上工作再好不过了。(即使被冻僵,被淋透,你起码感觉还活着,而在玻璃洋房里,现代生活却能让人窒息。)山上的时空无始无终,令人震颤。一直以来,我喜欢发扬传统,做一些意义远在个人之上的事情,它们透过他人的双手和眼睛,直抵岁月深处。在山上干活儿其实非常卑微,完全不是征服大山。在山上干活儿,会让你从自负的幻觉中清醒过来。在这片草山上,我谁也不是,(只是刚成立、规模还很小的新牧民组织中的一员,是放牧长链上的一个小环)。一百年后,或许没有人在意我曾养过一群羊,在意我的羊在这些山上吃过草,他们不知道我是谁。不过也没有关系,只要他们站在山上,还在放牧,他们就永远欠我一个小小的人情,因为我为接续传统贡献了力量。同样,我打心底感激我的前辈,是他们传承发展了传统。

山上牧草繁茂,我把羊群留下,自个儿回到家里,这才发现心没有回来,跟着羊群留在了山上。于是,我每天频频眺望大山尽头,因为羊群在那里吃草。有时候,我实在放心不下,便跑到山上去看看,只想确保一切安好。我和牧羊犬走过,云雀高飞,歌声婉转。

羊群重返无拘无束的草山后,明显感到舒心自在。这也意味着冬春两季迅速在我们身后退去。接下来的几周,山地羊大体上都能照顾自己。我趴在溪边,用手捧出溪水,啜饮起来。哪里还能觅得这么甘甜纯净的泉水?

然后,我仰面躺下,看云卷云舒。富劳斯躲在溪水中凉快,塔恩用鼻子在一旁蹭我,它从未见过我懒散的样子,没见过我像这样停止不前,也没见过这样的夏季。

我慢慢吸了口气,山风的清凉沁人心脾。蔚蓝色的天空中,一架飞机划过,留下了一道白色的痕迹。

母羊爬上峭壁,召唤羊羔跟上来。

这就是我的生活。我,别无他求。

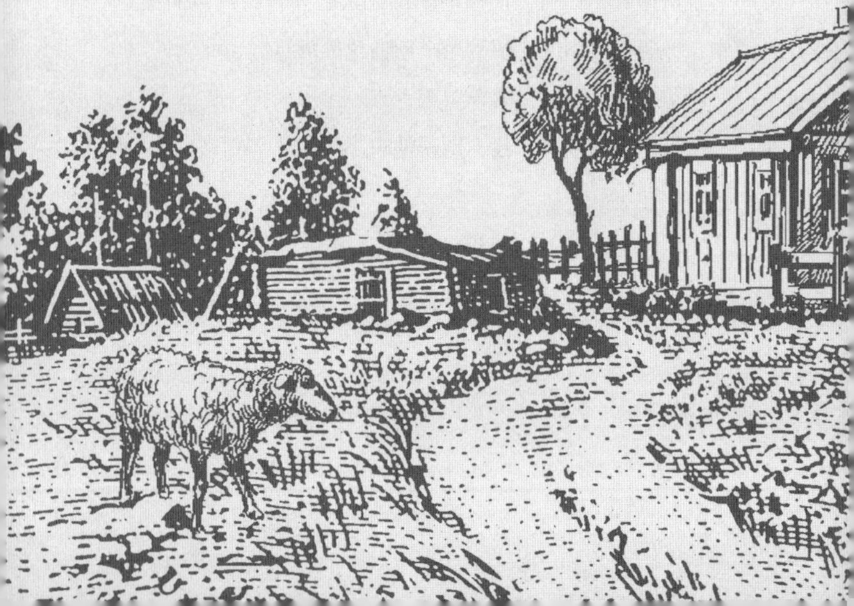

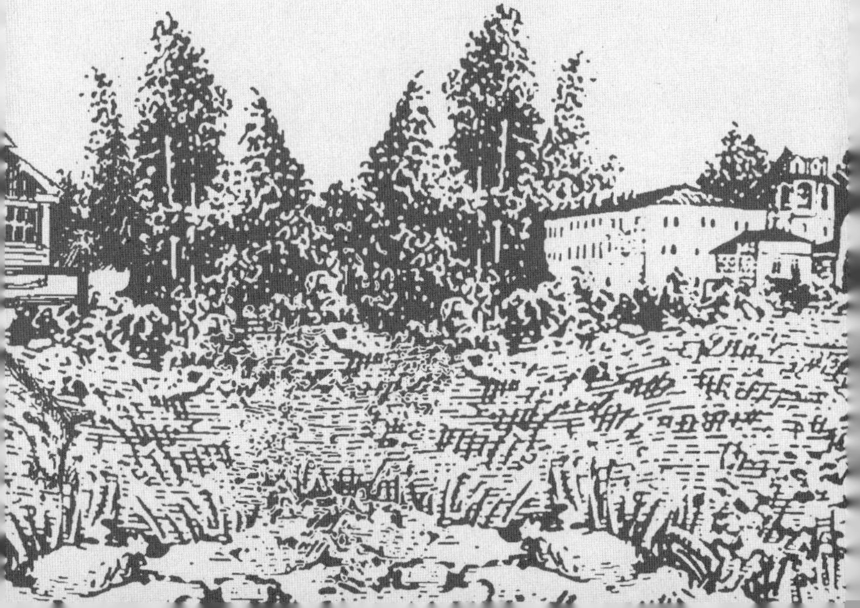

鸣 谢

初次写书，看到有那么多人为此书的出版倾注了辛勤的劳动，不免觉得羞愧难当，无地自容。书中的字句虽出自我手，但还有许多人负责处理其他工作，书才得以到诸位手上。谢谢大家，创作此书的过程我很享受。

感谢合众公司的吉姆·基尔，他是我的代理人。我们还未谋面，他就已经在销售这本书了。吉姆认为我的书有价值，帮我联系到合适的出版商。我已成家，孩子还小，加上其他需要开支的地方，为了写书，我只好预支稿费，是吉姆帮我拿到了钱。我对出版业一无所知，吉姆一步步引导我走了过来。谢谢你！

感谢力图买到本书版权的诸位编辑，你们的厚爱和赞誉给了我莫大的鼓励，坚定了我的信心，让我相信本书有一定的价值，能发挥作用。

衷心地感谢企鹅出版社的海伦·康福特，她是我的编辑。书还处于酝酿阶段，海伦就愿意投资，让我写出来。海伦对我有信心，第一次谈话，我就知道她很勇敢，对我要做的事情满怀敬意。我需要一位优秀的编辑，最终也如愿以偿。同样感谢企鹅出版社的卡西亚娜·艾欧尼塔、斯蒂芬·麦格拉斯，以及这个杰出团队的其他成员。

感谢熨斗图书出版社的科林·狄克曼、詹姆斯·梅利亚、马思·施瓦茨和其他成员。

感谢朱莉·斯宾塞,是她给我写作的机会,并督促我追求卓越。

感谢《大西洋月刊》的亚历克西斯·马里加尔和罗宾逊·迈尔斯,本书的出版,离不开他俩在二零一三年十一月刊登的一篇文章。

感谢《坎布里亚生活》杂志的理查德·埃克尔斯,他每月帮我出专栏,让我自由做事,安心写书。

感谢在推特(@herdyshepherd1)关注我家农场的三万多网友,你们给了我极大的支持和鼓励。我从你们那里学到了很多。看到我的名字出现在书上,你们或许会感到惊讶……只要能够蒙混过关,我定会匿名。我对个人名望没有兴趣,我们的生活方式远比我个人重要。

在了解有关湖区的文学艺术史的过程中,很多人帮助了我,感谢所有帮过我的人。特别感谢以下这几位人士。兰卡斯特大学的安格斯·温切斯特教授,他是名优秀的历史学家,他本人和他的著作教了我很多有关湖区的知识和历史。湖区国家公园管理处的约翰·霍奇森,他的帮助从未间断,总是十分耐心,尽力帮我了解湖区的人文历史。琳达·利尔的毕翠克丝·波特的传记,精彩绝伦，堪称无价之宝，为我书写波特和她的牧羊人提供了素材。我还从湖区参与世界遗产评选的漫长进程中学到了很多，为此要感谢技术咨询二组的各位成员。即便有时候我们意见相悖，我仍然在学习。与兰卡斯特大学伊恩·布罗迪的辩论使我的思维更加敏锐，我更深刻地理解了关于湖区的不同看法。同时要感谢茱莉亚·阿格里昂碧，她懂非常复杂的公共土地法，我远远不及，是她无私地给我传授她的知识。感谢华兹华斯信托基金会的迈克尔·麦格雷戈、杰夫·考顿和后来的罗伯特·伍夫，他们帮我更好地理解了华兹华斯。在读懂华兹华斯关于农牧和牧羊人的作品时，我的好友特里·麦考密克的帮助也至关重要。艾里克·罗伯森给予我极大的支持，与我交流思想，给我讲述温赖特的趣闻逸事。他告诉我说，他跟温赖特认识那会儿，温赖特迷上了山地牧羊人。

还要感谢威廉·汉弗莱斯、罗斯·道林、迈克·克拉克和艾玛·雷德芬，他们阅读了本书的定稿，并提出了宝贵的意见。

若书中仍有瑕疵和谬误，责任在我，无关他人。

感谢有幸在世界遗产地和联合国教科文组织上认识的来自世界各地的所有优秀人士，是他们帮助我理解了传统和身份溯源何以如此重要。同时，我也理解了"人文景观"的真正含义。

真心地感谢莫兰小学的朱迪思·克雷格老师,她帮助我爱上读书和学习,后来虽然相隔甚远,她仍旧鼓励我继续前行。

本书讲述的是我、我的父亲和我的祖父的故事——说实话,我不能说此书是他俩的功劳,他们不是读书人。相反,家中的女人倒值得几句赞扬……

母亲,感谢您付出的一切。您陪我爱上读书。我跟您在农场干活儿的时候,或者是您在烫熨衣物的时候,还有您在厨房做饭的时候,以及其他情形下,您总是耐心听我絮絮叨叨,讲述书中的内容或自己的想法,感谢您。把您公之于众,我深表歉意。我知道您非常注重隐私,如果书中的内容让您尴尬,请原谅我。我觉得书应该真诚,应该透明,不然就没有价值。

谢谢我的三个孩子:莫莉、蓓雅和伊萨克,感谢你们成为我的孩子,一直陪在我身边(甚至在我需要安宁而得不到的时候……好在事情还是完成了)。你们当不当农民,我无所谓。我只是希望这本书帮助你们了解我们,等你们进入社会的时候,知道我们是谁,并为此骄傲。别人拿不走你们的脑中所想、心中所思,请坚持下去!

感谢我的妻子海伦,谢谢你所做的一切。你一直都是我最好的朋友。不论是写这本书,还是做其他事情,你都和我同甘共苦。生活很疯狂,就像坐过山车。多数人被生活击倒,但是你的支持让我死死地守住了梦想。当我精神恍惚的时候,必须有人来收拾残局。刚认识你的那会儿,我连笔都握不住,不懂语法,不懂作文规则,所以谢谢你的耐心,谢谢你对我的包容。

感谢我身边的农民朋友,我很骄傲称呼你们为我的朋友。人数太多,恕我无法一一致谢,感谢你们所有人。这是我写的家庭故事,不过我家也没有什么特别之处,我们只是成百上千户这样的人家中的一户。这只是众多故事中的一个故事,一个视角。我希望此书能让其他人看清我们的工作性质,将来能对我们的工作怀揣敬意。我不想失去由各个家庭农场拼凑起来的五彩斑斓,这太过神奇,这让我们的土地与众不同,我想别人也跟我一样,不想失去它。勇往直前吧。

最后,感谢父亲付出的一切。我希望借此表明我有多爱您,多敬重您。请您坚持与病魔抗争!

后 记

壬寅年初,承蒙恩师仲泽先生推荐,才有机会翻译詹姆斯·雷班克斯的《牧羊人生》一书。虽然之前已经翻译过不少内容,但这是我第一次翻译文学作品,对于一个还未走出校园的笔译专业学生而言,我荣幸之至,同时也感受到一种压力和一份责任。

初读《牧羊人生》,我的第一印象是此书与众不同,语言简洁有力,娓娓道来,画面感强烈,让人身临其境。作为读者,能体会到这些也就够了,可是作为译者,懂得这一点还远远不够,还需要考虑把这种效果转化到译文中去。考虑得越深入,对作品的理解也就越透彻,与作品中的文字形成的共鸣也就越强烈。在翻译的过程中,好些地方让我泪洒译稿,不能自抑。

这次翻译之旅让我重温了自己的童年,翻译更像是一种自我书写。我家祖辈也都是农民,生活在大山深处。小时候,我也曾跟着祖父耕地种田,我也经常放牧牛羊。无论是阴晴雨雪,让牛羊吃饱肚子比什么都重要。

小时候，我家原本有一头大黑牛，伴着我长大。不去学校的日子，我都拉着它去绿草丰茂的地方吃草，我们似乎成了难舍难分的伴侣。后来因为我要去外地求学，家里没有足够的钱为我支付学费，只好把它卖给一个邻居。有一年寒假，我正站在我家门前晒太阳，它和一群伙伴从不远处的田地上走过。看到我后，它兴奋地跑到我跟前，默默地低下头让我抚摸它的角。此刻，我很怀念我的大黑牛！

书中每有与我的经历雷同或相似的地方，我便停笔回味，久久难以抽离。

翻译是一种生活，更是一场修行。

在拙译《牧羊人生》即将送交出版社之际，我想借此机会，向恩师仲泽先生表达诚挚的谢意！从推荐试译到译稿完成，他给予我的帮助从未间断；完稿之后，他拨冗阅读了拙译，指出了诸多错误，撰写了修改意见。翻译的道路上，他是我的领路人。

感谢妻子胡广润和儿子刘景行，他们是我的精神支柱。感谢广州工商学院，是它给了我再次走上讲台的机会，给予我大量的支持，让我可以安心从事翻译。

最后，向作者詹姆斯·雷班克斯致敬。跟随他的文字，我经历了牧羊的艰辛，也感受了自然的精彩，更体会了生活的纯粹。

限于水平，拙译中的错误和疏漏在所难免，敬请有幸相遇的所有读者不吝赐教。

译者 谨识